SIEGFRIED GROSSE

Ab morgen mach ich's *anders*

SIEGFRIED GROSSE

Ab morgen mach ich's *anders*

Gute Vorsätze erfolgreich in die Tat umsetzen

KÖSEL

ISBN 3-466-34370-4

Druck und Bindung: Kösel, Kempten
Umschlag: Kaselow Design, München
Umschlagmotiv: Paul Vismara/SIS

1 2 3 4 5 · 01 00 99 98 97

Gedruckt auf umweltfreundlich hergestelltem Werkdruckpapier (säurefrei und chlorfrei gebleicht)

Inhalt

1
Das Leben ist hart, aber ... es übt

Vom richtigen Auf und Ab

Ein italienisches Sprichwort lautet: »Zwischen dem Reden und dem Handeln liegt das Meer.« Mit diesen Worten wird sehr anschaulich ausgedrückt, was vielen Menschen tagtäglich begegnet, die sich vornehmen, etwas in ihrem Alltagsleben zu verändern, letztlich aber doch resignieren und mutlos werden.

Vielleicht geht es auch Ihnen so: Sie haben Pläne, Hoffnungen, Träume und durchaus Vorstellungen davon, wie es für Sie besser und anders werden sollte. Doch Sie setzen sie oft nicht in die Tat um! Wider besseres Wissen. Oder die Veränderung bleibt Stückwerk, die Anfangsenergie verpufft. Letztlich ändert sich nichts, es bleibt alles beim Alten. Man ist wieder da, wo man am Anfang war – nur eben um eine Enttäuschung reicher.

Zwar bleibt der Wunsch nach Veränderung häufig weiterbestehen, die Umsetzung rückt aber zunächst oder auf längere Sicht in den Hintergrund. Gar mancher verspürt Hoffnungslosigkeit, ein anderer kommt zur Überzeugung, dass eine Veränderung doch mit zu viel Aufwand und Unannehmlichkeiten verbunden sein könnte. Nicht wenige verzichten auf eine Wiederholung, aus Angst vor erneutem Versagen.

Man fühlt sich sprichwörtlich wie auf dem Meer: Wer sich schon einmal auf den Wellen hat treiben lassen, kann das folgende

Bild gut nachvollziehen. Blickt man auf den Wellen liegend landwärts, sieht man mitunter Land. Immer dann, wenn man oben auf der Welle schwimmt. Man ist beruhigt, sich nicht weit von jenem Ort zu befinden, an dem man wieder festen Boden unter den Füßen haben wird. Ein schönes Gefühl, sich treiben lassen zu können, zu experimentieren, einmal etwas Neues in einem anderen, weniger vertrauten Element zu tun.

Nun sieht man sich aber in stetem Rhythmus auch damit konfrontiert, dass man das Land, den Strand nicht sehen kann – sobald man sich tief im Wellental befindet. Die Orientierung, die Beruhigung schafft, geht plötzlich verloren. Man fühlt sich hilflos, ohne vertrauten Bezugspunkt. Angst kann sich ausbreiten, gemischt mit der bangen Frage: »Worauf habe ich mich nur eingelassen? Hätte ich es besser nicht tun sollen? Mein Gott, werde ich es wieder schaffen, ans rettende Ufer zu kommen?« Schnell neigt man dazu, den »Sprung ins kalte Wasser« zu bedauern und versteigt sich in Selbstanklage, Selbstmitleid und Pessimismus. »Das wird mir vorläufig nicht mehr passieren!«, schwört sich gar mancher, wenn die unangenehme Situation überstanden ist. Und er wird künftig übervorsichtig sein, mehr passiv-abwartend als aktiv-zupackend.

Ja, das Meer hat durchaus seine Tücken. Dazu gehört auch, dass es Situationen gibt, in denen dieses rettende Ufer, das erhoffte Ziel, ganz nahe ist, ohne dass man davon weiß. Der Fischer, der mit seinem Boot nicht mehr weit vom Hafen entfernt ist, dies aber nicht bemerkt, weil Nebel die Sicht verstellt, kann leicht in Panik geraten, die Orientierung verlieren und den Rückzug antreten. Eigentlich schade, denn er war auf dem richtigen Weg hin zum angestrebten Ziel, ohne dies zu bemerken. Und er hat in Verkennung dieses Umstands zu früh die Richtung wieder geändert. Hätte er doch nur Geduld und Zutrauen gehabt, anstatt überhastet zu handeln. Er hätte innehalten und vor Anker gehen können. Abwarten. Erst einen Überblick gewinnen, um die Position zu bestimmen.

Auf den Wellen schwimmen

Vielen Menschen geht es in zahlreichen Situationen ihres Lebens so, als würden sie auf dem Meer treiben, und dies, weil das Leben ein ständiges Auf und Ab ist – Hoffnungen wechseln mit Befürchtungen, Erleichterung mit Besorgnis. Entscheidungen werden zur Qual, wenn die hilfreiche Orientierung fehlt. Wenn man unsicher ist, sich zu entscheiden. Wenn man nicht so recht weiß, wie man die persönliche Situation einzuschätzen hat. Man fragt sich verunsichert: Wo stehe ich eigentlich? Wo möchte ich hin? Man ist hin- und hergerissen zwischen Verharren und Aufbruch, zwischen Risikobereitschaft und Mutlosigkeit.

Sich ändern, sich auf etwas Neues, Ungewohntes einlassen, den sicher erachteten Ort aufgeben, sich zu neuen Zielen vorwagen, bringt Verunsicherung, Irritation, nicht selten zwischendurch Selbstzweifel, Ratlosigkeit und mit Pessimismus und nagender Skepsis verbundene Reaktionen mit sich. Aber eben nur phasenweise, weil es auch die andere Seite der Medaille gibt: die positive Seite! Man ändert ja etwas in der Absicht, sich zu verbessern, sich wohler zu fühlen, etwas für sich zu erreichen – also mit einem positiven Ansinnen. Deshalb verspürt man gleichermaßen Zuversicht, Hoffnung, Neugier und Vorfreude.

Natürlich bringt das Leben nicht nur Erfolge, nicht alles klappt so, wie man es sich erhofft hat. Die persönliche Verantwortung annehmen heißt: Seelische und körperliche Wechselbäder einkalkulieren und aushalten.

Aber sind es nicht gerade Wechselbäder, die anempfohlen werden, weil sie helfen, das Immunsystem zu stärken? Lernen wir doch, sie nicht nur als (über-)lebenswichtige Bestandteile des Alltags zu verstehen, sondern zu akzeptieren: Sie gehören zum Leben einfach dazu. Sie sind wichtig. Darüber hinaus können wir aufgrund unserer Erfahrungen die beruhigende Feststellung machen, dass es schon irgendwie weitergeht. Der Strom des

Lebens, des Alltags, lässt sich nicht aufhalten. Wir können zwar stehenbleiben, aber wir verpassen vielleicht den Anschluss.

Die These »Alles Leben kommt aus dem Meer« gewinnt vor diesem Hintergrund eine neue Perspektive: Das Leben zeichnet sich wie das Meer durch einen wellenförmigen Verlauf aus – von der Geburt bis zum Tod. Ebenso wie das Meer ist das Leben voller Stille und Harmonie, aber auch voller Unruhe, voller Wechsel: mal glatt und ruhig, mal aufgewühlt und bedrohlich.

Diese Wechselhaftigkeit des Lebens zu akzeptieren und quasi als Gesetzmäßigkeit im Hinterkopf zu behalten, hilft bei jeglicher Art von Problembewältigung. Das Leben gestattet es nicht, sich lange auf seinen Lorbeeren und Erfolgen auszuruhen, ebensowenig, wie es gestattet, sich ständig zu entziehen. Jeder Tag bietet Chancen, aktiv zu werden. Tagtäglich gilt es, sich zu entscheiden, was man aus diesem einmaligen Tag macht und wie man seine einzigartige Lebenszeit an diesem Tag nutzen will. »Auf Regen folgt auch wieder Sonnenschein«, lautet eine Weisheit aus dem Volksmund. Dieser Optimismus ist manchem Menschen im Laufe der Zeit verloren gegangen – und diesen zurückzugewinnen stellt ein lohnenswertes Ziel dar.

Für manchen hat es sich als nachteilig erwiesen, dass er beständig vom Leben zu viel erwartet. So wartet mancher bis ins hohe Alter in passivem Verharren und fühlt sich betrogen – vom Leben. Dabei hat es jeder selbst in der Hand, seinem Leben aktiv und in eigener Verantwortung die richtige Richtung zu geben, um wieder Freude am Leben, an sich, am Miteinander und den tagtäglichen vielfältigen Herausforderungen zu finden. Und dies in allen Phasen und Situationen des Lebens. Mitunter gelingt es einfach dadurch, dass man sich in Bescheidenheit übt und gerade vorliegende Beschränkungen akzeptiert, die einen für einige Zeit blockieren. Andererseits tut man gut daran, in »Glücksphasen« nicht abzuheben und die Wirklichkeit nicht aus den Augen zu verlieren.

Es gehört zur lebenslangen Aufgabe eines jeden Einzelnen, für sich selbst Verantwortung zu übernehmen, zu bestimmen, wie er gerne sein möchte, womit er zufrieden ist und wo er sich beschränken will. Verzicht leisten, etwas zurückstellen oder abwarten taugt langfristig eher, um eine seelische Balance zu halten, als hektische Betriebsamkeit und Ungeduld, die aus einer ständigen Lebensunzufriedenheit und aus zu hohen Erwartungen und Ansprüchen entspringen, die an sich oder die Umwelt gestellt werden.

Was tun aber viele in der heutigen Zeit? Sie ersetzen hektisches Treiben durch noch hektischeres Treiben. Immer auf der Suche nach dem fiktiven »Mehr« – »Mehr« an Zeit, an Erfolg, an Anerkennung. Für Ruhe und Besinnung ist kein Platz vorgesehen – es muss vorangehen. Doch tut es das wirklich? Ein Tag hat für jeden Menschen nur 24 Stunden, für alle gilt der Tag-Nacht-Rhythmus, alle brauchen irgendwann Ruhe. Zufrieden und sinnvoll erfüllt leben ist mehr, als ständig in Hektik und auf dem Sprung sein. Wem nützt es eigentlich, wenn man Zeit gespart hat und man mit der »gewonnenen« Zeit nichts anzufangen weiß? Viele Menschen leben heutzutage in ständiger innerer Unruhe, getrieben von Hektik und einem unbestimmbaren Gefühl von Unzufriedenheit. Sie können nicht warten, nicht abwarten, keine Spannungen ertragen. Können sich keine Ruhe gönnen, haben ständig Angst, etwas zu verpassen. Warum also nehmen wir die Herausforderung nicht an, eine persönlich zufriedenstellende Balance zwischen Aktivität und Passivität, zwischen Engagement und Erholung zu finden. Man kann sich nicht ständig nur im Aufbruch befinden – denn solche Aktivität muss auf Dauer teuer erkauft werden, nicht selten auf Kosten der körperlichen und seelischen Gesundheit.

Verändern und Bewahren

Denkt man an Veränderungen, sollte man kritisch im Auge behalten, dass es durchaus von Vorteil ist, etwas zu verändern, es aber auch wichtig ist, etwas zu bewahren – ein Ziel, das in unserer heutigen schnelllebigen Zeit leider oft verloren geht. Man läuft in zu vielen Bereichen des Alltags Gefahr, rasch zum alten Eisen zu gehören, überholt von Trends, Innovationen und denen, die sich nur wohl fühlen, wenn sie ständig auf dem neuesten Stand sind. Lebensziel »In-Sein«, Angst davor, »out« zu sein. Dabei tut es gut, auch auf Bewährtes zurückgreifen zu können, etwas zu haben, auf das man sich verlassen kann – besonders im Notfall. Wie hilfreich ist es, wenn jemand beim Picknick einen Dosenöffner mitgenommen hat und bei irgendeiner Dose der patentierte Ringöffner abgebrochen ist. Wie schön ist es, wenn man in der heutigen Zeit noch jemanden findet, der sich Zeit nimmt für ein persönliches Gespräch. Es beruhigt, wenn man einen sogenannten »emotionalen Heimathafen« hat, in den man nach Ausflügen, Expeditionen und längeren Reisen zurückkehren kann. Viele Menschen merken erst (zu) spät, dass sie in Verkennung der Bedeutung dieser bewährten Dinge seinerzeit vorschnell (alle) Brücken hinter sich abgebrochen haben. Und nun wissen sie nicht mehr, wie sie über den reißenden Fluss zurückkommen sollen. Veränderung sollte demnach nie um jeden Preis geschehen.

Bewahren und Verändern gehören immer zusammen und ergänzen sich. Gerade aus deren Wechselspiel entstehen fruchtbare Entwicklungen. Wer sich starr auf eine der beiden Seiten schlägt, schafft sich zumeist Probleme. Derjenige, der alles verändern will, sieht sich rasch an die Grenzen gedrängt – Grenzen, die ihm die Zeit setzt, die er zur Verfügung hat, aber auch Grenzen, an die er aufgrund seiner nur beschränkten Energiereserven gelangt. Solche Menschen befinden sich bisweilen im steten Rennen wie »Hase und Igel«: Sie sind die Hasen, die sich durch ihre Ansprüche und Vorgaben unter Druck setzen und immer hinterherjagen.

Auf der anderen Seite verzweifelt jemand, der alles bewahren will, irgendwann an der Schnelllebigkeit der Zeit. Er kann nicht so schnell bewahren, wie Neues auf ihn einstürmt, und muss es deshalb abwehren. Auch er macht das »Hase und Igel«-Rennen – und auch er ist der Hase. Manche dieser Menschen schotten sich ab, ziehen sich zurück, suchen ihr Heil in der freiwilligen Beschränkung und sehen in der Welt eine »böse Welt«. Mit dieser einseitigen Sichtweise berauben sie sich jedoch der positiven Anregungen und Möglichkeiten, die dieses Leben auch für sie bereithält.

Natürlich tendieren die meisten Menschen mehr zur einen als zur anderen Seite, was akzeptabel und realistisch ist, solange ihnen bewusst bleibt, dass man flexibel sein und auch der anderen Seite Raum geben sollte. Bewahren und Verändern, Fortschritt und Tradition.

Es gibt immer Menschen, die sich sicherer und wohler in vertrauter Umgebung fühlen, während andere ständig neues Leben, häufigen Wechsel und positive Unruhe brauchen. Beide Ansichten haben sicherlich ihre Vorteile. Entscheidend für eine positive Lebensgestaltung wird jedoch immer sein, im jeweiligen Moment zu wissen, wann, wo und was man bewahren oder verändern will.

Das Bewahren ermöglicht oft erst das Verändern, weil man sich nur auf Neuland begeben kann, wenn man seiner selbst sicher ist – und sich auf die Situation verlassen kann.

Andererseits hilft das Verändern oft dabei, für sich selbst besser entscheiden zu können, was man aus dem reichhaltigen Angebot des Lebens bewahren möchte. Dazu das folgende Beispiel:

Für die 23-jährige Ulla stand fest, dass sie nach ihrem Abschluss an der Fachhochschule nicht sofort ins Berufsleben einsteigen wollte. Sie plante, in den nächsten 4 bis 5 Jahren durch die Welt zu reisen, um sich Land und Leute anzuschauen und sich ein eigenes Bild von den Dingen machen zu können. Ihre Existenz wollte sie durch Gelegenheitsjobs sichern. Wo und wie lange sie sich jeweils aufhalten werde, wollte sie je nach Lage der Dinge entscheiden. Zurück ins bürgerliche Leben könne sie auch noch mit 30 Jahren: »berufliche Absicherung suchen oder eine Familie gründen«. Sie meinte, dass sie beobachtet habe, dass einige ihrer früheren Klassenkameradinnen aus ihrem Dorf, die schon Kinder haben, derart festgeschrieben seien, dass sich in deren Leben nichts mehr bewege. »Die sind schon teilweise wie ihre eigenen Omas.« Sie wollte sich erst austoben und dann in Ruhe und mit Bedacht sesshaft werden.

Die Frage nach Verändern oder Bewahren kann, wie man sieht, darauf abzielen, eine persönliche Art Lebensphilosophie umzusetzen. Oft sind es nicht nur solch gravierende Entscheidungen, die man zu treffen hat, wenngleich alle Entscheidungen letztlich darüber entscheiden, wie man sein Leben lebt und wie man in der Regel mit persönlich wichtigen Situationen umgeht. Oft sind es gerade die unzähligen Fragen, die der normale Alltag für uns bereithält. Diese tagtäglich zu treffenden Entscheidungen haben unterschiedliche Tragweiten, wenn man Inhalt und Aufwand betrachtet.

Sehr häufig sind es kleine und große Entscheidungen (Kaufe ich mir den Pullover? Baue ich ein Haus?). Es können persönlich wichtige oder eher unwichtige Entscheidungen sein (Mache ich das Abitur nach? Gehe ich auf die Jahreshauptversammlung des Sportvereins?). Oft macht es einen Unterschied, ob eine Entscheidung nur uns allein betrifft oder auch für andere Menschen Bedeutung hat (Lese ich jetzt die Zeitung oder lieber den Roman? Fahre ich am Wochenende mit Freunden in Kurzurlaub?). Ferner gilt es zu bedenken, dass Entscheidungen kurzfristige oder langfristige Konsequenzen haben können (Koche ich heute eine Gemüsesuppe oder essen wir einen gemischten

Salat? Nehme ich einen Kredit für die Anschaffung des neuen Autos auf?).

Das Leben, der Alltag befragen uns ohne Unterlass. Sie bieten uns unsere aktive Mitgestaltung und Mitwirkung an. Denn es ist schließlich unser eigenes Leben. Und diese Einmaligkeit begreift derjenige, der die Chance nutzt, sich an die Weichen zu begeben, die die weitere Richtung vorgeben. Solche Weichen liegen genau dort vor uns, wo wir uns den bewusst wahrnehmbaren Herausforderungen gegenübergestellt sehen und in denen von uns aktive Entscheidungen und Stellungnahmen erwartet werden. Und das ist wirklich gut so!

Manche Menschen fühlen sich aber gerade hierbei sehr überfordert. Sie möchten am liebsten verschont und in Ruhe gelassen werden. Nun geht es wohl jedem manchmal so, dass man mal weder etwas hören noch sehen möchte. Ein berechtigter Wunsch – mit der Betonung auf »mal«! Der Wunsch, in Ruhe gelassen zu werden, darf keineswegs zum Lebensziel werden – sonst beraubt man sich Stück für Stück der Lebensfreude und letztlich des »Sinns des Lebens«. Denn man entzieht sich der Verantwortung. Freiheit zur eigenen Entscheidung und Unbehagen angesichts von Entscheidungen, die wir selbst treffen, gehören zusammen wie siamesische Zwillinge. Man kann das eine nicht ohne das andere haben. Bei Max Frisch, dem schweizerischen Schriftsteller, liest man den Satz, dass die Würde des Menschen darin besteht, dass er die Wahl hat.

Das heißt, dass man die Wahl hat, sich zwischen mehreren Möglichkeiten entscheiden zu können. Und sei es die Wahl, etwas zu tun oder nicht zu tun. Natürlich ist es für manche Menschen auf den ersten Blick betrachtet sehr einfach und bequem, anderen die Entscheidung zu überlassen – auch und gerade in Bezug auf persönliche Angelegenheiten (»Mach du´s mal!«). Doch da gibt es einen Preis, den man zu bezahlen hat: nämlich den Verlust der Fähigkeit, sein Leben in die eigenen Hände nehmen zu können, für sich auch in kritischen, unliebsamen Situationen jene Lösung zu suchen, die man nach eigenem Ermessen für die geeignete hält. Dazu gehört auch die Fähigkeit, für die Konsequenzen geradezustehen, die sich aus dieser persönlichen Entscheidung ergeben: die Fähigkeit von Übernahme von Verantwortung – also zu sich zu stehen!

Das Leben wird auf Dauer unwürdig und läuft an uns vorbei, wenn wir nicht Farbe bekennen, uns nicht zeigen und nicht offensiv mitteilen, was wir denken, fühlen und wollen. Es wird auf Dauer unwürdig, wenn wir alles den anderen überlassen, Verantwortung auf andere schieben und sie oder ungünstige Umstände für unsere Enttäuschungen, Missgeschicke und Versagenserlebnisse verantwortlich machen.

Man macht es sich zu einfach, die Schuld immer bei anderen zu suchen oder die böse Welt für das eigene Versagen als Prügelknabe zu benutzen. Es liegt in unserer eigenen Macht, etwas für uns zu tun, meistens sogar mehr, als wir zunächst denken und für möglich halten. Der Alltag, also jeder Tag, bietet uns Hunderte von Gelegenheiten, unserem Leben in großen wie in kleinen Dingen eine Richtung zu geben, die uns voranbringt. Eine Richtung, die uns momentan und auf Dauer gut tut. Der Schriftsteller Erich Kästner fasste diese Erkenntnis in den kurzen, einprägsamen Satz: »Es gibt nichts Gutes, außer man tut es!«

♣ Halten Sie an diesem Punkt kurz inne! Überlegen Sie, welche persönliche Situation Ihnen gerade beim Lesen der letzten Sätze durch den Kopf ging! Stellen Sie sich Ihrer Verantwortung. Genießen Sie die Freiheit, für sich selbst entscheiden zu dürfen!

Leben heißt auch Gehen lassen

In uns liegt der Schlüssel dafür, etwas aus unserem Leben zu machen, uns in jene Richtung zu entwickeln, von der wir uns Wohlbefinden und Zufriedenheit erhoffen, und den Optimismus voranzubringen, dass wir uns auf uns selbst verlassen können – in guten und in schlechten Tagen!

Es lohnt sich, Vertrauen in die eigene Person zu entwickeln und sich Fragen zu stellen, die dem bisherigen Leben neue Impulse geben werden: »Wie kann ich aus eigener Kraft mein Leben gestalten? Was kann ich anders machen, damit ich mit mir und meinem Leben zufriedener bin?«

Als wenig hilfreich erweisen sich leider pauschale Antworten, die häufig zu hören sind, aber dem Betroffenen keine wirklich umsetzbaren Impulse und Richtungen aufzeigen: »Verwirkliche dich! Du musst mehr zu dir selbst finden! Besinne dich auf das, was du wirklich bist« und so fort. Solche Hinweise sind jedoch zu abstrakt, als dass sie der jeweiligen persönlichen Situation eines Menschen, der etwas verändern möchte, gerecht werden könnten. Und dann sind da noch die unzähligen Ratschläge von Leuten, die es stets besser wissen und für jede Frage eine (Patent-)Antwort bereithalten: »Du darfst dir nicht alles gefallen lassen! Setz dich mehr durch! Zieh einfach aus! Du solltest dich nicht so aufregen!« Die Liste ließe sich unendlich fortsetzen.

Vielleicht liegt für einen Menschen, der besser mit sich klarkommen möchte, gerade darin ein nicht zu unterschätzendes Problem, dass er zwar »Anregungen« erhält, diese aber nicht umsetzen kann. Etwas nicht zu können, was andere für möglich halten und angeraten haben, ist Gift für das Selbstwertgefühl, für die Selbstachtung und die persönliche Zuversicht. »Grau ist alle Theorie« und »Was für den einen gilt, muss nicht gleichermaßen für den anderen gelten«. Deshalb ist es wichtig, eigene Erfahrungen zu sammeln – Erfahrungen, die auf die persönliche Situation abgestimmt sind. Man kann das Leben nicht meistern, wenn man es lediglich in der Theorie beherrscht, man muss sein Wissen über sich und andere und im Hinblick auf die wichtigen Dinge im persönlichen Alltag umsetzen können. Und nicht wenigen Menschen fällt gerade das so schwer. Sie tragen tagtäglich eine kräftezehrende Zentnerlast mit sich herum. »Viele Mühlsteine hängen an meinem Hals!«, beschrieb eine junge Frau, die mit dem Alltag nicht mehr zurechtkam, diese Situation. Die Kräfte werden vergeudet, man verkrampft, sieht keinen Ausweg, macht aber immer so weiter. Dies erinnert an den aus der griechischen Mythologie bekannten Helden Sisyphus, der einen Stein den Berg hinaufrollen musste, was ihm nie gelang, da der Stein, kurz bevor er mit ihm den Gipfel erreichte, wieder ins Tal hinabrollte. Und es begann ein neuer erfolgloser Versuch. Wirklich zum Verzweifeln!

Es scheint also so zu sein, dass das Leben mehr ist, als ständig die Stirn in Falten zu legen und unentwegt über das »Warum des Lebens« nachzudenken, zu grübeln, zu sinnieren, mit sich und der Welt zu hadern. Und irgendwann bei dieser endlosen Suche glaubt man plötzlich, den Durchblick zu haben, und ... stürzt wieder ab ins Bodenlose.

Sich selbst und sein Leben stets infrage zu stellen, kann leicht zum eigentlichen Problem des Lebens werden. Ein Problem, das sich verselbständigt und für manchen Menschen zu einer Dauerbelastung geworden ist. Sie wollen das Leben, das auf die Zukunft ausgerichtet ist, erst dann anpacken, wenn sie ihre Vergangenheit verstanden und aufgearbeitet haben. Eine unlösbare Aufgabe: Denn das Heute ist morgen schon das Gestern. Der zu bearbeitende Berg nimmt nie ab, der Druck aber zu. Man wird bei diesem Vorgehen an den paradox klingenden Satz erinnert: »Ich gehe erst ins Wasser, wenn ich schwimmen kann!« Wann wohl wird das sein? Noch in diesem Leben?

Man muss das Leben also auch mal »gehen lassen«, eine »Leichtigkeit des Lebens« zulassen, wohl wissend, dass es ständig Schwierigkeiten bereiten kann, mit den täglichen Herausforderungen angemessen und zufriedenstellend umzugehen. Aber auch im Wissen darum, dass es die angenehme, positive Seite gibt. »Kinder und Uhren kann man nicht nur aufziehen, man muss sie auch mal gehen lassen!«, mahnte der Philosoph Jean Paul, und er hatte Recht. Verändern heißt, es sich zuzumuten, eine kindliche Geborgenheit, ein Beschütztsein, zu verlassen und sich selbst auf den Weg zu machen. Kein Nesthocker zu sein, sondern den Vögeln gleich die Welt zu erobern, die eigenen Fähigkeiten auszunutzen. Gerade hierbei scheint der »moderne« Mensch etwas verloren zu haben, was dem Menschen in früheren Zeiten quasi die Alltags- und Lebensbewältigung sichern half: Mut zum Risiko, Übernahme von Eigenverantwortung! Man musste selbst aktiv werden, sich beschränken, um etwas zu erreichen, etwas wagen, um etwas zu bekommen; trennen können zwischen wichtigen und weniger wichtigen Zielen; jahrelange Spannungen ertragen und sich zum Durchhalten motivieren; improvisieren, sich mit Teillösungen zufrieden geben. Und das alles in einer Zeit, in der man materiell, gesundheitlich und sozial nicht so abgesichert war wie heute.

Der heute anzutreffende Zustand verführt dazu, sich träge zu verhalten, sich auf andere und die Technik zu verlassen, eigene Möglichkeiten nicht auszuschöpfen, Erledigung von Aufgaben vor sich herzuschieben. Eine unheimliche Welt. Eine Welt, in der scheinbar Glück und Vollkommenheit herrscht. Für jedes Problem gibt es eine Lösung!? Die Möglichkeiten der Technik sind unbegrenzt. Wenn etwas defekt ist, wird es weggeworfen, durch etwas Neues ersetzt. Für viele Fragen gibt es noch viel mehr Berater – für fast alle Lebenssituationen. Weshalb sollte man sich also unnötigerweise Gedanken machen? Wozu sich Fähigkeiten aneignen, wenn es doch Experten gibt? Wer so denkt, vergißt, dass er sich selbst entmündigt, ohne es zu merken. Die süßen Verführungen unserer modernen Welt verleiten dazu, eigene Fähigkeiten und Möglichkeiten ungenutzt zu lassen. Und irgendwann sind sie nicht mehr verfügbar. Andere denken, handeln und planen für uns. Ein schleichender Prozess. Wozu soll man sich noch über das Essen für die Familie Gedanken machen im Zeitalter von Fertigmenüs und Mikrowelle? Wozu noch kochen lernen? Dies ist nur ein Beispiel von vielen. Wenn keiner mehr kochen kann, bestimmen endgültig andere darüber, was wir essen.

Gerade in der heutigen Zeit fühlen sich viele Menschen trotz der sie umgebenden Fülle leer. Eigentlich müsste es ihnen gut gehen. Sie verstehen ihre Unzufriedenheit mit sich und dem Leben nicht. Mit Sicherheit lässt sich etwas zurückgewinnen, wenn wir uns vornehmen, uns wieder mehr zu spüren und zu erfahren. Beispielsweise, dass wir wieder etwas selbst erledigen, was wir bisher haben andere machen lassen. Selbstachtung entsteht nicht zuletzt dadurch, dass man sich als nützlich erlebt. Es gibt kein deprimierenderes Gefühl als das, überflüssig zu sein, keinen Platz für sich zu entdecken, an dem man gebraucht wird. Ein wichtiges Ziel sollte deshalb sein, sich wieder zu aktivieren, den Glauben an sich zurückzugewinnen, sich Erfolgserlebnisse zu verschaffen, ein inneres Gleichgewicht zu bekommen. In Anlehnung an das Wort von Sokrates könnte man sagen: »Ich tue etwas für mich, also bin ich!«

Sich verändern zu wollen, beinhaltet in der Regel, dass man etwas unternehmen will, um sich zu bereichern, um mehr von der positiven Seite zu bekommen. Vom Schatten in die Sonne treten – mal über seinen Schatten springen. Nicht selten sind wir uns durchaus sehr gut dessen bewusst, was wir tun und können sollten, damit es uns besser geht – doch wir tun es nicht. Wir stöhnen kurz, sind vielleicht ein wenig deprimiert und – schon bald geht es im alten Trott weiter. Weil das häufiger passiert, kann es kein Zufall sein. Und wenn es kein Zufall ist, steckt etwas dahinter, auf das man Einfluss nehmen kann, etwas, das man aktiv mitverändern kann. Das macht Hoffnung, zeigt aber gleichermaßen auf, dass es schwierig zu sein scheint, die eigenen Anstrengungen zielgerichtet einzusetzen.

Und es ist wirklich schwieriger, als einem von vielen Seiten eingeredet wird.

Es soll an dieser Stelle in aller Deutlichkeit gesagt werden, dass sich verändern wollen heißt, bereit zu sein, ein hartes Stück Arbeit auf sich zu nehmen. Harte Arbeit deshalb, weil Probleme äußerst hartnäckig sind. Bei manchen Menschen haben sie sich im Laufe der Zeit regelrecht in den Lebensalltag eingenistet. Das ist die Wirklichkeit. Denn wenn es wirklich so einfach wäre, sich zu ändern, hätten doch auch Sie mit Sicherheit Ihre Probleme schon angepackt, oder etwa nicht? Gerade deshalb, weil Veränderungen oft schwer durchzuführen sind, wurde dieses Buch geschrieben. Es soll Beruhigung schaffen, damit keine falschen Schlussfolgerungen aus den vielen Erwartungen, Ansprüchen, Erfolgen und Misserfolgen gezogen werden. Und es soll Mut machen, zu jenen Veränderungen ja zu sagen, die man persönlich für wichtig, sinnvoll und nutzbringend erachtet. Das Leben selbst kann nicht so einfach sein, wie es manche Leute gern verkünden. Denn wäre es so einfach, gäbe es überall nur glückliche Menschen. Und von diesem Zustand sind wir in der Tat weit entfernt. Es gibt demnach auch ein Meer zwischen Wissen und Handeln!

2

Denn erstens kommt es anders und zweitens ... als man denkt!

Über menschliche Krisen und Chancen

In eine Krise kommt man in der Regel nicht dadurch, dass das Leben und der Alltag in gewohnten, bewährten, ruhigen Bahnen verlaufen. Warum sollte man verunsichert sein oder etwas ändern wollen, wenn es klappt und man mit sich und den Umständen zufrieden ist? Mag sein, dass manch einer irgendwann trotzdem leidet, weil alles so eintönig, berechenbar und deshalb langweilig ist. Ins Nachdenken, in Irritation und vor die Frage gestellt, etwas verändern zu sollen, wird man meist erst dann gebracht, wenn Gewohntes ins Stocken gerät, Erwartetes sich nicht bestätigt und Bewährtes nicht mehr zum Erfolg führt. Eine Krise wird oft heraufbeschworen, wenn etwas aus dem Rhythmus kommt und mit einfachen, raschen Maßnahmen nicht beseitigt werden kann; wenn Erklärungen nötig sind, aber zunächst noch fehlen; wenn selbstverständliches Tun anders wahrgenommen wird. Denken Sie an den Tausendfüßler, der vom neidischen Regenwurm gefragt wurde, wie er sein 534. Bein bewegt. Und der daraufhin dieses Bein so genau beobachtete, dass er fortan nicht mehr in der Lage war, elegant und wohl aufeinander abgestimmt, die unzähligen Füßchen zu bewegen. Etwas, das bis zur Frage des Wurms fast automatisch funktionierte, wurde plötzlich zum Problem, weil der Tausendfüßler sich nun auf ebendiese eine Bewegung konzentrierte.

Die Sache mit dem Zwiespalt

Mit der Ruhe und Ausgeglichenheit ist es oftmals vorbei, wenn Sand ins Getriebe kommt; wenn Abläufe nicht mehr selbstverständlich erfolgen können. Man nimmt plötzlich etwas in anderer Art und Weise wie gewohnt wahr. Ein Kontrast entsteht, weil man etwas aus einer anderen Perspektive betrachtet und es somit anders sieht und bewertet.

Durch derlei Erfahrungen werden persönliche Irritationen und Verunsicherungen ausgelöst. Man erlebt das, was man bisher als normal ansah, als problematisch. Man spürt, etwas anders machen zu müssen. Man entdeckt, dass sich in einer Situation eine Veränderung andeutet, man sieht sie auf sich zukommen. Man stellt fest, dass man mehr als eine Möglichkeit hat zu reagieren. Es steht zur Wahl: in der Regel den Zustand so zu belassen wie bisher oder aber verändern. Oft stehen für das Verändern mehrere Lösungen zur Auswahl ... Und manchmal kann oder muss man sich dann entscheiden: Entweder – Oder? Man grübelt, wägt ab. Einiges spricht dafür, es beim Alten zu belassen, anderes dagegen. Dieser Zwiespalt macht sich im Denken und in den Gefühlen bemerkbar und im körperlichen Wohlbefinden. Er tritt eigentlich in allen krisenhaften Situationen auf und kann abhängig von der Bedeutung und dem Ausmaß der Herausforderung und Änderung als sehr belastend erlebt werden. Gerade auch sogenannte kleine Alltagsprobleme wirken sich angesichts dieses Zwiespalts unangenehm aus.

Ulrike wollte sich endlich einen Geschirrspüler kaufen, war sich aber noch nicht darüber im Klaren, für welches Fabrikat und für welche Ausstattung sie sich entscheiden würde. Nachdem sie eine Unmenge von Prospekten der einzelnen Hersteller durchgesehen hatte, traf sie eine erste Vorauswahl, ohne allerdings sagen zu können, welches das wohl für sie beste Gerät sein würde. Sie hörte sich im Bekanntenkreis um, wobei ihr sehr unterschiedliche Ratschläge erteilt wurden, die sich teilweise widersprachen. Ulrikes Ratlosigkeit verstärkte sich. Das Gerät kostete schließlich viel Geld, das sie auch an anderer Stelle verwenden konnte. Die Entscheidung quälte sie, sie konnte tagsüber oft nicht den Gedanken an den Kauf abstellen, abends wälzte sie sich im Bett, konnte nicht einschlafen. Ein unangenehmer Zustand. Ulrike merkte, dass sie angesichts der Schwierigkeit, ein bestimmtes Gerät auszuwählen, das ihr zusagte, immer mehr mit dem Gedanken spielte, den Kauf noch einmal aufzuschieben.

Belastend wird, wie man sieht, der Zwiespalt in solchen Situationen. Doch dieser Zwiespalt ist eine unumstößliche Realität. Er kann starken Druck ausüben und verführt zu unüberlegten Reaktionen. Man entscheidet vorschnell und ohne vielleicht alles bedacht zu haben, was jedoch für eine angemessene Entscheidung wichtig wäre. Und all das nur, um die Spannung loszuwerden, die durch die ungeklärte Situation entstanden ist. Jeder weiß, dass es nicht einfach ist, Dinge auszuhalten, die sich in der Schwebe befinden. Schwebezustände sind wie nicht heilen wollende Wunden – sie schmerzen und machen ständig auf sich aufmerksam. Doch dieser unangenehme Charakter des Zwiespalts stellt nur die eine Seite dar.

Glücklicherweise beschert uns der Zwiespalt auch einige positive Aspekte, die man nutzen kann. Zunächst weist der Zwiespalt deutlich auf einen Zustand hin, nämlich den, dass man die Wahl hat – die Wahl zwischen mindestens zwei Möglichkeiten, die bei der Lösung einer ungeklärten Frage in Erwägung zu ziehen sind. Ähnlich dem Münzwurf. Tue ich etwas oder tue ich es nicht? Mache ich es sofort oder erst später? Alles auf einmal oder Stück für Stück? Ferner schützt der Zwiespalt vor unüberlegtem Handeln, wenn man sich dieser positiven Betrachtung bewusst wird. Nicht überstürztes, unüberlegtes Handeln, sondern kritisches Nachdenken und Auswählen der zur Wahl stehenden Möglichkeiten ist angesagt. Der Zwiespalt zeigt, dass man es sich nicht leicht machen soll. Für alle infrage kommenden Möglichkeiten gibt es Vor- und Nachteile. Keine Lösung stellt einhundertprozentig zufrieden.

Nun fällt einem trotz dieses kritischen Bewusstseins manche Entscheidung schwer, weil es in der Regel so ist, dass man meistens bei einer Veränderung auch etwas verliert. Etwas, das man in der augenblicklichen Lage durchaus als persönlich angenehm und vorteilhaft ansieht. Verändern und Bewahren – unser siamesischer Zwilling!

Sie kennen den Ausspruch: »Der Spatz in der Hand ist mir lieber als die Taube auf dem Dach!« Weshalb ein (vielleicht sogar zu hohes) Risiko eingehen, wenn man doch etwas hat, das man bereits sicher sein eigen nennen darf? Es sei an den Fuchs erinnert, der ein großes Stück Käse im Maul haltend im See sein eigenes Spiegelbild sieht, ohne dies zu wissen. Er schnappt gierig nach dem anderen Stück und ... verliert alles. Wer ein Risiko eingeht – und dies ist oft unumgänglich –, muss sich zuvor über die Gefahren, Unabwägbarkeiten und möglichen negativen Effekte Klarheit verschaffen. Das führt entweder zur Zufriedenheit mit dem aktuellen Zustand oder steigert die Bereitschaft, etwas zu wagen. Manchmal ist es besser, sich nicht zu überschätzen, und dies ermöglicht die kritische Betrachtung der Situation am ehesten. Manchem müsste man dennoch raten: »Schuster, bleib bei deinem Leisten!« oder anmahnen: »Wer sich in die Gefahr begibt, kommt darin um!« Aber eben auch den Rücken stärken: »Wer nicht wagt, der nicht gewinnt!« Und wieder begegnet uns der Zwiespalt.

Bevor wir uns nun den Problemen zuwenden, die während einer sich anbahnenden Krise auftreten können, sollten wir uns damit beschäftigen, welche Anlässe dazu beitragen, eine Veränderung zu planen. Grob gesehen unterscheidet man zwei Formen persönlicher Krisensituationen.

»Ich könnte mal, soll ich?«

Zunächst sei die sogenannte »Kür«-Krise genannt. Sie entsteht, wenn eine Person etwas an sich selbst entdeckt, das sie verändern möchte, wie beispielsweise das Gewicht, das Rauchen, die Haarfrisur oder anderes. Man ist mit dem momentanen Zustand nicht mehr zufrieden und will ihn ändern. Allerdings, und das ist wichtig, besteht kein dringender Anlass, kein echter Druck, die Änderung durchzuführen. Man betrachtet die Änderung aber als momentane persönliche Herausforderung, liebäugelt mit dem angestrebten Ziel. Das geplante Veränderungsvorhaben hat fast etwas Spielerisches: »Ich muss ja nicht, soll ich wirklich?« Eigentlich riskiert man in diesem Falle nichts. Man hat nichts zu verlieren, da der momentane Zustand durchaus überwiegend positiv erlebt wird, obgleich man gerade auch etwas bemerkt hat, das stört. Über die Veränderung wird nachgedacht nach dem Motto: »Probiere ich es halt mal, es kann ja nicht schaden!« Solche »Kür«-Krisen verunsichern zwar in der Regel für kurze Zeit, doch das Leben wird nicht nachhaltig von ihnen beeinträchtigt. Meist geht es im alten Trott weiter.

Wir alle kennen einen typischen Anlass, bei dem sich Jahr für Jahr die meisten Menschen vornehmen, in Zukunft etwas anders zu machen: Silvester. Das alte Jahr geht zu Ende, ein neues, hoffentlich gutes steht bevor. Und da finden wir uns nun bepackt mit den unzähligen Erfahrungen des ausklingenden Jahres, mit Misserfolgen und Erfolgen, mit Fortschritten und Stagnationen, mit persönlich wichtigen und weniger wichtigen Erlebnissen. Und plötzlich sind wir bereit, über einiges kritisch nachzudenken, was uns gestört hat, und fassen den Entschluss: »Ab morgen mach ich dies und jenes anders, morgen geht´s los!« Die meisten Vorsätze verpuffen innerhalb kurzer Zeit, manche überleben noch nicht einmal die Neujahrsnacht. Schade! Eigentlich könnte jeder Tag ein Silvestertag für uns sein, an dem wir (positiv gesehen) wahrnehmen dürfen, was uns an uns und unserer Lebenssituation zu schaffen macht und was wir gerne anders hätten.

Silvester-Vorsätze zeichnen sich dadurch aus, dass sie aus freien Stücken gefasst werden. Vielleicht ist aus diesem Grunde eine starke Willenskraft nötig, um sie durchhalten zu können: Man kann sich ändern, man muss es aber nicht. Und rasch deckt der graue Alltag mit seinen Begleitern Bequemlichkeit und Verharmlosung den Mantel des Vergessens über unsere Vorsätze. Bis zum nächsten Silvesterabend. Natürlich gibt es auch Menschen, die eine ohne größeren Druck eingeleitete Veränderung im Laufe der Zeit mit Ehrgeiz weiterbetreiben, die sogar Spaß daran haben und dadurch mit großem Engagement das angestrebte Ziel erreichen. Im Laufe des Veränderungsprozesses wurden ihnen häufig Vorzüge bewusst, an die sie vorher überhaupt nicht gedacht hatten.

Edwin hatte den Eindruck, dass er in den letzten Jahren konditionell ziemlich abgebaut hatte. Er bemerkte dies kürzlich, als der Fahrstuhl im Bürohaus ausfiel und er acht Stockwerke zu Fuß gehen musste. Er beschloss, am Wochenende regelmäßig zu joggen. Anfangs hatte er jedesmal mit sich zu kämpfen, tatsächlich loszulaufen. Manchmal kamen ihm schlechtes Wetter oder Arbeit im und um das Haus herum, die dringend erledigt werden mussten, entgegen. Allerdings fiel Edwin auf, dass die Bewegung an der frischen Luft etwas bewirkte. Er lernte eines Tages beim Joggen einen jungen Mann kennen, mit dem er sich regelmäßig für den Samstagnachmittag verabredete, sie liefen dann gemeinsam. Edwin machte es mehr Freude, zu zweit zu laufen, und da er nun merkte, dass sich seine Kondition sichtlich verbessert hatte, joggte er auch wochentags, sofern ihm Zeit dafür blieb. Der junge Mann spielte in einem Hobby-Fußballclub und lud Edwin ein, denn er hatte vor einigen Jahren selbst für kurze Zeit aktiv gespielt. Der Club gefiel ihm, besonders auch die Geselligkeit. Edwin lernte einige neue Leute kennen, von denen ihm eines Tages angeboten wurde, an einer Hochgebirgshüttentour teilzunehmen. Edwin sagte sofort zu, konditionell brauchte er sich keine Sorgen mehr zu machen.

Anlässe dafür, etwas im momentanen Leben zu ändern, von dem man durchaus profitieren würde, findet man wie Sand am Meer. Auch Sie werden bei einer Strandwanderung fündig.

»Ich sollte eigentlich, kann ich?«

Wir alle kennen Situationen, in denen etwas für uns Wichtiges passiert, das uns belastet, irritiert, verwirrt, verunsichert und in Zugzwang bringen kann. Die Ereignisse können insofern bedeutsam sein, als sie bestimmte Überzeugungen, Einstellungen und Wertmaßstäbe oder Teile davon berühren, die für uns persönlich von Bedeutung sind. Oder die Ereignisse erschüttern sogenannte Grundfesten unserer Lebensführung. Es wird eine Situation geschaffen, die uns in eine »Pflicht«-Krise bringen kann, in der sich die Frage stellt: »Ich sollte eigentlich, kann ich?« Das Leben wird nicht so sein wie vorher, wenn man den aktuellen Konflikt nicht löst. Daher der Zugzwang. Man muss etwas ändern, um das innere oder äußere Gleichgewicht wiederherzustellen. Aufgrund der vorliegenden Umstände sieht man sich also genötigt, über wirkliche Veränderungen nachzudenken und sie einzuleiten.

In eine derartige bedrängte Situation bringen uns vor allem persönliche Krisen. Situationen, in denen wir merken, dass wir mit der Art und Weise, wie wir bisher eine Schwierigkeit beseitigen wollten, nicht so ohne weiteres erfolgreich sein werden. Die bisher benutzte Schablone für das Lösen von Problemen versagt. Es müssen neue Bewältigungsformen her. Teilweise solche, die völlig neu für uns sind. Teilweise solche, vor denen wir uns bisher erfolgreich drücken konnten. Teilweise solche, die uns bekannt sind, die wir bisher aber außer Acht ließen.

Es kann sich um »kleine Krisen« handeln, die zwar momentan sehr bedeutsam sind, im Vergleich mit anderen alltäglichen Problemen jedoch nicht stark verunsichern. Möglich sind aber auch »große Krisen«, die unsere bisherige Lebensführung erschüttern und mitunter eine deutliche Veränderung unserer gesamten Lebenssituation notwendig machen.

Erika, Mutter von drei Kindern, von denen zwei bereits volljährig waren, war immer überzeugt gewesen, eine gute Mutter gewesen zu sein. Sie hatte sich bemüht, allen Kindern gerecht zu werden, keines zu bevorzugen, keines strenger als andere zu behandeln. Seitens der Kinder war nie Kritik laut geworden, von kleineren Reibereien mal abgesehen, wie sie aber überall vorkommen. Diese Idylle wurde eines Tages jäh zerstört, als die älteste Tochter im Zusammenhang eines Gesprächs über einen Jahre zurückliegenden Urlaub eine Bemerkung machte, wonach sie immer den Eindruck gehabt habe, dass die Mutter zu Hause nicht nur die Hosen anhat, sondern auch dem Vater nie eine Chance gab, eine wichtige Rolle in der Erziehung zu spielen.

Erika war schockiert über diese Äußerung, fragte bei den andern Kindern nach, die den Eindruck der Schwester durchaus bestätigten. Erika reagierte mit einer heftigen körperlichen und seelischen Krise, die sich über Monate hinzog. Ihr Lebenswerk, ihr Lebensplan und ihre Art und Weise, sich für die Familie zu engagieren, waren infrage gestellt, ja, so empfand sie es, zerstört worden. Für Erika stand fest, dass sie nicht so wie bisher weitermachen konnte.

Aus einer vermeintlich »kleinen« Krise, nämlich dem ersten Hinweis der Tochter, entstand in diesem Fall lawinenartig eine »große« Krise, fast so, als ob für die Mutter ein Kartenhaus des Lebens eingestürzt wäre.

Die Krise mit der Krise

Die meisten Menschen empfinden es als Katastrophe, wenn sie in eine Krise kommen. Sie fürchten sich vor der Krise, allein schon das Wort »Krise« ruft negative Empfindungen hervor. Krisen haben etwas Bedrohliches, etwas, das Angst macht, etwas, dem man sich hilflos ausgeliefert sieht. Krisen wühlen auf, bringen Unruhe und Unordnung. Meist kann man sich ihnen auf

Dauer jedoch nicht entziehen. Vielleicht gelingt dies kurzfristig unter Aufbietung aller Kräfte, aber nicht langfristig. »Aufgeschoben ist nicht aufgehoben!«

Es kann zum Problem werden, die vorliegenden Argumente beim Finden eines Lösungsweges richtig abzuwägen – das Für und Wider der jeweiligen Möglichkeiten. Fragen drängen sich auf: »Was passiert, wenn ich die Dinge so belasse, wie sie sind? Was ist zu erwarten, wenn ich mich für die andere Lösung entscheide?« Fragen über Fragen. Man muss in der Lage sein, Schwerpunkte zu setzen, Schwerpunkte für das, was man will, und für das, was einem persönlich wichtig ist. Es sollte eine Lösung sein, die geeignet ist, wieder eine seelische Balance herzustellen, also eine, mit der man gut leben kann. Doch das gelingt nicht immer. Trotz einer Entscheidung hält die innere Zerrissenheit an, sodass die Karten neu gemischt werden müssen. Habe ich alles bedacht? Habe ich nichts übersehen?

Sie kennen die Menschen, die nach der »Vogel-Strauß-Methode« ihren Kopf in den Sand stecken und hoffen, dass sich die Probleme erledigt haben, wenn sie wieder aus dem Sand auftauchen. Und Sie selbst haben sich vermutlich auch schon einmal dabei ertappt, diesen großen Vogel zu mimen?

Sie haben unangenehme Situationen durch Abtauchen bewältigen wollen? Nun ja, Sie befinden sich in der Gesellschaft vieler Menschen, die versuchen, durch selbstgewählte Passivität Konflikte zu lösen. Manchmal gelingt dies durchaus, denn: »Es wird nicht alles so heiß gegessen, wie es gekocht wird!« und manche Probleme verlieren ihre Heftigkeit, »wenn man erst mal drüber geschlafen hat«. Stimmt, manche! Viele Menschen mit derartiger Passivität vergessen jedoch, dass sie andere über ihr Leben bestimmen lassen, während ihr Kopf im Sand steckt. Das Leben geht weiter. »Wer zu spät kommt, den bestraft das Leben!«, meinte vor einigen Jahren der damalige russische Präsident Gorbatschow. Und wie Recht er hatte! Kann man sich wirklich den »Luxus« leisten, andere Menschen über seine eigenen Angelegenheiten bestimmen zu lassen?

Bei zu langem Zögern und Zaudern verpasst man leicht eine wichtige, manchmal für die weitere Zukunft sogar richtungweisende Entscheidung. Denn manche Chancen kommen so schnell nicht wieder. Mit Sicherheit fällt Ihnen sofort eine Situation ein, bei der Sie die Gelegenheit nicht beim Schopfe packten und sich dann im Nachhinein ärgerten oder traurig waren. Man hat mitunter längere Zeit an solch einem Versäumnis zu knabbern. Hinterher versteht man oft nicht, weshalb man gezögert hatte. Man kann das Problem recht deutlich nachvollziehen, wenn man sich eine Veranstaltung vorstellt, in der man als Teilnehmer vor der Frage steht, sich an der Diskussion zu beteiligen oder nicht. Lassen wir Axel zu Wort kommen:

Axel studierte im dritten Semester Sozialpädagogik und ärgerte sich wiederholt darüber, dass er sich in den Seminaren schwer tat, einen eigenen Beitrag in den Diskussionen zu leisten. Er hätte viel zu sagen gehabt, denn er las intensiv die Fachliteratur und verfügte aufgrund seiner ehrenamtlichen Tätigkeiten in einem Randgruppenprojekt über genügend praktische Erfahrungen zu Themen, die häufig in den Veranstaltungen angesprochen wurden. Axel beschrieb seine Situation so: Wenn er auf eine Frage eine Antwort wusste, traute er sich nicht zu, dass er alles Wichtige berücksichtigt hatte. Er überlegte erneut. Anschließend feilte er daran, wie er seine Argumente formulieren musste, um möglichst keine Kritik von Seiten der anderen zu bekommen. Um sich bei der Kritik sicher zu sein, schaute er sich im Kreis der Teilnehmer um, ob jemand anwesend war, vor dem er sich fürchtete. Irgendwann war Axel aufgrund seiner Rückversicherungen so weit, dass er sich hätte zu Wort melden können. Nur – inzwischen hatte entweder ein Mitstudent bereits die Antwort gegeben (meistens die, die Axel auch geben wollte) oder die Diskussion war weitergegangen und bereits an einem anderen Punkt, sodass Axel den Eindruck hatte, dass sein Beitrag nicht mehr passte. Oft machte er sich im Nachhinein Vorwürfe, hatte Wut auf sich selbst und reagierte anschließend mit Resignation und Passivität.

Viele Menschen kommen wie Axel immer wieder in die enttäuschende Lage, dass sie verpassten Chancen hinterhertrauern, sich Besserung geloben, aber in der nächstbesten Situation erneut vor dem gleichen Entscheidungsdilemma stehen. Ein sich wiederholender Prozess, der auf Dauer das Selbstwertgefühl beeinträchtigt.

Sich nicht entscheiden ist auch entscheiden

Kommen wir zu einer weiteren Überlegung im Zusammenhang mit dem Problem, sich nicht entscheiden zu können. Vielen, die sich vor aktiven Entscheidungen und Stellungnahmen drücken, sie meiden, vor ihnen flüchten, ist unbekannt, dass sie sich damit bereits entschieden haben. Das klingt kompliziert? Wer die folgende Überlegung nachvollzieht und verstanden hat, wird künftig sein Verhalten in Situationen, in denen er sich festlegen kann, sollte und muss, angemessener beurteilen.

Vielen ist überhaupt nicht bewusst, dass sie auch dadurch, dass sie abtauchen, entschieden haben: Sie haben entschieden, sich nicht aktiv einzumischen! Aber dies ist nichtsdestotrotz eine Entscheidung! Man kann sich demnach nicht nicht-verhalten. Egal, was man tut, man tut etwas. Wichtig ist nur, tut man etwas Passives oder etwas Aktives? Gestaltet man die Situation im eigenen Sinne mit oder überlässt man die Situation anderen und liefert sich anschließend den Konsequenzen aus? Man muss sich die Tragweite des Problems bewusst machen!

Hierzu ein kleines Beispiel:

Stellen Sie sich vor, Sie sitzen in einem kleinen Ruderboot, mit dem Sie auf den Wellen des Meeres schaukeln. Sie werden vorankommen, Sie werden eine Richtung einschlagen, die Strömung wird Sie weitertreiben – auch wenn Sie nichts tun, als im Boot zu sitzen und abzuwarten. Irgendwann werden Sie an Land gespült werden. Mit Sicherheit. Doch wollten Sie dort eigentlich hin? War das Ihr

Zielpunkt? Oder wollten Sie in eine andere Richtung, an eine andere Stelle? Sie müssen sich fragen, was Sie hätten tun können, um Ihr persönliches Ziel zu erreichen. Wie wäre es gewesen, wenn Sie das Ruder bedient und sich aktiv und mit Kraft als Ruderer betätigt hätten? Wäre es nicht möglich gewesen, selbst die Himmelsrichtung auszumachen und zu kontrollieren, um ans Ziel zu kommen?

Es widerfährt wohl vielen Menschen so wie diesem passiven Bootsfahrer, der sich den Launen von Wellen und Wind unterordnend treiben lässt. Zwar geht es augenscheinlich voran, aber letztlich nicht unbedingt in die Richtung, die dem Bootsinsassen vorschwebte. Dann hilft kein Wehklagen. Was hinderte ihn, aktiv zu werden, um dorthin zu kommen, wohin er wollte?

Dass es bei einem derartigen Vorgehen auf längere Sicht betrachtet massive Schwierigkeiten bis hin zu persönlichen Krisen geben kann, verwundert nicht. Wer sich zu lange versteckt, wird bald nicht mehr gesehen und nicht mehr gesucht! Die Karawane zieht ohne ihn weiter.

Man muss in die Welt hineingehen, die Welt kommt nicht von sich aus.

Krise heißt Chance

Man weiß, dass Krisen auch ihre Vorteile haben. Sie erweisen sich manchmal als günstige Chance, denn sie bieten uns die großartige Möglichkeit, unsere Persönlichkeit besser zur Entfaltung zu bringen. Und oft ermöglicht dies wirklich nur die Krise, sofern sie dem Betroffenen bewusst wird – und er merkt, dass es auf Dauer mit ihm wirklich nicht so wie bisher weitergeht. Für den, der Krise als solche persönliche Chance sieht, verliert die Krise die Bedrohung und eröffnet den Zugang zu neuen Sicht-, Erlebens- und Verhaltensweisen. Man erinnere sich an das Wort: »Not macht erfinderisch!« In diesem Falle handelt es sich um seelische Not. Manchmal entwickelt man bei positiver

Betrachtung der Krise ein neues Erleben unserer Identität. Plötzlich merkt man, dass man sich durchaus wohl fühlt bei dem Gedanken, in bestimmter Weise anders zu sein. Man lässt die Phantasie einfach mal zu, begibt sich auf eine kleine Traumreise – in der neuen, bisher nicht gelebten Rolle. Vielleicht bemerkt man dabei, dass man ähnlich dem Bootsfahrer im Nebel schon dichter am Ziel ist, als man dachte.

Manchmal werden wir sicherer im Umgang mit den täglichen Herausforderungen, wenn wir zum Handeln gezwungen werden, wenn wir »ins kalte Wasser geworfen werden«. Der Wurf zeigt oft, dass man etwas kann, wenn man muss. Nur hat man es bisher nicht erfahren können, weil man sich scheute, die Herausforderung anzunehmen. Es ist schön, »zum Glück gezwungen zu werden« – sofern es bisher blockierte, aber allzeit vorhanden gewesene Energien freisetzt. Folgen können beispielsweise sein, dass man anschließend optimistischer denkt, dass man mehr Zutrauen hat, in Zukunft mit ähnlichen Schwierigkeiten fertig zu werden. Man fühlt sich insgesamt nicht mehr so ausgeliefert! Die Krise als Chance, die Krise als »seelisches Fieber«: Sie ist zwar kurze Zeit heftig und unangenehm, aber auf Dauer reinigend und stärkend.

Marc war ein schüchterner, stiller Junge, der für sein Alter körperlich gut entwickelt war, allerdings schon seit Jahren von Mitschülern geärgert und gehänselt wurde. Man stahl ihm das Pausenbrot, Schreibutensilien, schlug ihn, wenn er sich mit Worten zur Wehr setzen wollte. Die Pause auf dem Schulhof war für den 11-jährigen Jungen in der Regel ein einziges Spießrutenlaufen, auf dem Nachhauseweg wurde er zum Prügelknaben auserkoren. Oft kam er mit zerrissener Kleidung nach Hause. Aufmunternde Gespräche der Eltern führten ebensowenig zum Erfolg wie offene Appelle der Klassenlehrerin an die Partnerschaftlichkeit der Mitschüler. Zwar herrschte einige Zeit Ruhe, aber es blieb stets nur ein Scheinfrieden. Marc sah sich den anderen und der Situation ausgeliefert. Er hatte resigniert, ließ die Quälereien der anderen wehrlos über sich ergehen. Doch dann kam ein Ereignis, das für alle Beteiligten eine tiefgreifende Wende brachte.

Als Marc während einer Pause wieder einmal in eine hintere Ecke des Schulhofs abgedrängt wurde und ihn der als besonders rücksichtslos bekannte Klassenkamerad mit Gewalt zwingen wollte, einen Regenwurm zu verschlucken, wehrte sich Marc mit allen ihm zur Verfügung stehenden Kräften. Der andere Junge wurde von ihm regelrecht vermöbelt, sodass dieser sich nur durch panikartige Flucht vor Marc retten konnte. Marc war fortan ein Mitschüler, den man in Ruhe ließ, einige hatte der Kampf derart beeindruckt, dass sie sogar Angst vor ihm bekamen. Andere bemühten sich spürbar, einen freundschaftlichen Kontakt zu ihm aufzubauen. Die Krisensituation hatte ungeahnte, aber stets vorhandene Kräfte freigesetzt. Es bedurfte nur eines geeigneten Anlasses, damit sie zur Entfaltung kamen.

♣ **MEINE HILFREICHE KRISE**

Halten Sie kurz inne, und nutzen Sie Ihre Gedanken beim Lesen des letzten Abschnitts. Auch Sie befanden sich in letzter Zeit in krisenhaften Lagen, in denen Sie mehr oder weniger stark in Bedrängnis kamen – und in der Sie plötzlich ungeahnte Kräfte und Energien entwickelten. Und damit hatten Sie Erfolg.

Versetzen Sie sich nochmals in die damalige Situation. Führen Sie sich Ihr erfolgreiches Vorgehen in allen Einzelheiten vor Augen!

Die Krise kann für den Betroffenen manchmal recht drastisch verdeutlichen, dass es an der Zeit und lohnend ist, anders als bisher zu reagieren – nach außen oder nach innen. Erlebt man die Krise als produktiv und konstruktiv, fasst man Mut, alte Mechanismen aufzubrechen, mit denen man bislang erfolglos versuchte, die Herausforderungen zu meistern. Neues Verhalten zeigen heißt, neue Erfahrungen sammeln. Bisher praktizierte

Selbstverständlichkeiten werden endlich infrage gestellt, man denkt mehr über sich und die Dinge nach. Viele machen den Fehler, dass sie in der Krise möglichst rasch wieder zur Tagesordnung übergehen und in ihren alten Trott verfallen. Möglichst schnell raus aus dem unangenehmen Spannungszustand! Aber man verpasst dadurch oft eine Chance. Und leider muss man dann sagen: Krise gehabt, aber nichts dazugelernt!

Voreilige Lösungen sind meist Scheinlösungen. Sie gehen nicht an die eigentliche Wurzel des Übels. Hatten Sie jemals eine Plombe in einem Zahn, in dem noch faule Stellen verblieben waren? Irgendwann meldet sich das Grundübel wieder. Es ist so, als würde man auf eine Eiterbeule ein Pflaster kleben, nur um die Verunstaltung nicht mehr zu sehen. Aus dem Auge, aus dem Sinn! Ein vorläufiger Sieg.

Fassen wir zusammen. Nicht nur die »Kür«-Krise bietet positive Chancen für eine Veränderung, eine Neuorientierung und einen Neubeginn, sondern gerade auch die »Pflicht«-Krise, in der signalisiert wird, dass es nicht so wie bisher weitergehen kann, wenn man seelisch und körperlich ausgeglichen bleiben will. In der durch die Krise hervorgerufenen Irritation liegt eine fruchtbare Chance, sich zu besinnen, über sich und die Situation nachzudenken. Leider versäumen es viele Menschen, diesen Vorteil überhaupt zu sehen. Wie kommt das? Und wie kommt es, dass sie solch starke Angst vor einer Krise haben? Zunächst ist festzustellen, dass die Krise quasi einem Anschlag auf Ruhe und Ausgeglichenheit gleichkommt und das Wohlbefinden empfindlich stört.

Vier Ebenen des Befindens und Verhaltens

Um die Hintergründe im Zusammenhang mit dem Entstehen und Bestehen einer Krise besser verstehen zu können, folgt zunächst ein kleiner Ausflug zu den wichtigen Merkmalen menschlichen Befindens. Die Bewertungen einer Situation und die Reaktionen darauf spielen sich grundsätzlich immer auf den vier Ebenen Denken, Fühlen, Körper und Verhalten ab. Man findet sie beim Betrachten der Krise von Rita:

Die 33-jährige Rita bemerkte, dass ihr Leben nicht so verlief, wie sie es erwartete. Sie hatte den Eindruck, »irgendwie ständig in der Luft zu hängen«. Sie fühlte sich »aufgerieben zwischen mehreren Mühlsteinen, die unablässig mahlen« und ihr die Energie rauben, ohne sagen zu können, was sie letztendlich am meisten belastete. War es die Erziehung der beiden kleinen Kinder, deren häufiges Kranksein, der Haushalt, die Ehe, die ständige Einmischung ihrer Eltern? Bei kritischerer Betrachtung wurde ihr im Laufe der Zeit klar, dass sie unter ihrer schlechten Ehe am stärksten litt. Sie spürte immer deutlicher, dass sie sich eigentlich trennen musste.

Diese Einsicht führte zu einer massiven persönlichen Krise – auf allen genannten Ebenen. Ihr Körper reagierte heftig (ständige Übelkeit, starkes Zittern, Unruhezustände, Schlafstörungen), sie fühlte sich total antriebslos, ohne Energie, unkonzentriert, deprimiert. Ihre Gedanken kreisten ständig darum, welche unabsehbaren Folgen eine Trennung gerade für die Kinder mit sich bringen würde. Die Zukunft lag wie ein Berg vor ihr. Sie zog sich tagelang zurück, mied Kontakt zu Freunden und Bekannten. Sie fühlte sich weder seelisch noch körperlich belastbar.

Die starke Krise wurde ausgelöst, als Rita das Problem erkannte und den Zusammenhang zwischen ihrem allgemeinen Unwohlsein und ihrer ehelichen Situation herstellen konnte. Ihr Befinden wurde dabei auf allen vier oben genannten Ebenen beeinträchtigt.

Eine Krise wird deshalb zur Belastung, weil sich durch sie das Befinden meist unangenehm verändert. Wenn man sich demgegenüber jedoch relativ wohl fühlt, beobachtet man auf den gleichen Ebenen angenehme Effekte.

Schauen wir uns diesen Sachverhalt zusammengefasst in einer Aufstellung an.

Bewertungsebenen für das Befinden und Verhalten		
Ebene:	Merkmale	
	unangenehm erlebte Situation	angenehm erlebte Situation
Denken:	Pessimismus	Optimismus
Fühlen:	Angst, Unbehagen	Freude, Neugier
Verhalten:	Rückzug, Meiden	Aktivität, Anpacken
Körper:	Körperbeschwerden	Fitness, wohlige Energie

In der Regel erlebt man eine Krisensituation als unangenehm und belastend, solange sie noch nicht gelöst ist, das heißt, solange man sich noch zu keiner Entscheidung durchgerungen hat. Einiges spricht für die eine, anderes für die andere Lösung. Das Hin- und Hergerissensein wird zum zusätzlichen Problem. »Wer die Wahl hat, hat die Qual!« Sobald eine Entscheidung gefallen ist, also eine der Lösungsmöglichkeiten verwirklicht wurde, lässt die Spannung zunächst nach; anfänglich sogar bei Lösungen, die man nicht als vollkommen gelungen ansieht: Hauptsache, die Sache ist erst mal vom Tisch. Aufatmen, übergehen zur Tagesordnung. Bis zur nächsten Krise.

Wie auch immer die Reaktion aussieht: Stets sind die genannten vier Ebenen betroffen. Es ist aber zu beobachten, dass sich von Fall zu Fall, und mehr noch von Mensch zu Mensch, folgende Charakteristik zeigt: Die jeweiligen Effekte tauchen nicht immer in gleicher Stärke und zur gleichen Zeit auf. Beispielsweise reagiert der eine Mensch vornehmlich auf der Körperebene, ein anderer verspürt starke innere Unruhe, Deprimiertheit und Angst. Wieder ein anderer verfällt in Grübeleien, der akute Konflikt geht ihm nicht aus dem Kopf. Genauso verhält es sich im Zusammenhang mit positiven Situationen und Effekten. Manche Menschen haben regelrechte »Schwachpunkte« (dem einen schlägt es auf den Magen oder die Blase, der andere bekommt rasch Kopfschmerzen usw.). Derartige Anzeichen können durchaus als Hinweis darauf betrachtet werden, dass ein anstehendes Problem einer Lösung bedarf, damit wieder Ruhe einkehrt. Symptome auf den vier Ebenen sind keineswegs negativ, wenngleich sie häufig als unangenehm erlebt werden. Und doch haben sie eine wichtige Funktion: Sie sind wie Feuermelder, kündigen einen Brand an. Es ist weiterhin charakteristisch, dass die Symptome auf den genannten vier Ebenen selten gleichzeitig in gleicher Ausprägung auftreten, sondern sich meist nacheinander aufbauen. Ebenso verschwinden sie oft nacheinander, wenn das Problem gelöst ist.

Hierzu eine kleine Übung, bei der Sie sich genauer beobachten sollen. Sie haben mit Sicherheit schon selbst bemerkt, dass auch sogenannte kleine Entscheidungen Unausgeglichenheit hervorrufen können – sie müssen eben nur persönlich wichtig sein. Denken Sie beispielsweise an den Kauf eines Autos, eine Situation, die dem angehenden Besitzer einige schlaflose Nächte bereiten kann. Seine Freizeit wird vom Einholen von Prospekten, Gesprächen mit Bekannten über Autos, Besuch von Autohändlern und Probefahrten so lange bestimmt und ausgefüllt, bis er das Auto gekauft hat.

♣ **MEINE REAKTIONS-EBENEN**

Versetzen Sie sich in eine Situation, in der eine Entscheidung für Sie anstand, die für Sie persönlich wichtig war. Beobachten Sie, welche Ebene besonders ausgeprägt war und welche Symptome sich bemerkbar machten. Wie sah es auf den anderen Ebenen aus?

Das Modell der Konsequenzen

Obgleich es eine Binsenweisheit ist, dass man sich Entscheidungen nicht einfach aus den Fingern saugt, sondern sie unter Berücksichtigung wichtiger Aspekte trifft, lohnt es sich, einmal darüber nachzudenken, an welchen Maßstäben man eigentlich die infrage kommenden Lösungsmöglichkeiten bewertet, um zu einer Entscheidung zu kommen. Welche Überlegungen spielen eine Rolle, um sich für eine Lösungsmöglichkeit und gleichzeitig gegen andere auszusprechen? Ein Modell, das aus der Verhaltenstherapie, einer der erfolgreichen, gängigen Psychotherapieverfahren, entnommen ist, hilft diese Fragen zu beantworten. Nennen wir es das »Modell der Konsequenzen«. Jeder weiß aus dem Alltag, dass man darauf schaut, welche Effekte ein bestimmtes Verhalten hervorruft. Dies ist deshalb wichtig, weil diese Effekte wiederum darauf Einfluss nehmen, ob und wie dieses Verhalten in Zukunft gezeigt werden wird. Während ein Lob eher das Wiederauftreten begünstigt, wird durch Bestrafung diese Wahrscheinlichkeit eher reduziert. Man unterscheidet demnach positive und negative Konsequenzen.

Positiv kann aber nicht nur ein Lob wirken, sondern auch der Umstand, dass durch ein bestimmtes Verhalten ein unangenehmer Zustand beendet wird. Jeder von uns kennt die Situationen, in denen wir unter einem speziellen unangenehmen Druck standen und den wir durch ein »erlösendes« Verhalten beenden konnten. Wir haben Kopfschmerzen, nehmen eine Tablette und die Kopfschmerzen verschwinden. Sollten wir wieder Schmerzen haben, werden wir mit großer Wahrscheinlichkeit erneut zum Schmerzmittel greifen: Das Einnehmen hat ja geholfen.

Viele erleben die Krise als derart schmerzhaft, einschränkend, quälend und unangenehm, dass sie sozusagen zwanghaft »das erstbeste tun, bloß um den schrecklichen Zustand zu beseitigen«. Dies kann sich schon kurze Zeit später als problematisch für den Betreffenden erweisen. Wenn die normale Situation wieder eingetreten ist – also ohne unangenehme Merkmale –, versteht man oft sein unter »Zwang« gezeigtes Verhalten nicht mehr. Manchmal hat man ein schlechtes Gewissen und kommt auf diese Weise erneut in eine Krise. Die seinerzeitige Lösung war demnach nicht so effektiv, als dass man tatsächlich eine Ausgeglichenheit hätte erreichen können. Sie zielte nur darauf ab, den »Schmerz« rasch zu beseitigen, änderte also nichts an den Bedingungen, die die missliche Situation beliebig wiederholbar werden ließen.

Für manchen Menschen besteht das tägliche Hoffen im Alltag lediglich noch darin, dass er von unliebsamen Ereignissen verschont bleibt. Ihm geht es bereits gut, wenn es ihm nicht schlecht geht. Auch eine Form von Bescheidenheit. Eine bescheidene Art, dem Leben doch etwas Positives abzugewinnen. Nur nicht das Schicksal, nur nicht die anderen herausfordern.

Welche negativen Konsequenzen ergeben sich aus dem Verhalten eines Menschen? Aus dem Modell lassen sich zwei große Gruppen ableiten. Zunächst die schon geschilderten reinen negativen Effekte, wie sie als Bestrafung in allen Varianten vorkommen. Und als zweite große Gruppe: der Entzug von positiven Dingen. Was ist darunter zu verstehen? Durch eine bestimmte Verhaltensweise bewirkt man, dass man vorher noch vorhandene positive, angenehme Zustände verliert. Unzählige Beispiele gibt es aus der Erziehung. Auch Sie haben diese wahrscheinlich schon hautnah erfahren. Taschengeldsperre, Hausarrest, Fernsehverbot etc. wurde ausgesprochen, wenn man sich nicht an Vereinbarungen hielt. Weil man zu spät kam, obgleich 18.00 Uhr ausgemacht war, durfte man zur Strafe anderntags nicht aus dem Haus. Der angenehme Zustand »Freiheit« wurde durch die Übertretung verwirkt.

Zum weiteren Verständnis des Modells ist es ferner wichtig zu wissen, dass diese Konsequenzen von außen (also von anderen Personen), aber auch von innen (also von der Person selbst) ausgesprochen werden können.

Die folgende Übersicht auf Seite 44 enthält am Beispiel einer Person, die 10 kg abgenommen hatte, die verschiedenen Konsequenzbereiche (Konsequenz = K) – auch getrennt nach innen und außen und nach positiv (+) und negativ (-).

Man sieht an diesem Beispiel, dass sowohl die neue als auch die alte Verhaltensweise positive als auch negative Konsequenzen bewirkt. Dies zu wissen ist äußerst wichtig, weil viele Leute meinen, dass grundsätzlich alles besser werden muss, wenn man sich ändert. Doch dieser Umstand muss nicht eintreten, zumindest nicht sofort. Seien Sie also nicht enttäuscht und irritiert, wenn sich neben schönen Effekten neue, nicht erwartete unangenehme einstellen. Dazu mehr im Kapitel 6: »Wehe, der ich rief die Geister ...«.

Die Übersicht kann auch helfen herauszufinden, nach welchen Maßstäben man selbst eine Entscheidung vornimmt. Der eine schaut vor allem auf die positiven Seiten einer Reaktion und wählt die Möglichkeit, die ihm am meisten bringt. Dies kann bedeuten, dass er keine Veränderung vornimmt, weil er das Risiko eingehen würde, liebgewonnene Dinge zu verlieren. Für einen anderen kommt nur die Lösung infrage, die sicherstellt, dass er möglichst keine unangenehmen Folgen zu spüren bekommt.

Modell der Konsequenzen am Beispiel einer Person mit Gewichtsabnahme		
Positive Effekte	**Innen**	**Außen**
Erlangen von K+	Stolz; Freude, wieder neue, modische Kleidung tragen zu können; Wohlbefinden	Lob und Anerkennung für das Abnehmen und das Durchhalten
Wegfall von K-	Verunsicherungen im Selbstwert und Selbst-vertrauen sind geringer geworden	Hänseleien wegen Dicksein und Aussehens entfallen
Negative Effekte		
Erlangen von K-	Unruhe, ob man das Gewicht halten kann; neue, ungewohnte Herausforderungen stellen sich	Personen werten ab, z. B., dass man bestimmt wieder zunimmt, Meinung, dass man dicker besser aussah etc.
Wegfall von K+	auf bestimmte, geliebte Nahrungsmittel verzichten müssen; grenzenloses Ess-vergnügen fällt weg	Rücksichtnahme wird geringer, die wegen des Dickseins früher eingeräumt wurde (z.B. wurde auf Mithilfe bei schweren Arbeiten verzichtet)

Manch einer ist bereit, neue Erfahrungen zu machen, ein Risiko bewusst in Kauf zu nehmen, in der Hoffnung, dass sich schon irgendetwas positiv ändern wird. Wieder ein anderer richtet sich in seinem Vorgehen vor allem daran aus, wie die Umwelt reagieren wird, während es andererseits Menschen gibt, die in erster Linie das tun wollen, was ihnen selbst wichtig ist, und sich nicht um die Reaktionen der anderen kümmern.

Ist Ihnen beim Lesen aufgefallen, dass Sie eher zu dem einen als zum anderen Typ gehören? Dann haben Sie bereits eine interessante Entdeckung gemacht, die Sie im weiteren Verlauf nutzen können.

Es fehlt zur Komplettierung des Modells der Konsequenzen noch eine Unterscheidung. Sie ist wichtig, weil sie bei den vielschichtigen Überlegungen, welche der angebotenen Möglichkeiten man auswählen soll, eine sehr bedeutsame Rolle spielt: die Unterscheidung zwischen kurzfristigen und langfristigen Konsequenzen! Es ist ja nicht einerlei, ob man eine Belohnung für ein Verhalten sofort oder erst in einigen Tagen erhält. Ebenso gilt dies für Bestrafung, deren Wirksamkeit nicht nur von der Stärke abhängt, sondern auch vom Zeitpunkt, an dem sie erteilt wird. Je rascher, desto wirksamer. Der Zusammenhang zwischen Handlung und Effekt geht nicht verloren. Man muss deshalb zwischen kurz- und langfristigen Effekten unterscheiden. Stellen sich angenehme oder unangenehme Konsequenzen schnell ein, oder wird es längere Zeit dauern? Eine wichtige Überlegung. Oft entscheiden sich Menschen oberflächlich und voreilig. Sie überbewerten die Effekte, die sich kurzfristig ergeben werden, und unterschätzen die Bedeutung der mittel- und längerfristig eintretenden negativen Folgen. Oder umgekehrt: Sie überbewerten die kurzfristigen negativen Konsequenzen einer Veränderung und unterschätzen die Effekte, die sich auf Dauer als positiv einstellen werden. Es lohnt sich deshalb, die zu erwartenden Konsequenzen bereits im Vorfeld äußerst kritisch zu betrachten. In einer Krise sollten bei der Suche nach einer geeigneten Lösung die positiven und negativen Aspekte gegeneinander abgewogen werden. Wenn man die Bedeutung der Konsequenzen für das Denken, Fühlen, Verhalten und das körperliche Wohlbefinden durchschaut hat, wird man wachsamer. Herbert bietet ein gutes Beispiel zur Veranschaulichung:

Der 26-jährige Herbert, gelernter Schreiner in fester Anstellung, erlebte es wiederholt, dass er sich in seinem Sportclub nicht wohl fühlte. Nicht, dass er ein schlechter Volleyballspieler gewesen wäre, nein, er litt darunter, dass in der Mannschaft viele Studenten oder Akademiker spielten und er außer einem Freund der einzige Arbeiter war (negative innere Konsequenz). Manchmal hatte er den Eindruck, dass die anderen ihn bei Diskussionen nicht so recht ernst nahmen bzw. ihn nicht direkt mit einbezogen (negative äußere Konsequenz). Herbert bekam zunehmend Minderwertigkeitsgefühle (Krise). Obwohl er in seinem Beruf sehr erfolgreich war, viel Lob von der Kundschaft erhielt (positive äußere Konsequenz) und seinen damaligen Traumberuf Schreiner gerne ausübte (positive innere Konsequenz), beschlichen ihn Gefühle von Unzufriedenheit, die sich auszubreiten drohten. Herbert dachte über seine Situation nach; insbesondere schien ihm die Möglichkeit lukrativ, über den zweiten Bildungsweg das Abitur nachzuholen und eventuell später ein fachbezogenes Studium aufzunehmen. In Gedanken sah er sich schon als glücklicher, erfolgreicher Student (innere positive Konsequenz), dem in seiner Umgebung Anerkennung zuteil wird (äußere positive Konsequenz). Natürlich wurde ihm ebenso klar, dass zunächst eine zeitliche Mehrbelastung mit deutlichen Einbußen seiner Freizeitaktivitäten auf ihn zukommen würde (Wegfall einer inneren positiven Konsequenz). Auch signalisierte ihm seine Freundin, dass sie die Idee angesichts der Belastungen, die auf beide zukommen würde, nicht gut fand (äußere negative Konsequenz). Sie deutete ferner an, dass sie nicht zurückstecken und notfalls die Freundschaft aufkündigen werde (Wegfall positiver äußerer Konsequenzen). Demgegenüber unterstützte sein Chef das Vorhaben begeistert (positive äußere Konsequenz) und stellte ihm in Aussicht, in der Firma in einigen Jahren beispielsweise als leitender Angestellter in der Produktion arbeiten zu können (positive äußere Konsequenz). Herbert stellte die verschiedenen Aspekte zusammen und entschied sich dafür, den ursprünglichen Plan, sich bildungsmäßig weiterzuqualifizieren, fallen zu lassen.

Entscheidend für diese Lösung war, dass ihm die langfristigen Vorteile nicht sicher und gravierend genug erschienen, um die mit Sicherheit kurzfristig zu erwartenden negativen Effekte auszugleichen, wobei ihn besonders die möglichen konkreten Einbußen in seinem Alltag und in der Beziehung belasteten. Herbert sprach mit dem Meister und dem Chef über Möglichkeiten, sich innerhalb seines geliebten Berufs fortzubilden.

Es gilt, diese vielschichtigen Zusammenhänge zu beachten. Denn sie helfen nachzuvollziehen, weshalb es manchmal zu Entscheidungen kommt, die im Nachhinein als Fehler eingestuft werden müssen oder die bei Personen aus der direkten Umwelt auf Unverständnis stoßen, weil sie es garantiert anders gemacht hätten. Wer die Zusammenhänge versteht, kann sich besser in einen von einer Krise geplagten Menschen hineinversetzen, der eine von außen betrachtet »einmalige« Chance auslässt, der etwas ganz anderes tut, als man erwartet hatte; jemand, der eine Lösung wählt, die ihm vielleicht auf den ersten Blick oder auf Dauer mehr schadet als nutzt. Oder der sich dagegen ausspricht, etwas zu verändern, und sich dafür entscheidet, die Dinge so zu belassen, wie sie sind.

Entscheidungen sind manchmal irrational, unvernünftig, scheinbar getroffen unter »Vernachlässigung« allen Verstands (von außen gesehen!). Entscheidungen werden eben manchmal aus dem Bauch heraus getroffen, rein gefühlsmäßig, der Verstand spielt eine untergeordnete Rolle. Und das ist die tägliche Wirklichkeit! Man weiß, dass man es eigentlich so oder so machen müsste, macht es aber anders. Wer kennt das nicht, wenn er an den Kauf eines Geräts denkt, bei dem die Farbe plötzlich eine größere Rolle spielte als die technische Ausstattung, obwohl man wusste, dass das Gerät im Verbrauchertest nicht uneingeschränkt gut bewertet wurde? Wer kennt nicht die Ehepaare, bei denen seinerzeit das Aussehen eine größere Rolle spielte als Gemeinsamkeiten in Hobbys, in der Weltanschauung oder in der Herkunft? Entscheidungen, die aus dem Bauch heraus entschieden wurden, können sich ebenso als richtig oder falsch erweisen wie solche, die allein vom Verstand bestimmt waren. (Sie kennen die Tragik von Verstandesheiraten, bei denen alle hofften, dass die Gefühle von allein nachwachsen.)

Wichtig ist, und dazu soll das Modell der Konsequenzen verhelfen, dass man Krisen durchstehen und lösen kann, wenn man sich der genannten Entscheidungsprozesse bewusst ist. Machen Sie die folgende Übung in aller Ruhe.

♣ Wählen Sie eine kleine oder große persönliche Krise aus, in der Sie eine »Kür«- oder »Pflicht«-Krise erleben. Versuchen Sie dann mit Hilfe des »Modells der Konsequenzen«, Ihre persönliche Situation aufzuschlüsseln. (K Konsequenz, iK innere, aK äußere Konsequenz; kK kurzfristige und lK langfristige Konsequenz)

Ihre Aufstellung wird in Kapitel 4 »Auf die Plätze, fertig... und los!« aufgegriffen und nochmals bearbeitet.

Akute und chronische Krisen

Natürlich haben Sie schon festgestellt, dass Krise nicht gleich Krise ist, nicht nur unter den bisher dargestellten Gesichtspunkten. Es gibt Krisen, die überfallartig, wie ein Blitz aus heiterem Himmel hereinbrechen und meist sofortige Umstellungen erforderlich machen. Es ist so, als würde man ein Stöckchen in einen Ameisenhaufen werfen: helle Aufregung, es muss sofort etwas unternommen werden. Und es gibt Krisen, die bauen sich ganz langsam, oft unmerklich auf. Und dann sind sie da – so wie der

Mein Modell der Konsequenzen		
	Innere Konsequenzen iK	**Äußere Konsequenzen aK**
Positive Effekte:		
kurzfristige K + langfristige		
kurzfristige Wegfall von K – langfristige		
Negative Effekte:		
kurzfristige K – langfristige		
kurzfristige Wegfall von K + langfristige		

berühmte Tropfen, der das Fass zum Überlaufen bringt. Jedoch ist der letzte Tropfen nicht viel anders als die anderen, die sich bereits in der Tonne angesammelt haben. Die Tonne bot dem Tropfen nur keinen Platz mehr. Das Überlaufen kündigte sich aber beim genauen Hinschauen rechtzeitig an, man hat es nur ignoriert. Leider. Es muss also unterschieden werden zwischen akuten und chronischen Krisen.

Beide können durch ähnliche Bedingungen ausgelöst werden. Oft hat man es mit typischen Auslösebedingungen zu tun. Ein bestimmtes Ereignis bei einer Person selbst oder in ihrem Umfeld ist derart gravierend, dass etwas geschehen muss, damit das Gleichgewicht wiederhergestellt wird. Es kann beispielsweise sein, dass jemand von einem anderen auf ein Problem aufmerksam gemacht wird, das der andere an ihm beobachtet hat (denken Sie an das Beispiel des Tausendfüßlers), und ab diesem Moment hat derjenige ein Problem mit sich selbst, weil er sich auf dieses neue Problem fixiert! Behalten Sie diesen Mechanismus im Gedächtnis!

Eine Krise kann aber auch dadurch ausgelöst werden, dass man bei einer anderen Person etwas beobachtet, das man selbst gerne hätte oder könnte. Eine junge Mutter schaut einer anderen zu, die besonders liebevoll mit ihrem Kind umgeht und entdeckt, dass sie dies nicht tut, was nun ihr wiederum Schuldgefühle bereitet.

Manchmal hat man das Gefühl, dass irgendetwas mit einem selbst nicht stimmt, dass es vielleicht nicht so gut läuft wie früher. Oft kann man es nicht genau benennen. Man schleppt sich so dahin, ohne Schwung und Elan und nimmt sich allerdings vor, diesen unangenehmen Zustand nicht mehr zu tolerieren. Dies lässt sich häufig bei Menschen beobachten, die »ausgebrannt« wirken, ein »Burnout« haben.

Ferner können, wie wir bereits gesehen haben, sogenannte Kontrasterlebnisse eine Krise heraufbeschwören und man nimmt sich vor, sich zu verändern. Hierzu eine kleine Alltagssituation:

Wer an einer Unfallstelle vorbeifährt, bei der offensichtlich Menschen zu Schaden gekommen sind, fährt einige Zeit vorsichtiger, da man irgendwie froh ist, selbst nicht betroffen gewesen zu sein. Natürlich gibt es einschneidendere Erlebnisse, doch dazu später mehr. Ebenso können positive Erfahrungen Pläne zur Veränderung reifen lassen. Sie kennen vermutlich die Urlaubseuphorie, bei der man einiges, das man während des Urlaubs als schön empfunden hat, in den grauen Alltag hinüberretten will.

Auslöser für Krisen

Schauen wir uns nun einige gravierende Auslöser für akute und chronische Krisen an, die häufig mit der Notwendigkeit verbunden sind, tatsächlich im Leben etwas umzustellen oder die zeigen, dass man intensiver über sich nachdenken sollte.

Meistens ist die gesundheitliche, finanzielle oder ideelle Situation betroffen – entweder bei einem selbst oder einer Person aus der Umgebung, deren neue Situation nicht ohne Auswirkungen für andere bleibt. Man hält inne und denkt darüber nach. Manchmal entdeckt man gänzlich neue Einsichten und Vorsätze oder man wiederentdeckt etwas, das man lange Zeit aus den Augen verloren hat, es aber früher schon einmal ändern wollte.

Für Jürgen bedeutete Arbeit Leben und Selbstbestätigung. Arbeit war für ihn alles, wobei er sich besonders wohl fühlte, wenn sein Terminkalender prall gefüllt war und er von Termin zu Termin hetzen konnte. »Ich arbeite, also bin ich« war sein Motto. Die unerwartete Nachricht, dass seine frühere Freundin, an der er noch sehr hing, obgleich sie damals im Streit auseinandergegangen waren, plötzlich an Krebs verstorben war, löste einen Schock in ihm aus und ließ ihn innehalten. Während der Beerdigungspredigt fiel ihm wie Schuppen von den Augen, dass er neben seiner Arbeit nichts hatte. Ihm wurde schlagartig klar, dass es noch eine andere Seite des Lebens geben musste, die er bislang völlig ignoriert hatte: das soziale Miteinander,

Freizeit, etwas genießen können, sich fallen lassen! Der Tod der ehemaligen Freundin gab ihm die Chance für einen persönlichen Neuanfang, den Aufbruch in ein neues Leben.

Manchmal werden Menschen von einer auf die andere Sekunde aus ihrem bewährten Lebensplan gerissen und müssen sich völlig neuorientieren. Dies kann sowohl durch materielle Verluste passieren (der Familienvater und Hauptemährer verliert z.B. seinen Arbeitsplatz ohne Aussicht, in nächster Zeit eine neue Beschäftigung zu erhalten), aber insbesondere auch durch Krankheiten, die auf Dauer die gesamte Lebenszufriedenheit zerstören können.

Man konnte Hendrik als einen Mann bezeichnen, der eigentlich rundum glücklich war. Mit seinen 38 Jahren hatte er im Beruf Karriere gemacht, ohne dass seine Familie dabei hätte leiden müssen. Im Gegenteil – Familienleben stand für ihn, seine Frau und die beiden 12 und 9 Jahre alten Kinder absolut im Mittelpunkt. Bei einer Radwanderung brach Hendrik plötzlich zusammen und wurde in bewusstlosem Zustand in die Klinik eingeliefert, wo man eine massive Gehirnblutung feststellte. Hendrik wachte aus dem Koma lange Zeit nicht mehr auf. Als er nach Wochen quälenden Bangens wieder zu Bewusstsein kam, wurde das ganze Ausmaß der dauerhaften Schädigung offensichtlich, die sich trotz monatelangen Aufenthalts in Reha-Kliniken und durch intensive ambulante Betreuung nicht maßgeblich verbessern ließ. Hendrik wurde ein Pflegefall. Angesichts dieser bedrückenden Tatsache musste die Familie einschneidende Veränderungen vornehmen, unter anderem im Haus (Aufteilung der Wohnräume), in der Tagesroutine (es musste ständig eine Person zu Hause anwesend sein) und in der gesamten Alltagsbewältigung. Daneben waren beträchtliche finanzielle Einbußen zu beklagen, die es unsicher erscheinen ließen, dass die Familie das Eigenheim würde halten können. Natürlich hatten alle in der Familie massive Probleme, seelisch mit der neuen Situation klarzukommen. Wie konnte man das Leben noch genießen und fröhlich und ausgelassen sein, wenn es dem Mann und Vater derart schlecht ging?

Das erschütternde Beispiel zeigt, dass eine plötzliche Krise selbst Menschen, die bis zum Eintreten einer abrupten Veränderung stabil und unauffällig lebten, vollkommen aus der Lebensspur bringen kann. Vor diesen Vorfällen ist niemand gefeit, sie sind leider Realität. Allerdings wird derjenige auch mit solchen Herausforderungen besser umgehen können, der bereits vorher mit seinem Leben gut zurechtkam – in guten und in schlechten Zeiten. Oft zeigt sich die wahre Stärke eines Menschen erst in der Art und Weise, wie er mit einer Krise umgeht. Starke Menschen sind nicht die, die sich im Erfolg souverän geben und das Leben mit Leichtigkeit zu meistern scheinen. Es sind vielmehr die, die sich in schlechten Zeiten, in denen Probleme auftauchen, in denen man mit Verzicht, Entbehrungen und Enttäuschungen leben muss, über Wasser halten und handlungsfähig bleiben. Dies mag erklären, warum Menschen, die es im Leben nicht leicht hatten, oft aktiver mit krisenhaften Herausforderungen umgehen können als solche, denen in der Vergangenheit die Dinge in den Schoß fielen. Und für den, der bislang unangemessen mit Konflikten, Entscheidungen und mit den Alltagssorgen klarkam, bringt die plötzliche Krise ohnehin oft eine große Überforderung mit sich. Denn manch einer verhält sich so wie »der Vogel Strauß« oder der »Schneeschieber« (auf ihn kommen wir noch zu sprechen), gibt sich meist mit Scheinlösungen zufrieden, nimmt Bedrohungen nicht wahr, meidet Unannehmlichkeiten.

Chronische Krisen entstehen dann, wenn man es versäumt hat, dauerhafte Lösungen zu entwickeln, sodass die Auslösebedingungen, die die Krise haben mit entstehen lassen, nicht ausgemerzt oder verändert wurden. Meistens kann man also sagen, dass die Lösung das Problem ist. Chronische Krisen bauen sich langsam und unmerklich auf – wie eine große innere Bedrohung, die aber meist unterhalb der Schwelle liegt, an der sie zum Ausbruch kommen würde. Doch der Knall lässt sich in der Regel nicht vermeiden – irgendwann stürzt das von der Krise bedrohte Gebäude zusammen, weil es auf Sand gebaut wurde.

Die ungelöste Krise ist wie ein Luftballon, den man ständig weiteraufpumpt: Irgendwann muss er platzen, irgendwann kommt es zum Zusammenbruch. Es würde wenig helfen, den Luftballon andersfarbig zu bemalen, ihn zu lackieren, das Licht im Zimmer brennen zu lassen oder Lieder zu singen. Das Problem besteht darin, die Luftzufuhr zu unterbrechen. Und nichts sonst verhindert die Katastrophe. Natürlich hinkt dieser Vergleich. Aber er illustriert in überzeichnender Form die Art und Weise, wie Menschen, die in persönliche Krisen geraten sind, manchmal mit der Beseitigung der Probleme umgehen: ineffektiv und naiv! Sie gaukeln sich vor, etwas gelöst zu haben, meinen sogar dauerhaft, und ignorieren die Tatsache, dass es ein falscher Ansatz war bzw. dass noch Reste des Problems ungelöst geblieben sind. Es ist wie »Alter Wein in neuen Schläuchen«, der nicht dadurch besser wird, dass man ihn mit einem neuen Etikett versieht, sondern nach kurzer Zeit sich als das herausstellen wird, was er schon vor der Scheinlösung war: schlechter Wein!

Typische Fehllösungen von Problemen

Woran liegt es, dass manche Leute ineffektive Strategien anwenden und sie ständig wiederholen, obgleich sie nichts gebracht haben? Für dieses Verhalten gibt es viele Gründe, wobei sich charakteristische Strukturen und Überlegungen im Umgang mit den persönlichen Situationen feststellen lassen, die dafür verantwortlich sind, dass man auf Dauer Krisensituationen heraufbeschwört. Es scheint vornehmlich drei Arten von sogenannten »Fehllösungen eines Problems« zu geben, die fast zwangsläufig zu persönlichen Krisen führen. Sie sollen an Beispielen aus dem Alltag demonstriert werden.

1. **Das Bestehen einer Schwierigkeit wird geleugnet. Eine Lösung ist notwendig, wird aber nicht einmal versucht. Es wird so getan, als wäre nichts!**
2. **Es wird versucht, eine Schwierigkeit zu lösen, die entweder unlösbar ist oder überhaupt nicht besteht. Der Lösungsversuch wird somit utopisch, das heißt, er muss zum Scheitern verurteilt sein.**

3. **Die angemessene, erfolgreiche Lösung kommt deshalb nicht zustande, weil der Hebel an der falschen Stelle angesetzt wird: Beispielsweise würde es reichen, wenn man lediglich seine Einstellung ändert, stattdessen aber nimmt man umfangreiche Veränderungen in anderen Bereichen vor. Oder umgekehrt: Obgleich man umfangreichere Veränderungen vornehmen müsste, murkst man an Kleinigkeiten herum (kleckern anstatt klotzen).**

Beginnen wir mit dem ersten Aspekt: Leugnen eines Problems. Wir nehmen ein Beispiel aus dem täglichen Miteinander. Dieses trifft man sehr oft in Familien an, in denen von außen betrachtet alles intakt und funktionierend zu sein scheint, in denen aber durch die Art und Weise der Lebensbewältigung fruchtbare Lösungen stets verhindert werden. Das folgende Beispiel soll verdeutlichen, wie untauglich ein ständiges Aufschieben wird, wie das Vor-sich-Herschieben letztlich unnötigerweise Kräfte vergeudet und letzten Endes das dem Verhalten zugrunde liegende Ziel in immer weitere Ferne rückt.

Maria wirkte mit ihren 56 Jahren stets energiegeladen und dem Leben mehr als gewachsen. Nie kamen Klagen über ihre Lippen, obgleich sie sich schon seit nunmehr 32 Jahren – und davon nach der Scheidung 24 Jahre als Alleinerziehende – für ihre vier Kinder und mittlerweile für ihre drei Schwiegertöchter und fünf Enkelkinder aufgeopfert hatte. Sie stand stets zur Verfügung. Wenige Wochen vor ihrem 56. Geburtstag brach Maria plötzlich zusammen. Maria hatte einen Magendurchbruch erlitten, der sich aufgrund jahrelanger psychosomatischer Beschwerden ergab, von denen sie aber nie etwas erzählte.

Der Fall von Maria weist auf ein Phänomen hin, das häufig dafür verantwortlich ist, dass ein Mensch persönliche Krisen nicht angemessen und dauerhaft löst: Es ist das »Harmoniebedürfnis«. Probleme werden im Keim erstickt, unter den Teppich gekehrt, versteckt gehalten. Es wird so getan, als sei alles in Ordnung bzw. wieder in Ordnung. So wird der Anschein erweckt, dass die Krise überwunden ist. Doch sie rumort weiter und kehrt wie ein Bumerang zurück. Es hat sich ja grundlegend nichts verändert, es geht im alten Trott weiter.

Folgendes Beispiel mag Ihnen anschaulich vor Augen führen, wie untauglich es ist, vor Problemen auszuweichen und wie nötig es ist, sich von Zeit zu Zeit der anfallenden Belastungen und Überforderungen zu entledigen. Für einen Menschen, der mit einem großen Schneeschieber den Bürgersteig räumen will, ist es wichtig, den Schnee, den er vor sich herschiebt, in kurzen Abständen zur Seite zu drücken. Täte er dies nicht, würde sich der Schnee vor seiner Schaufel derart ansammeln, dass er auf Dauer nicht nur ständig mehr Kraft aufbringen müsste, um vorwärts zu kommen, sondern es wäre absehbar, dass der Moment kommt, an dem er mit seinen Kräften am Ende ist. Und dies, obgleich er sich mit starkem Willen dagegenstemmt und den Schneeberg voranschieben will. Er wird die Erschöpfung nicht aufhalten können. Vorübergehende Passanten, die ihm den Rat geben, doch einfach mal den Schnee zur Seite zu schieben, würde er beruhigen, dass es noch gut gehe. Und dies würde er auch sich selbst sagen, wenn er merken müsste, dass er bald am Rande seiner Kraft ist.

Für solche Menschen ist es typisch, dass sie die mit einer Krise verbundenen Alarmsignale meist ignorieren. »Was nicht sein darf, das nicht sein kann.« Manche Menschen bemerken die Signale überhaupt nicht. Sie haben den Kontakt zu ihrem Befinden verloren. Doch die Krise nimmt ihren Verlauf, falls sie nicht richtig gelöst wird.

Krisen sind für manche Menschen bedrohlich, weil sie in der Vergangenheit erfahren haben, dass sie erfolglos blieben, als sie versuchten, sich mit der Krise auseinanderzusetzen. Der Misserfolg entstand oft, weil sie sich in der Krise falsch verhielten. Und dadurch wurde ein Zusatzproblem geschaffen. Falsche Lösungen beheben meist nicht nur nicht das Problem, sondern sie verschlimmern es im ungünstigsten Fall noch. Und sie kosten Kraft und Energie; insbesondere dann, wenn man zu lange mit den notwendigen Schritten wartet und sich mitunter jahrelang aufreibt, indem man ohne Unterlass wiederholt die gleichen Lösungsmuster probiert, obgleich sich diese doch bereits als untauglich erwiesen haben.

Kommen wir zum nächsten Aspekt für Fehllösungen: Die Schwierigkeit ist unlösbar oder besteht überhaupt nicht. Ein Beispiel aus dem Arbeitsleben:

Andreas, ein 23-jähriger Bauarbeiter, ärgerte sich schon häufig darüber, dass er wegen des Abholmodus in seinem Bautrupp morgens immer als erster der Gruppe das Haus verlassen musste (5.30 Uhr), dann die Kollegen vor Ort eingesammelt wurden, sodass er bis zum Beginn der eigentlichen Arbeit (7.00 Uhr) tagtäglich 1 ½ Stunden im Bus verbringen musste. Und abends nahm es den umgekehrten Verlauf – Andreas kam als letzter zu Hause an (18.30 Uhr). Ihn erboste es, dass auf diese Art seine Freizeit verplempert wurde. Er konnte nicht wie einige Bekannte abends spät ausgehen, sondern musste sich früh ins Bett begeben, um morgens ausgeschlafen zu sein. Dieser Umstand belastete ihn so stark, dass er häufig missgestimmt und gereizt auf die Kollegen reagierte und sich daraus zusätzliche Probleme im Miteinander ergaben. Andreas konnte nicht verstehen, wie man eine derart »bescheuerte Tour« fahren lassen konnte.

Zweifellos war die Situation für den jungen Mann sehr nachteilig, da der Spielraum für seine Freizeit massiv eingeschränkt wurde. Doch hätte er Chancen gehabt, etwas am Abholmodus zu ändern? Nein, alle Versuche wären vergeblich gewesen! Er hätte sich die Zähne ausbeißen können, wäre vielleicht als Querulant angesehen und im ungünstigsten Fall bei nächster Gelegenheit entlassen worden. Die Schwierigkeit mit dem Abholmodus war in der Tat – unlösbar. Für Andreas bestanden aber andere Möglichkeiten, seine Situation zu »verbessern«. Er hätte problemlos mit dem eigenen Auto zur Baustelle anreisen können. Zwar hätte dies bedeutet, dass erhebliche Benzinkosten auf ihn zugekommen wären, demgegenüber aber hätte er viel Zeitgewinn verzeichnen können. Er hätte sich auch darum bemühen können, in einen anderen Bautrupp eingeteilt zu werden, der ihm günstigere Fahrtzeiten gebracht hätte. Natürlich stand ihm auch die Möglichkeit offen zu kündigen.

Krisen entstehen auch, wenn jemand versucht, eine Schwierigkeit zu lösen, die aber objektiv gesehen überhaupt nicht besteht. Für den Betroffenen besteht sie natürlich, sonst würde er sich nicht belastet fühlen und nach einer Lösung suchen. Aber bei genauerem Hinsehen muss man feststellen, dass das Problem letztlich nur darin zu sehen ist, dass eine Person sich ein Problem einredet oder dass ihr von anderen eines eingeredet wird (Sie erinnern sich an den Tausendfüßler: Was sollte er lösen? Er lief doch vorher ganz normal!). Es wird nach einer Veränderung gesucht, obgleich der Ausgangszustand in Ordnung ist. In der heutigen Zeit fühlen sich Menschen oft verunsichert, weil in vielen Bereichen des Lebens verbindliche Maßstäbe, Richtlinien und Orientierungen fehlen. Gleichzeitig geben hundert Leute hundert Meinungen zum Thema ab. Das bringt zusätzliche Irritation und Verwirrung. Man verliert den Überblick und die Sicherheit, für sich selbst zu entscheiden, was »normal« ist. Tagtäglich überfluten uns die Medien mit Informationen, besonders auch zu Themen, die den grauen Alltag betreffen – Themen zur Gesundheit, Erziehung, psychologische Themen. Oft stiften sie mehr Unruhe, als dass sie Entlastung bringen. Die Information, wonach gestillte Kinder später zufriedenere Kinder sind, ist für sich genommen problemlos. Was aber macht eine Mutter, die das hört oder liest, wenn sie nicht stillen konnte oder früh abstillen musste? Einfach darüber hinweggehen? Schön, wenn sie so reagiert. Aber es kann auch sein, dass sie massive Schuldgefühle bekommt, dem Kind die durch das Stillen vorenthaltene Zuwendung nun nachträglich geben will und deshalb ihr Erziehungsverhalten ändert: indem sie beispielsweise das Kind mehr bemuttert – mit der Gefahr, dass sie dessen Selbständigkeitsentwicklung behindert. Hätte sie so wie bislang weitergemacht, wäre eine vernünftige Erziehung gewährleistet gewesen.

Informationen haben zweifellos positive Effekte, aber eben auch diese verborgenen negativen Konsequenzen. Seien Sie deshalb kritisch, wie Sie eine Information verwerten. Achten Sie beim Lesen darauf, was eine Information bei Ihnen auslöst – auf den vier Ebenen Denken, Fühlen, Verhalten und körperliches Wohlbefinden. Ein Beispiel soll dieses Problem verdeutlichen. Es handelt sich um einen Mann, der sich ein nicht existierendes Problem einredete und dadurch fatale Konsequenzen heraufbeschwor.

Olivers Leben änderte sich schlagartig, als er einen Zeitungsbericht über Notfallmedizin bei Herzinfarkt las, in dem typische Symptome beschrieben waren, die in der Regel im Vorfeld eines Infarktes zu beobachten sind. Für Oliver, der sich schon seit Monaten nicht wohl fühlte und über ständig wechselnde Beschwerden klagte, stand von diesem Moment an fest, dass er kurz vor einem Herzinfarkt stand, den es nun unter allen Umständen zu verhindern galt. Obgleich medizinische Untersuchungen keinerlei Anzeichen für eine Herzerkrankung ergaben, traute Oliver diesen Befunden nicht, denn schließlich verspürte er die gefährlichen Symptome, die sich manchmal sogar bedrohlich verschlimmerten. Oliver entschloss sich, seine sportlichen Aktivitäten (Joggen im Wald) zunächst aufzugeben, bis er hinsichtlich seiner Herzerkrankung Gewissheit hatte. Er wechselte Ärzte, deren unterschiedliche Diagnosen ihn zusehends verunsicherten. So schloss einer nicht aus, dass er Herzrhythmusstörungen hatte, und verordnete ein Präparat. Oliver begab sich in einen Teufelskreis seiner Befürchtungen und Maßnahmen, aus denen er nicht mehr herauskam. Über Jahre hinweg unterzog er sich unzähligen medizinischen Untersuchungen, die zum Teil aufwendig, unangenehm und schmerzhaft waren. In seiner Freizeit achtete er nur noch darauf, sein Herz nicht zu belasten, was erhebliche Konsequenzen für seine Familie mit sich brachte, die auf sein Schonbedürfnis oft mit Unmut reagierte. An der Arbeitsstelle stand wegen seiner häufigen Fehlzeiten eine Kündigung bevor. Oliver befand sich inmitten einer unglücklichen Patientenkarriere.

Olivers Leben, seine Zufriedenheit und Perspektive, hatten durch sein Verhalten eine tragische Entwicklung genommen, weil er ein Problem sah, das keines war, und weil er dieses Problem hartnäckig beseitigen wollte. Oliver ist leider kein Einzelfall. Viele Menschen steigern sich in Befürchtungen und Vermutungen hinein, können sich nicht mehr davon distanzieren und machen sich das Leben schwer. Manchmal passiert etwas nur ein einziges Mal und löst den besagten Teufelskreis aus. Es passiert etwas, was man nicht erwartet hat oder was man in der Art und Weise, wie es auftrat, nicht erwartet hat. Oder es tritt etwas nicht ein, von dem man dachte, dass es eintritt. Typisch ist jedenfalls, dass das Ereignis fortan überbetont wird. Man kommt von der Situation nicht mehr los, ein Problem, das häufig bei Menschen mit Ängsten beobachtet wird.

Jemand hat völlig unerwartet einen Schwindelanfall, und dies in einer objektiv gefährlich erscheinenden Situation, zum Beispiel während einer Autofahrt. Der Anfall lässt sich nicht erklären. Derjenige sorgt sich, dass er sich wiederholt. Er befürchtet, dass er die Kontrolle verliert und ein anderer zu Schaden kommt. Also beschließt er vorläufig kein Auto mehr zu fahren. Das Leben muss nun umgestellt werden. Man lässt sich gründlich medizinisch untersuchen. Man wandert von Facharzt zu Facharzt, weil keiner etwas gefunden hat. Aber man hat doch den Schwindel! Man ... die Kette ließe sich beliebig fortsetzen. Leider gibt es solche Leidenswege. Und warum musste es so kommen? Das Auftreten eines bestimmten Ereignisses (Schwindel) wurde überinterpretiert. Einmal einen Schwindel zu haben ist kein Problem. Das hat fast jeder schon erlebt. Ein Problem entstand, weil das Auftreten des Ereignisses als nicht normal angesehen wurde. Wäre die Person einfach zur Tagesordnung übergegangen, hätte sie sich viel Aufregung ersparen können.

Utopische Lösungsversuche erfordern viel Energie und machen unglücklich. Fortschritte können nicht erzielt werden, da es keine Lösung gibt. Der ständige Misserfolg hinterlässt oft einen persönlichen Scherbenhaufen. Die Lösung liegt allein darin, dass man den Denkfehler entdeckt, der für das ganze Problem verantwortlich ist: Wo kein Problem vorhanden ist, erübrigt sich dessen Lösung! Was aber führt dazu, dass man in eine solch unglückliche Situation kommen kann? Weshalb redet man sich Probleme ein, weshalb lässt man sie sich einreden? Dies sind berechtigte und wichtige Fragen. Doch zunächst hierzu noch ein anderes Beispiel:

Yvonne hatte sich nach jahrelangen aggressiven Übergriffen ihres Mannes von ihm getrennt. Entgegen ihrer ursprünglichen Befürchtung, rückfällig zu werden, hielt sie die Trennung aufrecht. Sie fand für ihren Schritt viel Verständnis in ihrer Umgebung, da über die Jahre hinweg das machohafte Benehmen des Mannes nicht verborgen bleiben konnte. Er hatte Yvonnes Selbstbewusstsein systematisch torpediert, sie ständig mit Worten und Taten erniedrigt, sodass Yvonne sich schon bald nichts mehr allein zutraute und die anfallenden Alltagspflichten soweit wie möglich dem Mann überließ, wie zum Beispiel Behördengänge, Einkäufe, Kaufentscheidungen. Yvonne wurde ein seelisches und soziales Wrack. Ihren Freundeskreis und die Freizeitaktivitäten, die ihr Spaß machten, musste sie auf Druck ihres Mannes aufgeben. Es dauerte nicht lange, bis Yvonne nach der Trennung einen starken Zwiespalt verspürte. Zwar sagte ihr der Verstand, dass der Auszug der richtige Schritt war, das Gefühl aber signalisierte Unbehagen und Traurigkeit, besonders in Momenten, wenn sie ihren »Moralischen« bekam. Sie merkte, dass sie ihren Mann noch gerne hatte und er ihr fehlte. Yvonne erlebte Tage tiefer Niedergeschlagenheit, weinte viel und ließ ihren Gefühlen freien Lauf. Auf dieses Verhalten reagierte die Umgebung äußerst missbilligend, da niemand verstehen konnte, wie sie einem Mann anhängen konnte, der sie jahrelang gequält hatte. Man hielt ihr vor, dass sie sich zusammenreißen solle, ihre Gefühlsausbrüche seien unnormal und würden ihrem Mann nur wieder Oberwasser geben, wenn er davon erführe. Sie solle froh sein, endlich von dem Tyrannen losgekommen zu sein. Diese Kritik traf Yvonne sehr, da sie wusste, dass die Leute eigentlich Recht hatten. Sie begann sich ihrer positiven Gefühle für den Mann zu schämen. Doch es gelang ihr nicht, die Gefühle total zu unterdrücken oder zu kontrollieren. Das beschäftigte sie sehr. Es bestätigte sie in ihrem Gefühl, inkompetent zu sein, nichts zu schaffen, was sie sich vornahm, und nährte die Angst, doch nicht allein mit dem Leben zurechtzukommen.

Dieses Beispiel ist typisch für viele Menschen, die sich in Trennungssituationen befinden. Die Trennung wurde herbeigeführt, weil man unter einer anderen Person, Situation oder Atmosphäre litt und der Belastung nicht mehr gewachsen war. Dies können Trennungen sein vom Ehepartner, vom Lebensgefährten, vom Arbeitsplatz, von Tieren, ja sogar von liebgewonnenen Dingen, wie zum Beispiel der ersten selbstverdienten Wohnzimmereinrichtung. Es kann sich aber auch um Trennung durch Tod eines Anverwandten, Freundes, Bekannten handeln, den man gefühlsmäßig noch nicht loslassen kann, selbst dann nicht, wenn der Verstorbene ein Scheusal war. In solchen Trennungssituationen sehen Außenstehende vor allem den entlastenden Aspekt (Sie erinnern sich? Positive Konsequenz erfolgt dadurch, dass etwas Belastendes wegfällt!). Andere wollten Yvonne einreden, dass sie es nach der Trennung besser hat (»Sei froh, dass es endlich vorbei ist!«). Oder sie betonen das Positive der entstandenen neuen Situation (»Jetzt kannst du machen, was du willst!«). Sie erwarten, dass auch der Betroffene sich freut. Sie verstehen nicht, wenn ihm das nicht ohne weiteres gelingt. Und dann kann das Problem entstehen, dass sie diese unerwartete Reaktion einfach zum Problem erklären. Bei Yvonne waren es deren Traurigkeit über die Trennung und die noch vorhandenen positiven Gefühle für den »furchtbaren« Mann. Außenstehende denken: Man darf doch nichts Positives für solch einen Menschen empfinden. Normal ist doch, derartige Gefühle zu unterdrücken, besser noch, total abzuschaffen.

Doch ist es wirklich als Problem anzusehen, wenn eine Frau wie Yvonne noch am verlassenen Ehemann hängt? Mitnichten. Es wird in unserer heutigen Zeit häufig suggeriert, dass man »alles im Griff haben und cool sein« sollte. Man muss fähig sein, sich zu kontrollieren, nicht alles nach außen zu zeigen; fähig sein, selbst mit den Dingen fertig zu werden; rasch zur Tagesordnung übergehen können. Man muss die Dinge positiv sehen. Überall hört man, dass man positiv zu denken hat (mittlerweile fast eine umgangssprachliche Formulierung!). Da ist doch kein Platz für Gefühlsduseleien, für Verzagtheit, für Trauer. Es ist riskant, sich verletzbar zu zeigen, offen für Kritik anderer zu werden. Oder?

Wer so denkt, vergisst, dass das Leben mehr ist, als gleich einer Maschine ein Produkt auszuspucken und das nächste in Angriff zu nehmen. Trotz unseres hektischen Lebens – oder gerade deshalb – sollte Platz bleiben für unsere Gefühle. Man kann nicht alles mit dem Verstand regulieren, wir sind keine Roboter. In seinem Buch »Schöne Neue Welt« konstruiert der amerikanische Schriftsteller Aldous Huxley eine Gesellschaftsordnung, bei der systematisch Eingriffe in die menschliche Gefühlswelt vorgenommen werden. Wissenschaftler verändern das Erbgut so, dass der Mensch (?) nach der »Geburt« über bestimmte Gefühle, die beliebig ausgewählt werden können, nicht mehr verfügt. Eines dieser Gefühle ist die Liebe! Alle »Menschen« einer spezifischen Gruppe werden so getrimmt, dass sie mit ihrer Lebenssituation immer zufrieden sind – selbst mit total entwürdigenden Bedingungen. Sie erleben keine Kontraste bzw. sollen sie nicht erleben. Sie können also auch in keine Krisen hineinkommen. Sie sind allzeit zufrieden, ein Spielball derer, die sie beherrschen. Für sich oder ihre Situation können sie nichts verändern – alles ist von außen vorgegeben und bestimmt. Und falls bei einem dieser Geschöpfe der Eingriff ins Erbgut nicht ganz exakt erfolgte und es doch wider Erwarten Unzufriedenheiten entwickelt – ja dann erfolgt die Ruhigstellung mittels einer Droge. Alles paletti?!

Wenn man sich diese Geschichte kritisch vor Augen führt (sie wurde vor zirka 60 Jahren geschrieben!), erschrickt man, wie viel Parallelen zum modernen Menschen gesehen werden können. Möglichst dafür sorgen, dass unangenehme Situationen und Gefühle gar nicht erst entstehen können. Cool und perfekt sein, »in« sein, gut drauf sein. Souverän sein. Und sollte es trotzdem passieren, dass dies mal nicht gelingt oder man in Irritationen (in eine Krise) kommt ... dann gibt es doch greifbare Hilfsmittel: Medikamente, Beruhigungsmittel, Drogen in allen Variationen! Oder Rückzug aus dem harten Alltagsgeschäft. Doch ist dieses Verhalten im ureigensten Sinne menschenwürdig? Natürlich nicht. Leben, Menschsein heißt eben: sich irritieren lassen, sich in die Krise begeben, Gefühle zeigen, Schmerzen, Spannungen und Schwebezustände aushalten. Viele Menschen haben diese Ziele, ja diese Vorzüge menschlicher Existenz vergessen. Und daraus entstehen mitunter die dargestellten chronischen Krisen.

Man lebte jahrelang neben sich her, spielte eine Rolle, ohne sich darin selbst zu leben. Neben dem »Harmoniebedürfnis« ist es oft der »Anpassungsdruck«, der einen Menschen nicht zu sich finden lässt. Doch woran will man sich eigentlich anpassen? Wir scheinen in einer Zeit zu leben, in der viele Menschen ohne feste Orientierung bleiben. Menschen sind ratlos geworden. Es fehlt der Mut zu einer fruchtbaren Auseinandersetzung mit sich selbst. Mut zum Experimentieren als Möglichkeit der Selbstfindung. Oft hat man aber den Überblick verloren, traut sich nicht mehr zu, »normal« zu sein oder sein zu können. Stellt zu viel an sich infrage, hat es verlernt, sich zu akzeptieren, sich selbst gegenüber fair und gnädig zu sein. Sich zu mögen, sich zu verzeihen. Welch unerbittliche Welt, die ein derartiges Leben produziert! Wie soll man sich auch sicher und zufrieden fühlen, wenn andauernd neue Ideale und Idole propagiert werden, wenn man mit Mühe gerade mal dem letzten Trend einigermaßen gerecht werden konnte und nun feststellen muss, dass er bereits wieder überholt ist. Wie soll man zur Ruhe kommen, wenn man allerorten zu hören bekommt, dass man »out« ist, wenn man dies und jenes nicht mitmacht. Wir werden überschüttet mit Idealen ewiger Jugend, Schönheit und Potenz. Die Phantasie wird uns als Wirklichkeit verkauft. Wir sind die ewig Gestrigen. Wir fühlen uns unwohl.

Viele fühlen sich dazu gedrängt, etwas »für sich« zu tun, das eigentlich überhaupt nicht zu ihnen passt. Nehmen wir beispielsweise den Bereich der Mode: Es wird ein Schönheitsideal propagiert, das für das Gros der Menschen nicht zu verwirklichen ist. Aus einem kleinen, dicken Teenager wird kein Mannequin. Und deshalb wirkt das schöne Kleid am Mannequin hinreißend, beim Teenager aber deplaziert. Ideale werden auch für das Verhalten konstruiert. Die Werbung beispielsweise gaukelt uns vor, dass wir ohne viel eigenes Zutun in den Genuss der Annehmlichkeiten des Lebens kommen können. Erfolg haben, begehrt sein. Doch welchem Mann ist es schon passiert, dass ihn eine wildfremde, äußerst attraktive Frau quasi ins Bett zog, nur weil sie von seinem Rasierwasser fasziniert war? Es gilt also, vorsichtig und wachsam zu sein, damit man nicht den Kontakt zu seinem eigentlichen »Ich« verliert. Andernfalls verlernt man, sich kennenzulernen und ernst zu nehmen. Mancher ist dem Druck von außen nicht gewachsen und verbiegt sich, ohne sich in der eingenommenen neuen Rolle wohl zu fühlen. Er hat sich vielleicht ein Problem einreden lassen oder selbst eingeredet, wo keines ist.

Manchmal ist es unerlässlich, gegen den Strom zu schwimmen, will man sich und seinen Vorstellungen treu bleiben. Was tut man als Eltern, wenn das Kind die nachlassende Mitarbeit im Unterricht damit begründet, dass die Klassenkameraden sagen: »Wer sich meldet, ist blöd!« Helfen Sie dem Kind, aus dieser unlösbaren Zwickmühle herauszukommen? Denn egal, wie es sich verhält, es schafft sich Probleme. Reden Sie mit den Lehrern und bringen das Thema am Elternabend vor? Oder kuschen Sie und hoffen dem Vogel Strauß gleich, dass sich die Situation mit der Zeit wieder gibt? Zivilcourage ist heute notwendiger denn je. Und man muss es ertragen können, für sein Engagement kritisiert zu werden. Nicht reagieren bedeutet nämlich häufig, ein vorhandenes Problem totzuschweigen. Dagegen bedeutet Infragestellen jedoch keineswegs, alles infrage zu stellen. Verändern und Bewahren gehören zusammen. Sie erinnern sich: Wichtig ist, dass die Mischung stimmt. Man tut gut daran, sich seine eigenen Maßstäbe nicht unter Druck von außen ausreden zu lassen.

Verdeutlichen wir uns das nochmals am Beispiel von Yvonne und ihrer Traurigkeit: Sie kann nicht einfach sagen, was war, das war, Schwamm drüber! Denn das Zusammenleben mit ihrem Mann war nicht nur negativ, es gab auch schöne Momente. Es ist ein Teil ihrer eigenen gelebten Vergangenheit. Uns allen steht deshalb zu, nach Trennungen zu trauern und sich dafür Zeit zu lassen, wenn man es braucht. Diese Phasen sind extrem private Sache, niemand von außen hat Stärke und Länge der Phase zu bestimmen. Die Gefühlswelt ist persönliches Eigentum und vor Übergriffen von außen, vor Grenzverletzungen, zu schützen. Es ist kein Problem, dass man trauert, sondern ein Problem, dass man jemanden und mit ihm Erinnerungen verloren hat. Und das ist eine akute Krise, die normal ist und mit der man auf Dauer klarkommt, auch wenn momentan das Gleichgewicht nicht stimmt.

Kommen wir zum letzten Aspekt bei der Betrachtung von Bedingungen dafür, dass Krisen durch falsche Lösungen verursacht werden. Es handelt sich um das Problem, dass die Lösung an der falschen Stelle ansetzt! Zur Veranschaulichung wieder ein Beispiel:

Die familiäre Situation gestaltete sich für Leonhard, der nach der Scheidung mit den beiden Kindern (18 J. und 15 J.) zusammenlebte, zunehmend schwierig, weil es zwischen seiner mittlerweile volljährigen Tochter und seiner langjährigen Lebensgefährtin zu heftigen Auseinandersetzungen kam. Kürzlich eskalierte die Streitsituation der beiden Frauen. Es wurden derartige Gräben aufgerissen, dass beide Frauen künftig nichts mehr miteinander zu tun haben wollten. Leonhard sah sich mit dem Problem konfrontiert, dass jede der beiden Streitparteien von ihm uneingeschränkte Solidarität und das Eingehen einer festen Koalition erwartete und ein Verweigern dieser Erwartung als Verrat ansehen wollte (»Entweder die oder ich!«). Bislang hatte er ohne Erfolg versucht, zwischen beiden zu vermitteln, was ihm aber als Halbherzigkeit und Flucht vor einer definitiven Entscheidung ausgelegt wurde. So hatte er erneut den »Schwarzen Peter«, ohne der Lösung des Beziehungsproblems näher gekommen zu sein. Für ihn stand zweierlei fest: »Ich liebe meine Tochter, und ich will den Kontakt zu ihr« und »Ich liebe meine Freundin, und ich will Kontakt zu ihr.« Ferner war er sich klar darüber, dass die Liebe zur Tochter eine andere Qualität hatte als die zur Freundin. Als ihm endgültig klar wurde, dass das Problem, das die beiden Frauen miteinander hatten, nicht sein Problem war, teilte er den Frauen mit, dass er sich weder von der einen noch von der anderen den Kontakt verbieten lasse, weil er beide liebe und zu beiden eine intensive Beziehung haben wolle. Die Frauen sollten fortan ihre Konflikte selbst regeln, was ihnen einigermaßen gelang. Zwar grenzten sie sich weiterhin voneinander ab, dies aber auf einer sachlich-distanzierten Ebene. Persönliche Verunglimpfungen blieben die Ausnahme.

Hätte Leonhard weiterhin versucht, sich als Vermittler und Prellbock zur Verfügung zu stellen, hätte es für ihn zweifellos noch viele Möglichkeiten gegeben, Lösungen auszuprobieren. Er hätte versuchen können, bei den Frauen Nachsicht, Rücksichtnahme, Einsicht und Verständnis zu wecken. Nur: Alle Lösungswege wären zum Scheitern verurteilt gewesen, da sich auf dieser Basis keine zufriedenstellende Möglichkeit hätte finden lassen, den Konflikt dauerhaft zu beseitigen. Leonhard merkte noch rechtzeitig, dass er seine Krise lösen konnte, wenn er den Hebel an der richtigen Stelle ansetzen würde.

Schauen wir uns ein weiteres Beispiel an, das aufzeigt, dass eine Krise entsteht, wenn die Problemlösung an der falschen Stelle ansetzt.

Ernst arbeitete seit 15 Jahren als Facharbeiter (staubiger Arbeitsplatz bedingt durch die Herstellung des Produkts) und litt seit mehreren Jahren zunehmend an körperlichen Schwächezuständen (rasche Ermüdbarkeit) und wiederkehrenden Atemwegserkrankungen. Weder ärztlicherseits verordnete Maßnahmen, wie Medikamente, Aufbauspritzen, zwei Kuraufenthalte, noch Veränderungen in seiner Lebensführung, wie beispielsweise ausreichend für Schlaf sorgen oder viel Bewegung an der frischen Luft, verhalfen Ernst zu einer nachhaltigen Verbesserung seines Zustands. Nach kurzer Besserung kehrten die Symptome in alter Stärke zurück. Erst als der Hebel an der richtigen Stelle angesetzt wurde, änderte sich nach kurzer Zeit das Beschwerdebild und Ernst stabilisierte sich wieder: Ernst wechselte nämlich endlich den Arbeitsplatz!

Erst die radikale Lösung (weg vom staubigen Arbeitsplatz) konnte Ernst helfen, da im Staub die auslösenden Bedingungen für seine Gesundheitsprobleme lagen. Alle anderen Lösungen setzten an der falschen Stelle an. Ernst hätte sich noch unzähligen medizinischen Behandlungsversuchen unterziehen können, wäre irgendwann vielleicht beim Chirurgen gelandet, hätte einschneidende Maßnahmen über sich ergehen lassen müssen – doch alle wären mit Sicherheit erfolglos geblieben und hätten wohl zusätzliche Probleme gebracht, wie zum Beispiel frühzeitiges Ausscheiden aus dem Arbeitsleben. Man begegnet leider immer wieder Menschen, die erst nach jahrelanger Odyssee durch alle möglichen Behandlungsinstitutionen an die richtige Adresse geraten, die an der Wurzel des Übels ansetzt. Und nur dadurch kann eine anhaltende Besserung erreicht werden.

Machen wir an dieser Stelle eine passende Übung. Beim Lesen der letzten Zeilen ist Ihnen vielleicht die eine oder andere persönliche Situation durch den Kopf gegangen, in der Sie den Zwiespalt spürten: »Soll ich oder soll ich nicht?« Konzentrieren Sie sich auf solche Situationen! Nehmen Sie ein Blatt Papier zur Hand und füllen Sie Ihr ZUKUNFTOMETER aus!

♣ **Mein persönliches ZUKUNFTOMETER**

Ergänzen Sie die folgenden angefangenen Sätze. Sie können selbstverständlich mehrere Ergänzungen aufschreiben.

❒ Vielleicht sollte ich nicht mehr...

❒ Vielleicht sollte ich etwas mehr...

❒ Vielleicht sollte ich bald...

❒ Vielleicht sollte ich einmal wieder...

❒ Vielleicht sollte ich einmal...

Wenn jemand sich darüber beklagt, dass er unter einer Belastung leidet, bedeutet dies leider nicht automatisch, dass er auch aktiv werden möchte, um den beklagten, unliebsamen Zustand zu beseitigen. Klagen heißt keineswegs verändern wollen. Klagen ist zunächst nur klagen. Sie kennen mit Sicherheit einen Menschen in Ihrer privaten oder beruflichen Umgebung, der sich gerne über dieses und jenes beschwert, seine Situation als schlimm bezeichnet und manchmal in fast überzeichnender Art und Weise sein Anliegen vorträgt. Sie haben aber auch erlebt, dass dieser Mensch nichts an seiner Situation verändert hat. Dies, obgleich ihm viele, durchaus realistische und praktikable Vorschläge und Ratschläge gegeben wurden. Vielleicht ärgerten Sie sich dann über die Ignoranz des anderen: Er beklagt sich dauernd, aber warum macht er nichts? Solche Menschen nutzen gern Feiern und Gesellschaften, um sich mit ihrer furchtbaren Geschichte in Szene zu setzen.

Eigentlich liegt ihr Hauptbestreben darin, Bewunderung zu erhalten. Bewunderung dafür, wie sie es schaffen, solch eine schlimme Lage auszuhalten. Gern hören Sie sich an, was andere zum »Problem« zu sagen haben. Sie sammeln Ansichten, so wie andere Ansichtskarten sammeln. Dies bisweilen begleitet mit dem Hinweis, dass das, was man ihnen vorschlägt, zwar bei jedem anderen umsetzbar wäre, bei ihnen selbst allerdings aus diesem und jenem Grund nicht verwirklicht werden kann. Leider, unmöglich. Das soll die bedauernswerte Situation nochmals unterstreichen. Diese Menschen klagen, um ihren Beutel zu leeren, indem sie ihn anderen überschütten. Danach geht es ihnen besser, denn sie sind wieder mal etwas losgeworden, und die anderen stehen ratlos da. Doch Achtung! Diese Klagemenschen haben keine Krise, sie haben keinen Veränderungsdruck. Sie wollen eigentlich alles im alten Zustand belassen. Es klingt paradox, aber sie ziehen in der Regel genügend Vorteile aus ihren beklagten Umständen. Sie werden beispielsweise geschont, man nimmt auf sie Rücksicht. Solche Klagen betreffen häufig gesundheitliche Probleme oder Schwierigkeiten im Zusammenleben. Betrachtet man die Lebensgeschichte der Beklager, so fällt auf, dass sie gelernt zu haben scheinen, nur über das Vorbringen von Klagen, Schwierigkeiten und Missbefindlichkeiten Aufmerksamkeit in ihrer Umgebung bekommen zu können. Sobald bei ihnen alles prima lief, wurde das als Selbstverständlichkeit angesehen und sie standen nicht mehr im Mittelpunkt. Klagemenschen kommen vielleicht irgendwann wirklich einmal in eine Krise, wenn sich niemand mehr findet, der ihnen noch zuhören will.

Demgegenüber erkennt man Menschen, die sich beklagen, aber wirklich etwas an ihrer Situation ändern wollen, daran, dass sie aktiv nach neuen Wegen suchen und sie ausprobieren wollen. Sie leiden tatsächlich unter ihrer Situation. Sie nehmen Ratschläge und Anregungen gerne auf. Sie setzen sich mit ihnen auseinander und blocken sie nicht sofort wieder ab. Diese

Menschen befinden sich tatsächlich in Krisen, anders als die zuvor geschilderten.

Vielleicht haben auch Sie gerade bemerkt, dass es bei Ihnen manchmal Anlass zu Klagen gibt, Sie sich aber nur mal kurz entlasten, aber nicht verändern wollten. Nutzen Sie Ihre Selbstbeobachtung bei der nächsten Übung.

♣ **DAS BELASTET MICH**

Rufen Sie sich eine Situation ins Gedächtnis, in der Sie bei sich spürten, dass Sie nicht zufrieden waren. Sie haben sich über jemand geärgert, waren unzufrieden, enttäuscht oder traurig. Die Situation machte Ihnen zu schaffen.

Denken Sie dann darüber nach, ob Sie angesichts dieser Belastung tatsächlich etwas ändern oder sich lediglich beschweren wollten (mal Dampf ablassen!).

Krisen haben positive Seiten. Sie bringen Vorteile, die es zu nutzen gilt. Oft ist man nur in der Krise bereit, sich, sein Verhalten, sein Denken und Fühlen und die Personen aus dem Umfeld infrage zu stellen. Eigen- und Fremdkritik sind plötzlich möglich. Man beklagt sich über »Kleinigkeiten«, die man dem Anpassungs- oder Harmoniebedürfnis folgend nicht anspricht, wenn man sich wohl fühlt. Es gibt die konstruktive Form des Selbstmitleids, bei der man sich nicht nur bedauert, sondern auch die beklagenswerten Zustände benennen kann. In der Krise, beispielsweise aufgrund einer körperlichen Erkrankung, lässt man oft Gefühle zu, die ansonsten verschüttet bleiben. Vielleicht Aggressionen. Man hat die Situationen vor Augen, in denen man sich ärgert. Man will sich dies und jenes eigentlich nicht mehr gefallen lassen. Gefühle von Traurigkeit kommen hoch, die sonst vom Alltagstrott überrollt werden. Wünsche nach Nähe, nach Geborgenheit und Zuwendung werden spürbar. Man möchte sich gern auch mal fallen lassen, Verantwortung abgeben, sich anlehnen, auf andere verlassen können. Überforderungen werden erkennbar. Man merkt, wo man sich zu sehr etwas zugemutet hat. Die eigenen Energiereserven wurden angegriffen. Es muss sich etwas ändern. Zu wenig Menschen nutzen diese Chance des konstruktiven Selbstmitleids, wenn sie eine Krise durchleben.

Damit Sie diese Möglichkeiten nicht verschleudern, sollten Sie die folgende Übung durchführen. Natürlich ist es am günstigsten, wenn Sie dies tun, während Sie sich in einer persönlichen Krise befinden.

♣ **ICH NUTZE MEINE KRISE**

Nutzen Sie die nächste krisenhafte Situation, um sich all Ihrer Gedanken, Gefühle und Vorsätze für Veränderungen bewusst zu werden. Schreiben Sie alles sofort auf – während der Krise. Heben Sie sich den Zettel auf. Er wird noch gebraucht (für spätere Kapitel!).

3
Wenn das Wörtchen »wenn« nicht wäre ..., wäre

Aller Anfang ist schwer

Wir alle kennen wohl den Kinderspruch »Wenn das Wörtchen wenn nicht wär ..., wär mein Vater Millionär«. Der mit angenehmen Phantasien und Vorstellungen verbundene bessere Zustand als der, in dem man sich momentan noch befindet, wird herbeigesehnt. Doch leider hat das Ganze einen Haken: Man ist noch nicht am Ziel, das Ziel wohnt noch im Reich der Wünsche und Hoffnungen. Also alles Seifenblase, Illusion?

Wie wir mittlerweile wissen, kann es bereits als erster Fortschritt bezeichnet werden, wenn man in der Lage ist, das Vorhandensein einer persönlichen Krise zu erkennen und sie zu akzeptieren. Eben nicht den Kopf in den Sand stecken, eben nicht vor der Situation davonlaufen, sondern sich ernsthaft mit ihr und den darin enthaltenen Chancen auseinandersetzen! Man stellt sich der krisenhaften Herausforderung, weil man selbst eine Lösung möchte, eine, die die bisher aufgetretenen Schwierigkeiten beseitigen hilft und dabei nach Möglichkeit keine neuen heraufbeschwört. Eine, die eine dauerhafte Perspektive ermöglicht und den persönlichen Handlungsspielraum erweitern und bereichern hilft. Man ist also einen Schritt weiter, da man sich der Krise richtig bewusst ist und sich verändern will. Doch so einfach ist es nicht! Erinnern wir uns wieder des italienischen Sprichworts: »Zwischen dem Reden und dem Handeln liegt das Meer!« Derjenige, der sagt, dass er sich oder etwas verändern will, hat es zunächst nur benannt, wie wir im vorangegangenen Kapitel sehen konnten. Diese Ankündigung allein reicht noch nicht aus. Es fehlt die Umsetzung.

Erinnern wir uns daran, dass der Start für manchen zunächst noch mit verschiedenen Bedenken verbunden sein kann. »Ich müsste ja, aber ...«, »Ich sollte eigentlich, aber ...«, »Bald fange ich wirklich an ...« Die Liste solcher Überlegungen und Argumente kann ziemlich lang sein. Leute, die nach Ausreden suchen, sind sehr erfinderisch, wobei sie oft mehr Energie in das Aufspüren von Ausreden und Entschuldigungen vergeuden, als sie in die Suche nach realen Möglichkeiten für eine Veränderung investieren. (»Was du heute kannst besorgen, das verschieb erst mal auf morgen«, könnte man boshaft formulieren.) Natürlich hindern oft aktuell ungünstige Umstände einen Start, und manchmal sind in der Tat vorher noch wichtige Dinge zu berücksichtigen, um nicht von vornherein ein Misslingen zu riskieren. Verändern soll nie planlos und unüberlegt erfolgen! Dennoch ist zu beobachten, dass man in dieser Phase dem anfänglich beschriebenen Zwiespalt zwischen Verändern und Bewahren begegnet. Es ist sinnvoll, sich dieser Frage intensiv und ehrlich zu widmen, um die eigene Bereitschaft kritisch zu betrachten. Verändern wird ein anstrengendes und meist erfolgloses Unterfangen, wenn man nur halbherzig bei der Sache ist. Auf der anderen Seite wird ein Bewahren problematisch, wenn es aus Bequemlichkeit heraus geschieht!

Häufig trifft man auf zwei Wörter, die einer Veränderung im Wege stehen: *»Wenn nur ...«* Menschen, die diese Redewendung benutzen, leben oft ihr Leben lang in der Vergangenheit und quälen sich damit herum, wie sie – wären die Umstände seinerzeit günstiger gewesen – sich in bestimmten Situationen hätten verhalten können und sollen. »Wenn ich mich nur mehr zu Wort gemeldet hätte«, »Wenn ich mich nur besser beherrscht hätte«, »Wenn ich damals nur mehr gelernt hätte« und so fort. Dieses Sichergehen in einer Flut von Selbstvorwürfen trägt keineswegs dazu bei, sich seelisch zu stabilisieren. Hinterher ist man in der Regel immer schlauer. Ein kritischer Rückblick hilft nur dann, wenn man aus ihm Erkenntnisse ableitet und in der Lage ist, diese für die gegenwärtigen Herausforderungen umzusetzen. Denn wie wir alle wissen: Man kann aus Fehlern lernen, wenn man selbstkritisch analysiert.

Im Folgenden wollen wir uns mit der Bewältigung persönlicher Krisen und Herausforderungen und den damit verbundenen Entscheidungssituationen befassen. Die dargestellten Überlegungen gelten natürlich ebenfalls für die vielen kleinen, sporadisch oder oft auftretenden alltäglichen Herausforderungen des Lebens. Denn eine wichtige Erfahrung ist zweifelsohne die, dass man in der Regel fast alles, was einem in einer kleinen Problematik gelungen ist, gewinnbringend für größer anmutende Fragen verwenden kann. Es ist nur grundsätzlich wichtig, die Struktur des Problems und der Lösung zu erkennen. Eine Haltung, die einer Lösung nachhaltig im Wege stehen kann und die man oft bei zögerlichen Menschen antrifft, wird im folgenden Beispiel illustriert. Es gibt Menschen, die kleinkindhaft abwarten, in der Hoffnung, dass »Vater Zufall« und »Mutter Zeit« die Probleme schon lösen werden, sodass man keine eigene Verantwortung übernehmen muss.

Der 26-jährige Bertram hatte zeitlebens Probleme gehabt, sich entscheiden zu können. Am liebsten war es ihm, wenn andere ihm die Entscheidung abnahmen oder wenn es für ihn nur eine Möglichkeit gab, sich zu entscheiden. Bei ihm war der Spruch: »Wer die Wahl hat, hat die Qual« überstark ausgeprägt. Bertram litt seit der Kindheit darunter, dass er sich nie getraute, eigene Wünsche und Meinungen vorzubringen. Dieses Problem verspürte er sowohl bei kleinen Alltagsfragen als auch bei großen Herausforderungen, die wichtige Weichen für sein weiteres Leben stellten. Wurde er gefragt, was er gern zu Mittag essen möchte, meinte er, er esse alles, ihm sei es egal. Bei der Frage der Berufswahl verhielt er sich passiv, überließ nicht nur dem Vater die Auswahl der Berufsfelder, sondern beantwortete die Zusagen für drei Stellen nicht sofort, da er sich für eine und gegen zwei andere zu entscheiden gehabt hätte. Er ließ die Antwort schleifen, um dann – ganz in seinem Sinne? – damit konfrontiert zu werden, dass zwei Arbeitgeber die Ausbildungsstelle mittlerweile an einen anderen Bewerber vergeben hatten, weil sie annahmen, dass er kein Interesse mehr hatte. Dieses Warten auf den Zufall oder die Zeit, die ihm die nötigen Entscheidungen abnahmen, zog sich wie ein roter Faden durch seine Biographie. Es ist daher nicht verwunderlich, dass er später nur deshalb heiratete, weil eine seiner Bekannten von ihm schwanger geworden war.

Die meisten Menschen wissen durchaus, was ihnen an verschiedenen Situationen missfällt. Sie können aber ihre Einsicht nicht in neues Verhalten umsetzen. Manche drücken das so aus: »Der Kopf sagt ja, aber der Bauch sagt nein!« Außenstehende können dieses Zögern oder Nicht-Handeln oft nicht verstehen. Doch es gibt eben Barrieren, die einen davon abhalten, sich zu ändern. Und wenn es so einfach wäre, das neue Verhalten zu zeigen, hätte man es mit Sicherheit schon getan. Man will sich doch nicht selbst quälen. Oder? Aber: Wissen heißt noch lange nicht ändern! Die Übung »Traumland« auf der nächsten Seite gibt dafür ein gutes Beispiel.

Während der Übung werden Sie mit Sicherheit viele der angenehmen, wohltuenden Gefühle, Wahrnehmungen und Gedanken wiederaufleben lassen, die Ihnen in der damaligen Situation so gut getan und zu Ihrem Wohlbefinden beigetragen haben. Frischen Sie deshalb diesen Zustand nochmals kurz auf, vertiefen Sie die Übung. Spüren Sie intensiv die Merkmale der angenehm erlebten Situation, genießen Sie die Atmosphäre, sprechen Sie mit sich über das, was Ihnen gefällt, was Sie beeindruckt und welche Konsequenzen Sie für sich ableiten.

♣ **TRAUMLAND**

Versetzen Sie sich in eine Situation, in der Sie sich fern von zu Hause befanden. Eine Situation, in der Sie sich so wohl fühlten, so entlastet vom täglichen Stress und angefüllt mit anregenden Eindrücken, dass Sie durchaus mit dem Gedanken spielten, an jenem Ort wohnen zu können. Vielleicht sogar für den Rest Ihres Lebens. Er hatte viel Positives, so als sei er für Sie ein kleines Paradies. Sie waren fest davon überzeugt, dass es Ihnen an diesem Ort wohlergehen würde.

Schreiben Sie auf, was Ihnen in der damaligen Situation gefallen hat. Notieren Sie all jene Aspekte und Argumente, die seinerzeit dafür sprachen, für längere Zeit an dem genannten Ort zu verbleiben – fernab von daheim. Gehen wir nun einen Schritt weiter und wenden uns der Übung »Zurück« zu.

♣ **ZURÜCK**

Nachdem Sie sich in das Traumland versetzt und die angenehmen Begleiterscheinungen genossen haben, kommen wir jetzt zu der ernüchternden Feststellung: Sie sind aus dem kleinen Paradies zurückgekehrt, Sie wohnen ja doch noch zu Hause.

Führen Sie sich danach die Überlegungen vor Augen, die dafür verantwortlich sind, das Sie nicht übergesiedelt sind! (Schreiben Sie Ihre Argumente auf ein gesondertes Blatt.) Lassen Sie sich Zeit, spüren Sie den Zwiespalt, die innere Unruhe.

Sie haben bemerkt, dass es letztendlich gar nicht so einfach ist, etwas zu ändern, das man gewohnt ist. Dies, obgleich man erlebt hat, dass es etwas Neues gibt, das einem gefällt und das ebenfalls möglich wäre. Betrachten Sie Ihre beiden Listen, die Sie gerade erstellt haben. Gab es einen echten Konflikt für Sie?

Das Wechselbad der Gefühle

Die oben angeregte Übung ist ein anschauliches Beispiel dafür, dass viele Menschen von einem besseren Leben träumen, besonders dann, wenn sie sich im momentanen Lebensumfeld belastet und unzufrieden fühlen. Träume und Vorstellungen, wie es anders sein könnte und sollte, können gleichermaßen im Zustand des Losgelöstseins vom Alltag auftreten – im Urlaub oder in einem Zustand großen Wohlbefindens, zum Beispiel nach einem Erfolg. Man hat Ideen für Veränderungen, bemerkt plötzlich, was im sonstigen Alltag nicht stimmt. Doch was passiert, wenn man diese »Krise« wieder überwunden hat, auch die, die durch die Traumland-Gedanken ausgelöst wurde? Man lässt sich von der Realität wieder einholen, in der die gewohnten Denk- und Verhaltensmuster dominieren. Das rosarote Traumland wird mit einem Grauschleier überzogen und mehr und mehr unattraktiv. Man merkt, dass man mit der Veränderung auch etwas aufgeben würde. Etwas, das persönlich vielleicht doch wichtiger ist, als man dachte. Je länger man sich dann mit den möglichen Chancen der vorgestellten Veränderung befasst, desto mehr spürt man, dass das Alte und Gewohnte doch nicht nur schlechte Seiten hat. Häufig entsteht dann der Eindruck, in seiner »Euphorie« die negativen Seiten der momentanen Lebenssituation überbetont zu haben. Und schnell stellt sich wieder eine Scheinzufriedenheit ein, die sich auf die Alltagssituation bezieht.

Dieses Wechselbad der Gefühle zwischen »So geht es nicht mehr weiter!« und »Eigentlich ist es doch nicht ganz so schlimm!«

verdeutlicht folgendes Beispiel, das geradezu typisch ist für die darin wirksam werdenden Überlegungen.

Marlene war während ihrer zwölfjährigen Ehe schon einigeMale für einen oder mehrere Tage mit den beiden Kindern zu ihren Eltern geflüchtet, wenn ihr Mann in alkoholisiertem Zustand in der Wohnung ausgerastet war. Verwandte und Freunde hatten ihr wiederholt zur Trennung geraten und vor einer Rückkehr gewarnt. Zwar schoss ihr dieser Gedanke an Trennung in der akuten Krise ebenfalls durch den Kopf, doch an eine wirkliche Trennung mochte sie nie ernsthaft denken; denn er war für sie der liebste Mann der Welt, wenn er nüchtern war, zumal er anschließend stets Reue zeigte und Besserung gelobte. Marlene schwor sich jedoch, sofort die Trennung zu vollziehen, wenn ihr Mann im Rausch die Kinder schlagen würde. Sie räumte aber ein, dass sie vor einer Trennung viel Angst habe, da sie sich nicht vorstellen konnte, allein zurechtzukommen.

Marlene neigte ferner wie viele Menschen, die in ihrem Alltag immer wiederkehrenden Qualen ausgesetzt sind, dazu, die eigene Situation dadurch zu verharmlosen, dass sie sich mit anderen vergleichen, denen es »ja noch viel schlechter geht«. Und so gesehen geht es einem selbst dann wieder »doch nicht so schlecht«. Und jemand, der schlechter dasteht als man selbst ... findet sich bei kurzem Rundumblick immer! Weshalb also sollte man sich ändern?

Die Illusion von Patentrezepten

Für Außenstehende ist es leicht, einem anderen, der in der Klemme zu stecken scheint, einen Ratschlag zu erteilen. »Trenn dich doch«, »Zieh aus«, »Lass dir das nicht mehr gefallen«, ist leicht dahergesagt. Von außen betrachtet, mag die vorgeschlagene Lösung sogar sinnvoll und erfolgversprechend sein. Man kann sogar weitergehen und sagen, dass Außenstehende durchaus Recht haben könnten. In vielen Fällen wäre ihr Vorschlag objektiv betrachtet tatsächlich die Lösung. Trotzdem ist es für die Betroffenen nicht so einfach, die wohlgemeinten Ratschläge zu befolgen. Denn es geht für sie um sehr viel mehr als für die Außenstehenden, nämlich um die Verantwortung. Sie haben die Verantwortung für die Folgen zu tragen, die sich ergeben, wenn der Ratschlag umgesetzt wird. Es mag zunächst leicht sein, den empfohlenen Änderungsschritt auszuführen. Die Verantwortung für das Geschehen und das, was folgt, hat nur der Betroffene. Und deshalb tut er sich schwer. Ein Verhalten, das dem einen zum Erfolg verhilft, kann bei einem anderen einen Misserfolg begünstigen. Es gibt keine Patentrezepte. Man kann gutgemeinte Ratschläge nicht übertragen. Für den Betroffenen heißt es, vorrangig auf die aktuelle persönliche Situation Bezug zu nehmen. Die subjektiven Überlegungen sind wichtig und müssen bei der Auswahl einer Entscheidung herangezogen werden. Denn es steht viel auf dem Spiel: etwas, das sich nicht messen lässt – weder in Mark und Pfennig noch in Länge, Gewicht oder Minuten. Es ist mehr. Es ist etwas ganz Persönliches. Das wird von ratgebenden Mitmenschen oft vergessen.

Negative Buchhalter

Jemand, der sich in der Lage von Marlene trennen würde, würde gleichzeitig ein Stück eigener Vergangenheit aufgeben. Ein Stück gemeinsamen Lebens mit einem anderen, das nicht nur schlechte Zeiten hatte. Er bestätigt durch die Trennung, also den Änderungsschritt, dass er irgendwie im Leben versagt hat. Er würde offen eingestehen, dass viele seiner mühseligen Anstrengungen, Probleme und Krisen zu lösen, letztendlich nichts gebracht haben. Er würde wie vor einem Scherbenhaufen seines Lebens stehen. Es leuchtet deshalb ein, dass solch ein Mensch sich mit einer gravierenden Veränderung seiner Lebenssituation schwer tut. Man muss auch berücksichtigen, dass es Scham- und Schuldgefühle auslöst, wenn man von anderen hört, wie einfach eine Veränderung doch sein würde, man selbst es aber nicht schafft und sich als Versager betrachtet. Es fällt nicht gerade leicht, einen Schritt in Richtung Neuland zu wagen, sich einem Risiko auszusetzen, um eine persönlich unangenehm erlebte Situation grundlegend und umfassend zu ändern.

Angst vor Misserfolg und Hoffen auf Erfolg

Die in wissenschaftlichen Untersuchungen wiederholt aufgezeigten zwei Typen von Konfliktlösern scheint es tatsächlich zu geben: denjenigen, der selbst in unlösbar scheinenden und schwierigen Situationen optimistisch denkt und handelt – und denjenigen, der von Beginn an ängstlich ist, bereits beim Denken an die Herausforderung verzagt, unsicher ist und stets das Schlimmste befürchtet. Er hofft, dass sich die unangenehmen Effekte in Grenzen halten – an den Erfolg denkt er zunächst nicht. Während der erstgenannte in seinem Vorgehen durch ein sogenanntes »Hoffen auf Erfolg« bestimmt ist, wird der letztgenannte durch die sogenannte »Angst vor Misserfolg« bestimmt. Typische Gedanken für die beiden Sichtweisen sind: »Es wird schon schiefgehen« bzw. »Es klappt bestimmt wieder nicht«.

Gerade beim zögerlichen Umgang mit Konflikten, Krisen und Lösungen wird die »Angst vor Misserfolg« deutlich. Die Betroffenen tun sich schwer beim Gedanken, durch ihr Handeln möglicherweise eine Schwäche offenkundig werden zu lassen. Sie befürchten in diesem Fall, im zwischenmenschlichen Kontakt Schaden zu nehmen: dass man sie nicht mehr mag, nicht mehr respektiert oder sie wegen eines möglichen Versagens abqualifiziert. Vor solchem Ungemach schützen sie sich, indem sie lieber die Passivität wählen: »Wer nichts tut, kann auch nichts falsch machen!« Sie vergessen natürlich, dass das Nicht-Handeln auch ein Handeln ist, das von anderen als defizitär ausgelegt werden kann (»Was will man mit dem, der ist immer so ruhig!«). Manchmal läuft man angesichts seiner Passivität und des Sich-nicht-Wehrens Gefahr, von anderen ausgenutzt und übervorteilt zu werden (»Ach, mit dem kann man das machen!«).

Die Angst vor Misserfolg beinhaltet für manchen Menschen auch die Sorge, dass er wichtiger persönlicher Illusionen beraubt werden könnte. Beim Versagen ließe sich beispielsweise gnadenlos aufzeigen, dass man einer Sache nicht gewachsen ist, in der man sich bisher sicher glaubte und den Eindruck hatte, sie im Notfall bewältigen zu können. Ein Misserfolg würde natürlich das Selbstwertgefühl nach unten drücken. Ferner würde das negative Denken bezüglich der eigenen Person bestätigt werden (»Ich dachte immer, dass ich wenigstens das kann, und jetzt dieser Misserfolg!«). Deshalb also: lieber Passivität und Rückzug. Kein Risiko eingehen.

Es gibt zweifellos viele Gründe dafür, weshalb jemand ein Vorhaben nicht in die Tat umsetzt. Wie wir gesehen haben, reicht es manchen Leuten schon, kundgetan zu haben, dass sie etwas anders machen wollen. Einige haben sich mitunter in ihren Möglichkeiten überschätzt, etwas zu verändern. Andere wollen eine Änderung, wissen aber noch nicht genau, wo sie ansetzen müssen.

Im Folgenden werden einige typische Hindernisse für das Einleiten und Durchhalten von Veränderungen erläutert – ohne Anspruch auf Vollständigkeit. Es handelt sich jedoch um einen repräsentativen Überblick, in dem vermutlich auch Sie sich beim einen oder anderen Punkt entdecken werden.

Nur das sehen, was man sehen will?! (Wahrnehmungsdefizite)

In diesem Fall entstehen Probleme dadurch, dass man in nicht angemessener Art und Weise an die Betrachtung einer Krise herangeht. Man nutzt seine »Sinne« nicht, um die vorliegenden Informationen aufzunehmen, die für die Beurteilung der Sachlage von Bedeutung sind. Bildlich kann man sich die Lage so vorstellen, dass man sich verhält wie die »drei Affen«, von denen einer nichts sieht, der andere nichts hört und der letzte nichts sagt. Folgende Wahrnehmungsfehler sind typisch:

»Ja, aber«-Menschen

Zunächst gibt es Menschen, die nur das sehen und hören wollen, was ihnen genehm ist und sie nicht in unnötige Spannungen versetzt. Dies kann so weit gehen, dass sie, nur um ihr Verhalten nicht ändern zu müssen, Informationen nicht zur Kenntnis nehmen, die ihren Zweifel verstärken könnten. Sie betreiben eine sogenannte »ausgewählte Wahrnehmung«. Obgleich aus ihrer Umgebung viele Informationen einströmen, die den problematischen Sachverhalt betreffen, blocken sie solche Argumente anderer ab. Sie finden immer wieder Gründe dafür, warum ein Argument gerade für sie nicht zutrifft. Unter diesen Menschen findet man gehäuft »Ja, aber«-Redner. Oft ist zu beobachten, dass die Umwelt irgendwann aufgibt.

»Was nicht sein darf, das nicht sein kann«

Eine verwandte Gruppe betrifft Menschen, die die Dinge nicht wahrhaben wollen, obgleich objektiv gesehen die Sachlage klar auf der Hand liegt. Sie färben schön – und zwar noch zu einem Zeitpunkt, zu dem andere bereits aktiv reagieren würden. In dem

Roman »Biedermann und die Brandstifter« von Max Frisch finden wir solch einen Zeitgenossen, der die vorliegenden bedrohlichen Informationen einfach ignoriert. Die beiden fremden Menschen, die er in seinem Haus aufnimmt, treffen offen und unbehindert alle Vorbereitungen, um sein Haus anzünden zu können. Ja, sie geben es sogar auf Anfrage zu. Trotzdem hält es der Hausbesitzer für einen Scherz ... und unternimmt nichts. Leider ist es dann für die neue Einschätzung zu spät.

In diese Gruppe gehören mit Sicherheit auch die Menschen, die einen unkritischen Optimismus an den Tag legen. Dieser entbehrt eigentlich jeder Grundlage und muss deshalb eher als kläglicher Versuch angesehen werden, sich vor eigener Lösungsinitiative zu drücken.

Wichtiges und weniger Wichtiges

Manchen Menschen fehlt die Fähigkeit, in der kritischen Situation trennen zu können, was wichtig und was weniger wichtig ist. Deshalb haben sie keinen stabilen Orientierungsrahmen. Sie können nicht hinsichtlich der persönlichen Wichtigkeit ordnen und meinen, alles sei gleich wichtig.

Viel zu oft verstricken sich die Betroffenen, wenn sie in Herausforderungssituationen geraten, in einen nicht mehr überschaubaren Dschungel von Gedanken, Gefühlen, Ideen und Handlungen. Sie verlieren dadurch unweigerlich den Überblick, können Zusammenhänge nicht mehr entdecken und auch nicht die Notwendigkeiten erkennen, die es bei einer Entscheidung zu beachten gilt. Durch dieses Vorgehen macht sich manch einer das Leben fast regelmäßig unnötig schwer und verliert die Hoffnung, das Knäuel jemals zu entwirren.

Stellen Sie sich das Problem am Beispiel eines Schachtelsatzes vor. Jemand beginnt mit einem Satz und konstruiert ständig Nebensätze, die ihrerseits wieder durch Nebensätze ergänzt und unterbrochen werden. Irgendwann wird er den Überblick verlieren und sich in dem Wirrwarr verstricken. Kein Wunder. Warum also so kompliziert? Man kann doch einen Satz nach dem anderen sagen. Nur ... man legt sich eben damit präzise fest und wird angreifbar. Und gerade das hindert manchen, auf den Punkt zu kommen.

Ständig Unangenehmes verhindern wollen

Aufgrund der bisherigen Lebensgeschichte sind manche Menschen sehr stark darauf fixiert, in ihrem Alltag, also in dem, was um sie herum und mit ihnen geschieht, vor allem die negativen Anteile zu sehen. Sie sind pessimistisch ausgerichtet. Manchmal entwickeln die Betroffenen regelrechte negative Schablonen und sehen nur noch die Schwarz-Grau-Töne. Sie sind darauf bedacht, rechtzeitig Anzeichen dafür zu erkennen, was schlecht oder schief laufen könnte. Sie tun so, als hörten sie das Gras wachsen. Betrachtet man ihre Lebensgeschichte, entdeckt man oft, dass ihnen in der Tat viel Unangenehmes passiert ist, aber eben nicht nur und ausschließlich. Ihre Betrachtung ist einseitig und voreingenommen geworden. Im Gegensatz zu den negativen Aspekten nehmen sie die positiven Aspekte nicht mehr genügend wahr. Sie sind auf der Hut – manchmal mit dem erklärten Ziel, rechtzeitig schädliche Einflüsse entdecken und somit etwas Unangenehmes verhindern zu wollen. Sie warten regelrecht darauf, dass bestimmte Ereignisse eintreten oder sich Hinweise auf negative Entwicklungen zeigen. Daraufhin leiten sie dann Schlussfolgerungen ab mit dem Fehler, dass sie stark verallgemeinern bzw. Details eine zu hohe Bedeutung zumessen.

Zusammenhänge nicht erkennen

Ein Problem in der Wahrnehmung, das als Hindernis für Veränderungen eine große Rolle spielt, liegt darin, dass jemand Zusammenhänge nicht erkennen kann – Zusammenhänge zwischen dem, was sich in einer Situation ereignet, und dem, was vorher und nachher passiert. Die Erfahrung jedoch zeigt, dass die wenigsten Effekte zufällig sind. Denn sehr oft lassen sich Bedingungen aufdecken, die im positiven wie negativen Sinne Einfluss auf die Geschehnisse nehmen. Dazu gehören Bedingungen, die außerhalb der Person liegen, wie beispielsweise das Verhalten anderer – oder innerhalb, wie zum Beispiel das Denken, Fühlen oder die körperliche Befindlichkeit in der Situation.

Eine große Bedeutung hat diese mangelnde Fähigkeit im sogenannten psychosomatischen Bereich: beim Erkennen von Zusammenhängen körperlicher und seelischer Zustände. Wenn man nicht in der Lage ist, sich ein genaues Bild über das Zusammenspiel der verschiedenen Bedingungen und Faktoren zu machen, zieht man falsche oder fehlerhafte Schlussfolgerungen. Lösungsversuche müssen dann ineffektiv bleiben. Oft wird überhaupt keine Lösung angepeilt, weil man keine zwingende Notwendigkeit sieht, etwas zu verändern. Um die dargestellten Vorgänge zu verstehen, mag folgender Vergleich helfen: Zwischen dem Wolkenbruch und der nassen Kleidung besteht nur für denjenigen ein Zusammenhang, der diesen bemerkt. Und nur derjenige wird sich Gedanken machen, was er tun kann, um bei einem erneuten Regenguss nicht wieder nass zu werden. Doch manch einem bleiben Zusammenhänge eben verborgen. So beklagt er also, dass er nichts dazulerne, obgleich ihm bestimmte Missgeschicke wiederholt passieren. Er nutzt in der jeweiligen Situation nicht die Chance, sich einen Überblick und Durchblick zu verschaffen.

Wenn man den Eindruck hat, dass die Ereignisse mehr oder weniger zufällig über einen hereinbrechen, fühlt man sich natürlich irgendwann unsicher, hilflos, ohnmächtig ausgeliefert und kann eben nicht differenziert genug reagieren. Dieses Manko findet man im Alltag sehr oft. Gerade auch bei Menschen, die körperliche Beschwerden beklagen, aber bislang noch nicht daran dachten, dass diese mit seelischen Problemen zu tun haben könnten.

Manche von uns können mit Krisen nicht angemessen umgehen, weil sie nicht oder viel zu spät merken, dass sich bereits eine Krise anbahnt bzw. dass sie schon mitten in einer Krise sind. Der falsche Umgang mit den täglichen Herausforderungen hat derart geprägt und sich automatisiert, dass weder der Ablauf noch die Vorfälle überhaupt infrage gestellt werden. So gibt es Menschen, die nicht mehr merken, dass ihnen weh getan wird. Es wurde schon immer so mit ihnen verfahren, sodass sie es nicht anders gewohnt sind. Zwar spüren sie, dass es ihnen irgendwie schlecht geht und etwas wohl nicht stimmt. Sie suchen jedoch nicht an den richtigen Stellen, weil sie nicht die Zusammenhänge sehen! Diese wichtigen, überzufälligen Zusammenhänge gerade zwischen bestimmten Ereignissen und Befindlichkeiten entdeckt man umso eher, je mutiger man sich zeigt. Es verlangt Mut, die eigenen Sinne wieder kritisch zu gebrauchen; die störenden Filter zur Seite zu legen, die eine ungetrübte, tatsächliche Wahrnehmung behindern; Mut, sich dem Alltag zu stellen. Das heißt: wieder das zu hören, was zu hören ist. Wieder das zu sehen, was zu sehen ist. Wieder das zu empfinden, was zu empfinden ist.

»Was der Bauer nicht kennt ...« (Einstellungsdefizite)

Häufig lassen sich Menschen, die durch eine krisenhafte Situation belastet sind, dadurch den Wind aus den Segeln nehmen, dass sie sich von vornherein nichts zutrauen oder einen Misserfolg erwarten. Manchmal haben sie in der Vergangenheit erfolglos versucht, eine Krise aktiv zu bewältigen. Sie gehen mit einer negativen Hypothek daran, die aktuelle Herausforderungssituation zu betrachten, und haben manchmal resigniert, da sie negative Erfahrungen im Umgang mit Lösungen gesammelt haben. Sie trauen es sich nicht mehr zu, auf eine neue, erfolgversprechende Lösung zu hoffen, geschweige denn sie zu probieren. Im Laufe ihres Lebens haben sie Einstellungen erworben, die ihnen dabei im Wege stehen, aktiv eine Krise beseitigen zu wollen und zu können. Blockierend sind Einstellungen zur eigenen Person, zu anderen Menschen, zu bestimmten Situationen und in Bezug auf verschiedene Lösungswege. Daraus entwickelten sich negative Vorerwartungen und Voreinstellungen, die nachhaltig zu einem unangemessenen Umgang mit den Problemen führten.

Bei genauer Betrachtung stellt sich oft heraus, dass diese Menschen deshalb keinen Erfolg erringen und keinen Optimismus entwickeln konnten, weil sie die Problembewältigung falsch anpackten. Beispielsweise schossen sie mit »Kanonen auf Spatzen«, wie eine Redewendung besagt, oder sie schossen mit Wattebällchen auf Elefanten, oder sie taten nichts, oder sie brachen einen Lösungsweg ab. Unsere Einstellungen beeinflussen die Wahrnehmung, Beobachtung und Bewertung der Dinge und Personen und entscheiden darüber, wie man sich verhält. Unangemessene Einstellungen verstellen den Blick – beispielsweise dafür, in einer kritischen Situation genau zu wissen, was man ändern muss, um Erfolge zu ermöglichen oder Spannungen abzubauen.

EINSTELLUNG ODER VERHALTEN ÄNDERN?

Zunächst kommt es darauf an, erkennen zu können, wo der Hebel anzusetzen ist. Hierbei misslingt vielen Menschen etwas Wichtiges: Sie können nicht erkennen, ob sie in der Situation lediglich ihre Einstellung zur Sache ändern müssen oder ob das bislang gezeigte Verhalten einer Veränderung bedarf. Dies klingt einfach und banal, hat aber für das Entstehen und die Beseitigung von Konflikten zentrale Bedeutung. Besonders wichtig ist zum Beispiel, die richtige Vorgehensweise auszuwählen. Wendet man nicht die richtige Wahl und Taktik an, besteht die große Gefahr, dass sich innerhalb des Veränderungsprozesses ein Misserfolg einstellt. Verdeutlichen wir uns das an zwei Beispielen:

Dirk litt schon seit der Kindheit unter seinen roten Haaren, die ihm stets viel Hohn und Spott eingebracht hatten. Wenn anderen die Argumente ausgingen, hänselten sie ihn. Was sollte er auch sagen, seine Haare waren rot. Anfangs fraß er viel in sich hinein, später wehrte er sich mit Worten und Taten, was ihm aber den Ruf eines Rabauken und Störenfrieds einbrachte. Nun war er zusätzlich ein Außenseiter. Eine Wende seiner unglücklichen und tragischen Situation trat ein, als ihm klar wurde, dass es wenig Sinn machte, noch aggressiver, reizbarer und unfairer zu sein als die, die ihn quälten. Ihm wurde bewusst, dass sein eigentliches Problem war, sich nicht mit seinen roten Haaren abzufinden – er hasste sie und fühlte sich von den anderen aus diesem Grunde geradezu zu Recht kritisiert. Als er nun die Haarfarbe als einen persönlichen Teil seiner Person anerkennen konnte, als einen Teil, der bis an sein Lebensende ein unabänderlicher Teil bleiben würde, er also seine Einstellung änderte, empfand er das nicht nur als Erleichterung, sondern er stellte fest, dass er sich nun nicht mehr provozieren ließ. Daraufhin reduzierten sich die Hänseleien. Dirk trat selbstbewusster auf, lernte, zu sich zu stehen, ohne aggressiv sein zu müssen.

Im Falle von Dirk war es entscheidend, dass er seine persönliche Einstellung zum vorrangig erachteten Problem änderte. Nun gibt es den umgekehrten Fall, dass jemand versucht, mit festen Einstellungen an die Bewältigung von Herausforderungen heranzugehen, auch damit aber auf Dauer nichts zu seinen Gunsten verändern kann. Dies ist immer dann der Fall, wenn eigentlich eine Veränderung des Verhaltens nötig ist, um erfolgreich sein zu können. Zur Demonstration der Fall von Markus:

Markus wurde so erzogen, dass man Autoritäten zu achten, ihnen widerspruchslos Folge zu leisten und eine eigene Meinung geflissentlich zu unterdrücken hatte. Die erzieherische Botschaft, an der er sich orientieren musste, lautete: »Du hast zu gehorchen!« Über die Jahre hinweg verschlechterte sich das körperliche und seelische Befinden (Magen-Darm-Probleme, Herzrhythmusstörungen, Deprimiertheit,

Selbstwerteinbußen), worauf Markus mit Appellen an die eigene Duldsamkeit reagierte (»Du musst den unteren Weg gehen, es wird schon wieder. Du musst dich nur fügen!«). Er pflegte weiterhin unterwürfiges Verhalten, stellte es nie offen infrage. Im Rahmen einer Psychotherapie getraute er sich, im Kontakt mit anderen Menschen eigene Ideen, Vorschläge und Meinungen einzubringen. Er fasste Mut, zu widersprechen, etwas zurückzuweisen, klarzustellen, Grenzen zu setzen. Markus bemerkte zu seinem riesengroßen Erstaunen, dass nicht die seit Kindheit befürchtete Katastrophe über ihn hereinbricht, wenn er »nicht gehorcht«, sondern dass man auch miteinander klarkommen konnte, selbst wenn es unterschiedliche Meinungen gab.

Im Falle von Markus hätte es wohl noch viele neue Einstellungen gegeben, mit denen er hätte versuchen können, seine Belastungen mit dem ihm anerzogenen Menschenbild in Deckung zu bringen. Doch mit Sicherheit wären alle derartigen Lösungen nur Scheinlösungen geblieben. Sie hätten die Situation von Markus niemals grundlegend verändern können. Es musste eine Verhaltensänderung her!

Wie gravierend gerade heutzutage das Leben von Menschen durch die Unfähigkeit bestimmt wird, zwischen Verhaltens- und Einstellungsänderungen nicht unterscheiden zu können, lässt sich durch ein Beispiel aus dem Alltag veranschaulichen, das man leider viel zu oft antrifft. Man könnte dieses Problem »verbautes Leben« nennen. Ein Ehepaar baut ein mit erheblichen Fremdmitteln finanziertes Haus. Durch die hohen Schulden haben die Bauherren auf Jahre hinaus einschränkende Bedingungen geschaffen. Einschränkungen, die auf Dauer zu zusätzlichen seelischen Belastungen führen können, zum Beispiel bezüglich der Lebenszufriedenheit, da besonders in wichtigen Bereichen wie Urlaub, Freizeitaktivitäten, finanzieller Spielraum Beschränkungen vorgenommen werden müssen. Wenn sich nun nach einigen Jahren herausstellt, dass sie sich finanziell übernommen haben und sich somit das Haus als nicht mehr vernünftig finanzierbar erweist, stürzen die Betroffenen oft in eine tiefe Krise. Eigentlich müssten sie ihr Haus verkaufen, um nicht tiefer in den Schuldenkeller zu fallen und um sich in absehbarer Zeit finanziell wieder sanieren zu können. Oder sie müssten bereit sein, weitere Jahre auf die meisten Annehmlichkeiten des Lebens zu verzichten, eventuell sogar noch mehr als bisher zu arbeiten. Eine schwierige Konfliktsituation, bei der viel auf dem Spiel steht. Leider entscheiden sich dann viele in dieser Situation falsch. Sie wollen unter allen Umständen das Haus halten, und zwar mit der Einstellung »Sonst wäre ja alles umsonst gewesen!«. Sie bluten kräftemäßig noch mehr aus, um die Finanzen einigermaßen zu sichern. Aber natürlich ist abzusehen, welchen Teufelskreis sie mit ihrer Einstellung und den sich daraus ergebenden Konsequenzen heraufbeschwören. Die Redewendung: »Lieber ein Ende mit Schrecken als ein Schrecken ohne Ende!« mag die Lösung beschreiben, die in solchen Fällen die günstigere wäre.

EINFLUSS GEPRÄGTER EINSTELLUNGSMUSTER

Das oben genannte Beispiel zeigt nochmals deutlich auf, wann man Veränderungen aufgrund falscher Einstellungen unterlässt oder mit dem Lösungsversuch an der falschen Stelle ansetzt. In der Entwicklung von Einstellungen haben vor allem geprägte Muster große Bedeutung, die man im Laufe des Lebens erworben hat. Sie prägen nachhaltig den Umgang mit Konflikten und Herausforderungen, häufig ohne dass man es noch bemerkt. Fast wie auf Knopfdruck wird in einer Situation durch bestimmte Einstellungen das Verhalten ausgelöst, das man eigentlich verhindern oder abschwächen möchte. Selbst dann, wenn man sich vorgenommen hatte, beim nächsten Mal anders zu reagieren. Bei vielen Menschen lassen sich sehr typische Reizthemen finden, die – ausgelöst durch Einstellungen und Erfahrungen – fast als allergische Punkte bezeichnet werden können. Jemand, der sich an einem solchen allergischen Punkt angereizt fühlt, hat meistens Probleme, die Kontrolle zu behalten – und dies trotz des Vorsatzes, sich anders als bisher verhalten zu wollen. Das Fass wird in der »Allergie«-Situation durch einen zusätzlichen Tropfen meist zum Überlaufen gebracht. Stellen Sie sich einen Menschen vor, der an einer Hautallergie leidet. Er weiß, dass er sich nicht kratzen darf. Er nimmt sich fest vor, sich an dieses Verbot zu halten. Doch wirft er den Vorsatz meist über Bord, wenn ihn der Juckreiz wieder plagt. Man muss eben reagieren, damit Spannung und Erregung abgeführt werden. Entweder nach außen (z.B. einen anderen anbrüllen) oder nach innen (z.B. Ärger in sich hineinfressen). Entweder in Form von Aggression oder Resignation.

Silke beklagte sich darüber, dass ihr Mann nicht nur Gesprächen aus dem Wege ging, sondern ihr schon seit Jahren den Eindruck vermittelte, dass er sie nicht mehr respektierte, sie nicht mehr für voll nahm. Wenn es zu kurzen Unterredungen kam, blieb er passiv, wiegelte die Sorgen von Silke meist ab und gab ihr wenig Unterstützung und Rückendeckung. Silke fühlte sich im Stich gelassen. Schon bevor sie mit ihrem Mann reden wollte, geriet sie in eine unangenehme innere Unruhe, die sich steigerte, wenn das Gespräch den von ihr erwarteten Verlauf nahm. Sie verlor dann rasch die Beherrschung, schrie und klagte an, was ihr Mann wiederum zum Anlass nahm, das Gespräch mit ihr abzubrechen, da man sich mit ihr nicht vernünftig unterhalten könne.

Silke durchschaute den Teufelskreis, in den sie sich und ihren Mann brachte, und nahm sich vor, künftig im Gespräch ruhig zu bleiben. Doch das misslang ihr immer wieder. Zu sehr war sie von den Einstellungen geprägt: »Mein Mann akzeptiert mich nicht, er mag mich nicht, ich bin ihm egal!« Im Kontakt mit ihm achtete sie stets auf kleinste Hinweise, die diese negativen Einstellungen bestätigten, wie beispielsweise ein Grinsen ihres Mannes, eine abfällig wirkende Handbewegung, ein nur kurzer, beiläufig erscheinender Kommentar.

Je unsicherer sich jemand fühlt, je weniger Selbstwert und Selbstvertrauen er besitzt, je hilfloser und ausgelieferter er sich insgesamt und in einer bestimmten Situation vorkommt und je deprimierter und resignativer er ist, desto größer wird der störende, hinderliche Einfluss von geprägten Einstellungen. Und umso größer sind die Barrieren für einen erfolgreichen Start in Richtung Veränderung.

Es lassen sich drei »böse Mächte« unterscheiden: *Macht der Vergangenheit, Macht des Schicksals und Macht der Gewohnheit.* Jede für sich genommen kann die Bereitschaft und die Fähigkeit zu handeln so sehr herabsetzen, dass man sich in Situationen, in denen man zu entscheiden hat oder durch eine Krise überfordert ist, unangemessen verhält.

Macht der Vergangenheit

In Psychotherapien begegnet man bisweilen Menschen, die gleich zu Beginn stark auf einen Umstand hinweisen, der helfen soll, ihre Situation richtig und umfassend zu verstehen: dass sie eine »schlimme Kindheit«, »eine Mutter, die mich nie liebte«, »Eltern, die sich nie um mich kümmerten« und vieles andere mehr hatten. Nur wer diese Probleme kenne, könne sie überhaupt verstehen. In der Tat haben viele Menschen in ihrem Leben viel durchgemacht. Es wurde ihnen Schmerz zugefügt. Man versagte ihnen berechtigte Wünsche und Bedürfnisse. Viele Menschen hatten keine glückliche, zufriedene Kindheit. Das ist Fakt. Aber nicht alle, die eine glückliche Kindheit durchlebten, sind später zufriedene, lebenstüchtige Menschen geworden. Und nicht jeder, der eine unglückliche Kindheit hatte, versagte im späteren Leben. Die unglückliche Kindheit allein macht noch keinen erfolglosen, seelisch zerstörten Erwachsenen aus. Es muss noch mehr hinzukommen. Wenn das nicht so wäre, wären alle Heimkinder, Pflegekinder, Waisen, Schlüsselkinder zum Unglücklichsein auf Lebenszeit verdammt. Dass das nicht stimmt, zeigen manche Lebenserfahrungen eindrucksvoll auf. So manche Entbehrungen in der Vergangenheit haben sogar im Einzelfall dazu geführt, dass entscheidende positive Kräfte freigesetzt werden konnten.

Kräfte, die dazu beigetragen haben, dass man sich Fähigkeiten und Fertigkeiten aneignete, die im späteren Leben Früchte trugen. Vielleicht lernte man zum Beispiel, Spannungen auszuhalten und Geduld und Gelassenheit an den Tag zu legen, eben weil man schon viel Ärgeres durchgemacht hatte! Ein vermeintlicher Mangelzustand macht also noch kein Dauerproblem.

Auf der ewigen Suche nach dem »Warum«

Viele Menschen, die ihrer Meinung nach eine unglückliche oder schlimme Kindheit verlebten, kultivieren sich dadurch ein Problem, dass sie die Erlebnisse in der Vergangenheit überbewerten. Sie messen der Vergangenheit eine zu große Bedeutung für ihre Gegenwart und Zukunft bei und quälen sich mit Erinnerungen. Ständig grübeln sie darüber nach, wie es hätte besser laufen können. Sie entwerfen andere Verläufe und meinen, dass ihr Leben ohne die vermeintlichen Missgeschicke besser und glücklicher verlaufen wäre. Sie zermürben sich in der Beantwortung der Frage nach dem »Warum?«: Warum ist meine Schwester vorgezogen worden? Warum hat mein Vater so selten mit mir gespielt? Warum durfte ich nicht aufs Gymnasium? Warum war ich ein ungeplantes, unerwünschtes Kind? Warum, warum, warum. Es gibt Menschen, die jagen zeitlebens erfolglos den Antworten auf diese Frage hinterher. Sie werden keine Antworten finden, die sie zufriedenstellen.

Für einige Dinge gibt es keine restlos überzeugende Erklärung, es bleibt ein unauflösbarer Rest. Und die Existenz dieses Restes können manche erfolglose Vergangenheitsbewältiger nicht akzeptieren. Sie versuchen nicht nur, alle »Warums« zu finden, um etwas zu erklären, sondern auch, alle Antworten detailliert durchzuspielen.

Das Spielchen »Was wäre gewesen, wenn ...?«

Mit diesem Spielchen wird die Vergangenheit nochmals aufgerollt und ein anderes Drehbuch geschrieben. »Was wäre gewesen, wenn ich damals doch den Jochen geheiratet hätte?«, »Wie würde mein Leben heute aussehen, wenn wir nicht in die Großstadt gezogen wären?«, »Würde es mir heute besser gehen, wenn ich damals gleich zum Arzt gegangen wäre?«

Mit Sicherheit sind dies reizvolle Fragen für Leute, die Zeit haben zu grübeln. Sie können den Stoff abgeben, aus dem die Tagträume sind. Doch diese Fragen arten in Missstimmung, Depression, Niedergeschlagenheit und Hilflosigkeit aus, wenn sie zum Hauptbestandteil des gegenwärtigen Lebens werden. Noch heute gibt es, um einen Vergleich zu wagen, Historiker, die nichts anderes zu tun haben, als in Szenarien und Analysen vergangener Ereignisse zu versuchen, Geschichte neu zu schreiben, indem sie sich fragen, was alles hätte anders laufen können, wenn »xyz« eingetreten wäre ... Aber was soll das eigentlich? Denn, daran gibt es nichts zu deuteln, das Leben hat die Geschichte bereits geschrieben – unveränderbar, unverwechselbar, individuell. Und das, was für die Weltgeschichte gilt, gilt für die kleine, aber einzigartige persönliche Geschichte. Es macht wenig Sinn, sich in die Vergangenheit hineinzusteigern, sie theoretisch neu zu schreiben und den vergebenen oder nicht zugestandenen Möglichkeiten nachzutrauern. Zweifelsohne kann man aber aus der Vergangenheit lernen und rückblickend etwas erkennen, das einem in der damaligen Situation nicht möglich war. Man kann aus Fehlern lernen und aus Erlebnissen künftige Erwartungen und Reaktionen ableiten.

Die Illusion von der totalen Selbsterkenntnis

Wie oft hört man den Satz: »Ich muss doch erst total über mich Bescheid wissen!« – soll heißen, »meine Vergangenheit aufgearbeitet haben, bevor ich mich an Veränderungen begebe«. Auf den ersten Blick mag dies plausibel klingen. Aber: Dies bleibt ein unerfüllbarer Wunschtraum, eine Illusion. Denn man wird nie fertig, weil das Heute morgen schon das Gestern sein wird ... und auch aufgearbeitet werden muss. Drum! Und auch deshalb nicht, weil man in der Zeit, in der man Vergangenes auflösen will, nicht an der Gegenwart arbeiten kann, sodass das Tagewerk wiederum nicht richtig beendet wurde und es morgen wiederum als Ballast der Vergangenheit zugeordnet werden muss ... und so weiter und so fort.

Stellen Sie sich folgendes Bild vor:

Ein Bauer pflügt mit seinen beiden Pferden den großen Acker. Aber er zieht ständig krumme, schiefe Furchen. Und warum? Weil er beim Pflügen ständig nach hinten schaut und sich darüber entsetzt, dass er so schlecht pflügt: und wieder ein Schlenker und wieder eine schiefe Bahn. Er ist verzweifelt.

Sie könnten dem Bauern helfen? Sie wissen, wo sein Problem liegt, aber auch seine Chance? Genau! Wie wäre es, wenn er die schiefen Furchen, die er bisher zog, schiefe Furchen sein lässt und sich entschließt, endlich nach vorn zu schauen, um von nun an gerade Bahnen zu ziehen? Wie wäre es, wenn er merkt, dass er die Gegenwart nicht dadurch bewältigt, dass er sich ständig über die Vergangenheit aufregt? Wie wäre es, wenn er einsieht, dass auch er jederzeit die Chance für einen Neubeginn hat?

Sich nicht mit der Vergangenheit versöhnen

Was wäre, wenn jemand, der sich in der Beziehung zur Mutter zu kurz gekommen sah und sich mehr emotionale Nähe gewünscht hätte, die Beziehung zur noch lebenden Mutter neu gestaltet, anstatt sich über die Vergangenheit zu grämen? Wie wäre es, wenn jemand, dessen Eltern tot sind und der an der Beziehung zu ihnen nichts mehr ändern kann, einmal versucht, sich in sie hineinzuversetzen, statt ihnen von vornherein zu unterstellen, dass sie ihn nicht liebten? Vielleicht wird ihm klar, was die Eltern getan haben, damit die Familie ernährt werden konnte. Wie viel Zeit dafür geopfert wurde und wie wenig Zeit auch die Eltern für sich hatten. Wenn man im Nachhinein Erlebnisse und Ereignisse aus der Vergangenheit betrachtet, ist man meist unfair und ein wenig blind. Denn man macht sich oft nicht die Mühe, die damalige Situation nachzuempfinden. Man führt sich nicht die Bedingungen vor Augen, die damals wichtig für die Entscheidung waren. Oft blieb keine andere als die seinerzeitige Wahl übrig.

Heute ist man bei der Rückbetrachtung natürlich schlauer. Doch sollte man nicht vergessen, dass man heute nicht mehr unter dem damaligen Entscheidungsdruck steht. Und man weiß auch, wie sich die Dinge nach der Entscheidung tatsächlich entwickelt haben. Eine Rückbetrachtung, bei der diese Überlegungen außer Acht gelassen werden, wird immer ungerecht und quälend. Sie führt leicht zu Selbst- und Fremdvorwürfen. Wer sich beispielsweise heute zwanzig Jahre alte Bilder anschaut und ob seiner Frisur, Kleidung etc. am liebsten in den Erdboden versinken möchte, ist ungerecht. Denn damals fand man das in Ordnung. Die Gegenwart und Zukunft leben kann nur derjenige, der sich mit der persönlichen Vergangenheit arrangiert und versöhnt hat. Doch das klappt nicht, indem man täglich aufs Neue versucht, das Rad der persönlichen Geschichte zurückzudrehen und rückwirkend ein neues Drehbuch für sein Leben zu schreiben. Wer so handelt, verplempert wertvolle Lebenszeit. Er lebt ständig in der Vergangenheit, nie in der Gegenwart! Er pflügt ständig schiefe Furchen.

Das Problem der vielen Ursachen

Für einen beklagten Missstand gibt es theoretisch immer viele Ursachen. Und es ist eine ernüchternde Erkenntnis, dass man trotz eifrigen Suchens nie alle finden wird – auch nicht annähernd. Doch trotz dieses Umstandes kann das Leben problemlos weitergehen. Obgleich keiner weiß, wie die Erde letztlich entstanden ist, leben wir auf der Erde – und doch nicht nur unglücklich! Die Ursachen sind uns noch unbekannt, aber wir gehen unseren Geschäften nach.

Leider gelingt es manchen Menschen nicht, mit ihrem Leben gelassen, risikofreudig und optimistisch umzugehen. Sie machen von ihren Möglichkeiten im Alltag keinen Gebrauch, weil sie noch immer nicht die genaue Ursache für irgendein Problem entdeckt haben. Sie grübeln, analysieren und kombinieren. Und was geschieht, wenn sie die vermeintliche Ursache gefunden zu haben glauben? Ziehen sie endlich einen Schlussstrich, werten die Erfahrungen aus und versöhnen sich mit ihrer Vergangenheit? Leider nein. Oft geht die rastlose Suche weiter. Denn ständig gibt es neue Fragen, sodass neue Drehbücher geschrieben werden könnten. Die Lebensanalyse kann zur quälenden Lebensaufgabe werden. Wie war das noch mit dem bedauernswerten Sisyphus? Eben!

Muster und Schablonen

Durch die vorangegangenen Schilderungen soll nicht der Eindruck erweckt werden, dass die Beschäftigung mit der eigenen Vergangenheit nutzlos und schädlich wäre. Im Gegenteil. Derjenige, der konstruktiv und kritisch mit ihr umgeht, wird sehr viel lernen. Er kann seine Erfahrungen für sein aktuelles und weiteres Leben verwenden. Als besonders hilfreich erweist sich, wenn man Prägungen entdeckt, das heißt Denk- und Verhaltensmuster, die sich im Laufe des Lebens fast automatisch eingeschliffen haben und das Verhalten in verschiedenen Situationen bestimmen. Manchmal ist es so, als würde man eine unsichtbare Schablone auflegen und sich ihr entsprechend verhalten.

Man kann positive und negative Muster übernehmen – auch die Vergangenheit hat zwei Seiten! Oft erinnert man sich leichter an das Negative. An Sätze wie: »Aus dir wird nie etwas Gescheites!«, »Du bringst es nie zu etwas!«, »Du wirst nie eine gute Mutter sein!« Sieht man solche Prognosen als unumstößlich an, lässt man sich natürlich entmutigen, sodass wenig Optimismus für die eigene Zukunft entwickelt wird. Es wird schwierig werden, sich eine aktive Veränderung zuzutrauen, selbst dann, wenn man deutlich unter einem aktuellen Missstand leidet. Man zögert, zweifelt, bricht Vorhaben ab und resigniert. Es tut sich nichts.

Demgegenüber fördern aufmunternde Sätze wie: »Du hast einen starken Willen, du lässt dich nicht kleinkriegen!« oder »Du weißt, was du willst!« das Selbstvertrauen und somit die Veränderungsbereitschaft. Sie beleben und lassen die Kraft verspüren, etwas wagen und etwas Neues probieren zu können.

Was sollen die Leute denken?!

Viele von uns sind dazu erzogen worden, lieb zu sein, sich anzupassen und nach außen keinen schlechten Eindruck zu machen. Oft bekamen die Betroffenen den Satz zu hören: »Was sollen denn die Leute denken?!« Das Wohlergehen der anderen und manchmal sogar fremder Menschen wurde ihnen als oberstes Gebot aufgetragen. Das eigene Wohlbefinden hatte hintan zu stehen, sodass sich im Laufe der Kindheit der Eindruck verdichtete: »Erst kommen die anderen, und wenn dann noch etwas übrig ist, komme vielleicht ich!« In der Regel zog es Bestrafung nach sich, Forderungen zu stellen, eigene Wünsche vorzubringen, eine Meinung abzugeben, sich zu verweigern oder gar Widerspruch anzumelden. Am härtesten wirkten Missachtung, Nichtbeachtung, tagelanges Schweigen. Man hatte sich gründlich danebenbenommen und dafür zu büßen. Natürlich fühlte sich der Missetäter unwohl und stand wie ein begossener Pudel da. Er schämte sich und fühlte sich verantwortlich für die familiäre Missstimmung. Er bekam ein schlechtes Gewissen.

Mit der Zeit verlieren Menschen aufgrund solch erlittener Demütigungen den Mut, für sich einzutreten oder überhaupt daran zu denken. Ja, selbst wenn sie daran dachten (!), sich vielleicht einmal zu behaupten, sich zu wehren oder etwas für sich zu tun, überfiel sie Verzagtheit und Mutlosigkeit. An sich zu denken wird als unangenehm, unangebracht und nicht gerechtfertigt angesehen (»Ich bin es nicht wert, ich habe es nicht verdient!«). Dienen, Rücksicht nehmen, andere nicht belasten, Schmerz in sich hineinfressen, sich mit allem abfinden, auch die andere Wange hinhalten, für andere Verständnis aufbringen ... wurden als persönliche Ziele formuliert und fortan als einzige Möglichkeit angesehen, in Ruhe gelassen zu werden – das heißt erneuter Bestrafung zu entgehen.

Es ist oftmals erschütternd, zu sehen, in welch desolater seelischer, mitunter auch körperlicher Verfassung sich erwachsene Menschen befinden, die in einem derart einschränkenden Erziehungsmilieu aufwachsen mussten. Sie wurden zweifellos wichtiger Elemente ihrer Kindheit beraubt. Elemente, die nötig sind, um Selbstwertgefühl, Unabhängigkeit und Gelassenheit beim Erwachsenwerden zu bahnen. Viele haben es über lange Jahre hinweg nicht geschafft, sich von den langen Schatten der Kindheit zu befreien und sie einfach zu überspringen; sie brauchten Jahre, um ihre persönlichen Rechte zu entdecken und zu akzeptieren.

Sich öffnen ist gefährlich

Viele kennen die Angst, ihre Gefühle zu zeigen – egal ob positive oder negative. Haben sie früher offen Gefühle von Freude, Stolz, Glück leben können, mussten sie doch erfahren, dass solche Äußerungen Missbilligungen bis hin zur Erniedrigung nach sich zogen. »Was willst du denn, schau mal, dein Nachbar kann's viel besser. Bilde dir bloß nichts ein!« war ein noch gemäßigt klingender Kommentar. Solchen Menschen blieb es versperrt, einen positiven Selbstwert zu entwickeln, sich zu mögen und gut zu finden. Waren sie traurig, hatten sie Schmerzen oder machten sie sich Sorgen, wurden sie oft nicht ernst genommen oder richtig verstanden. Es wurde ihnen die Berechtigung der Empfindungen oder die Schwere und Bedeutung abgesprochen (»Es gibt keinen Grund, sich zu beklagen!«).

Derjenige, mit dem jahrelang so verfahren wurde, verliert die persönliche Orientierung. Er weiß nicht mehr, wer er wirklich ist. Viele verlernten es, eigene Bedürfnisse zu verspüren, Wünsche zu haben und die so wichtige Vorfreude zu empfinden. Die wiederholt gemachte Erfahrung »Es wird ja doch nichts!« entmutigt sie auf Dauer bis hin zu einem ausgeprägten Pessimismus. Anstatt wie andere sich zu freuen und zu hoffen, dass etwas gelingt und zu einem positiven Ende kommen wird, erwarten sie Misserfolg und Versagen. Um diesen insgeheim befürchteten Fall nicht eintreten zu lassen, vermeidet derjenige zunehmend riskante, unabwägbare Situationen, um nicht wieder enttäuscht zu werden. Jedwede Herausforderung ist angstbesetzt oder löst innere Unruhe, Verspannung und Unbehagen aus. Er gehört zu der Kategorie von Menschen, die in Bewährungssituationen die bereits beschriebene »Angst vor Misserfolg« haben.

Paradoxerweise gibt diesen Menschen das pessimistische Selbst- und Weltbild die Sicherheit und Ordnung, die sie benötigten, um in der belastenden Umgebung den Überblick und die Kontrolle behalten zu können. Ihr Lebensziel, ja ihr Überlebensziel, reduziert sich nur noch darauf, alles zu tun, um unangenehme Konsequenzen in und aus der Situation zu vermeiden. Sie sind ständig auf der Hut, um rechtzeitig drohendes Unheil erkennen und es noch verhindern zu können. Falls dennoch etwas Negatives passiert, können sie sich damit arrangieren, denn körperlicher und seelischer Schmerz sind ihnen vertraut. Demgegenüber kommt ihnen Erfolg, Zufriedenheit und Wohlbefinden fremd und manchmal nicht ganz geheuer vor. Manchmal sind deshalb Irritation und Ratlosigkeit die Folge. Die Erfahrung, dass man ihnen zuliebe etwas macht, für sie Anstrengungen unternimmt und speziell für sie auf etwas verzichtet, sie lobt, anerkennt und respektiert, löst Verwunderung und Verunsicherung aus, manchmal sogar Misstrauen. Denn sie haben im bisherigen Leben die Erfahrung gemacht, dass man nur dann lieb zu ihnen war, wenn man von ihnen etwas wollte. Freundlichkeit anderer mahnte also zur Vorsicht. Deshalb war es angeraten, nichts von sich preiszugeben, nur zu reagieren und nicht zu agieren. Auf diese Weise machten sie sich nicht angreifbarer als nötig. Sie lernten, dass es viele Vorteile bringt, den sogenannten unteren Weg zu gehen.

Auf Dauer war dies nur durch Gehorsam und Anpassung möglich, durch die Aufgabe jeglicher Selbstbestimmung, verbunden mit der Gefahr, den Kontakt zu sich selbst zu verlieren, zum Beispiel zu spüren – eine Ebene, die für die Persönlichkeitsentwicklung wichtig ist. Sie fühlten sich rasch nur noch als »leere Hülsen«, immer mit der Angst, dass andere hinter ihre Fassade schauen und diese Leere entdecken, und sie dann überhaupt nicht mehr akzeptiert werden.

So blieb oft das Bild übrig: »Ich bin ein Nichts, ich kann nichts, tauge nichts, aus mir wird nichts, mich mag niemand!« Eine Krise bestätigt einen Menschen, der so zu denken gewohnt ist, in seinem negativen Selbstbild. Er sieht sich ausgeliefert. Er wiederholt ferner aufgrund seiner meist erneut unproduktiven Lösungsversuche die leidvolle Erfahrung, versagt zu haben. Rasch stabilisiert sich ein Teufelskreis, aus dem schwer herauszukommen ist: Negative Erwartungen werden durch Misserfolgserlebnisse bestätigt, die wiederum negative Erwartungen produzieren. So viel zur Macht der Vergangenheit.

Macht des Schicksals

Es gibt Menschen, die in ihrem Leben sehr viel durchgemacht haben, denen vom »Schicksal« viel zugemutet wurde und die zumeist ohne eigene Schuld in Notlagen geraten sind. Das Leben erscheint in diesen Fällen oft ungerecht zu verlaufen.

Manchmal sind es nicht nur die Schicksalsschläge als solche, die die körperlichen und seelischen Kräfte rauben und ein Aufbäumen verhindern, sondern auch die Erfahrung, dass ein Nackenschlag dem anderen folgt. Kaum scheint der eine überwunden, kommt bereits der nächste. Die Hoffnung schwindet, dass sich dies jemals ändern wird. Hilflosigkeit macht sich breit. Oft gibt solch ein Mensch auf, sich überhaupt noch zu wehren oder auf positive Zeiten zu hoffen. Alles wirkt wie einbetoniert – für immer und ewig.

Auf der Suche nach Erklärungen für die wiederkehrenden Missstände wird man in der Regel nicht fündig. Es ist halt Schicksal, von Gott oder anderen Mächten bestimmt; außerhalb eigener Kontrolle. Manche Menschen manövrieren sich mit der Zeit in ein beinahe abergläubisches Denken hinein. Sie wollen das Schicksal beispielsweise nicht herausfordern, indem sie sich Erfolge verschaffen oder es sich mal gut gehen lassen. Denn allzu oft haben sie erfahren, dass sich so etwas doppelt und dreifach rächt – und deshalb lassen sie es lieber bleiben. Sie wollen »den Tag nie vor dem Abend loben«, weil »die ersten Pflaumen madig sind«. Und wenn es geschafft ist, ist das für sie kein Grund für Optimismus, Euphorie oder eine genießerische Verschnaufpause. Denn: Der nächste Hammer kommt bestimmt, es heißt auf der Hut zu sein. Nur nicht abheben, nur nicht zu früh freuen. Man kann nicht ruhen, denn das Schicksal erlaubt kein Verschnaufen.

Es ist unschwer zu erkennen, dass mit solch einer Haltung auf Dauer die Fähigkeit eingebüßt wird, überhaupt noch unterscheiden zu können, was zufällig ist und was berechenbar bzw. vorhersehbar und planbar. Man weiß nicht mehr genau, was sich aktiv beeinflussen lässt, und sieht sich selbst von unsichtbaren Mächten eingeschränkt.

Macht der Gewohnheit

Sie kennen die Redewendung: »Der Mensch ist ein Gewohnheitstier!« Sie besagt, dass man die Vertrautheit mag, die Routine, die ungestörte Wiederholung. Warum soll man auch etwas ändern, was man bisher immer so wie gewohnt gemacht hat? Warum soll man es ändern, wenn es doch bisher eigentlich recht gut geklappt hat? Oder doch nicht? Hat man sich nur zu sehr an etwas gewöhnt? Vielleicht aus Bequemlichkeit? Vielleicht aus Angst vor Neuem? Vielleicht aus ...? Es ist nicht von der Hand zu weisen, dass manche Denk- und Verhaltensweisen sich so sehr eingeschliffen haben, dass sie sozusagen automatisch ablaufen. Sie werden nicht mehr bemerkt und demzufolge auch nicht mehr kritisch hinterfragt, weil es halt immer so war. Und hier schließt sich der Kreis der Argumentation. Natürlich muss man unterscheiden zwischen Mustern, die stabil bleiben sollten, damit sie zuverlässig ablaufen können, und Mustern, die zu Problemen führen, weil man sie starr und nicht situationsbezogen anwendet. Wie schwierig ist es beispielsweise im Fahrunterricht, die Gänge richtig schalten zu können. Mit zunehmender Praxis schaltet man automatisch und weiß manchmal nicht, dass man den Gang bereits eingelegt hat. Der Vorgang strapaziert nicht mehr das Bewusstsein, das heißt, die Entscheidung, ob man schaltet, fällt »automatisch« aufgrund der Erfahrungswerte. Es wäre eine auf Dauer strapaziöse, anstrengende Sache, wenn man alles jeweils neu zu entscheiden hätte.

Gleichzeitig gibt es aber, wenn wir beim Beispiel Autofahren bleiben, Situationen, in denen man bewusst entscheiden muss, wie man sich verhalten will, wenn es beispielsweise ums Überholen geht. Es gilt dabei viele Faktoren zu bedenken, um gefahrlos am vorausfahrenden Fahrzeug vorbeizukommen. Man muss flexibel reagieren.

Im täglichen Miteinander und auch in Krisensituationen ist jedoch häufig zu beobachten, dass automatisch auf starre Mechanismen und eingeschliffene Muster zurückgegriffen wird, obwohl man weiß, dass sie nicht taugen. Hauptsache, man hat etwas getan und kann seine Hilflosigkeit überspielen: »Das haben wir schon immer so gemacht!« Nun ja, manch einer hält sich mit diesem Ausspruch auch lästige Anregungen vom Leib. Vielleicht könnte eine Veränderung ja tatsächlich positive Effekte bringen, aber »was ich hab, das hab ich«. Wer sagt denn, dass es sich lohnt, Altbewährtes aufzugeben? Und angenommen, dass es klappt, was wird dann? Das sind beliebte Argumente. Es gibt durchaus Menschen, die bislang nicht die Nachteile eines Automatismus bemerkt haben. Wenn man sie darüber informiert, hören sie sich die Anregung interessiert an, um es im Zweifelsfall doch wieder so zu machen, wie sie es gewohnt waren. Sicher ist sicher.

Vielleicht kennen Sie die Situation vor einem Fest, wenn Sie überlegen, was Sie den Gästen auftischen könnten. Sie haben viele Ideen und auch ein interessantes neues Rezept entdeckt, stellen sich den Ablauf der Einladung vor, die Arbeit, die Gäste, deren Vorlieben. Und plötzlich werden Sie von vielen offenen Fragen bedrängt: Wie lange muss das Fleisch garen? Welche Menge würde ich brauchen? Wird es allen schmecken? Was ist, wenn es mir nicht gelingt? Fragen über Fragen, die Sie verunsichern und Ihre anfängliche Neugier abschwächen. Und dann entschließen Sie sich, doch wieder den bewährten Grillbraten mit Kartoffelsalat zu machen. Das hatte doch den Leuten immer geschmeckt und machte nicht viel Arbeit. Also: »Same procedure as every year!« Warum sich unnötig Aufregungen aufhalsen!

Mal so, mal so
(Spielarten beim persönlichen Zwiespalt)

Neben den bisher genannten Überlegungen, die mitverantwortlich dafür sein können, dass jemand eine Veränderung letztlich doch nicht einleitet, gibt es eine Reihe weiterer Einzelaspekte. Es handelt sich um Aspekte, aus denen deutlich wird, dass oft ein persönlicher Zwiespalt einer Verhaltensveränderung im Wege steht. Dieser Zwiespalt verursacht teilweise deutliche Verunsicherungen im Denken und Handeln. Oft gelingt es dabei nur mit fremder Hilfe, wie zum Beispiel durch die Ermunterung von anderen, über den eigenen Schatten zu springen und das Risiko eines Neubeginns einzugehen.

»Ich kann es mir nicht vorstellen«

Manchem Menschen fällt es schwer, sich überhaupt vorstellen zu können, dass sich für ihn durch eine neue, veränderte Situation tatsächlich positive Seiten eröffnen können. Was für Außenstehende fast logisch und plausibel auf der Hand liegt, ruft bei ihm noch Ungläubigkeit und Skepsis hervor. Wie sollte sich bei mir etwas gravierend verändern, nur weil ich eine bestimmte, teilweise kleine Veränderung vornehme? Ein derart skeptischer Mensch ist so sehr verkrustet in seinem bisherigen Bild von sich und der Welt, dass er selbst in der Phantasie keinen Ausweg sieht.

Nehmen wir beispielsweise das Thema »Entspannung im Alltag«. Nicht jedem fällt es leicht, sich vorzustellen, einmal überhaupt nichts zu tun zu haben; ohne Verpflichtung zu sein – für Minuten, Stunden oder einen ganzen Tag. Denn Freiraum zu haben ist fast unvorstellbar. Der Umgang mit positiven Momenten im Leben und im Alltag – und die Entspannung gehört dazu!– ist für manchen (und dies ist wiederum für andere kaum nachvollziehbar) ein riesiges Problem. Ratschläge wie: »Mach doch mal was für dich! Lass doch die Wäsche liegen, die hat doch Zeit! Denk mal an dich!« klingen für den Außenstehenden einfach und plausibel, aber nicht für den Betroffenen. Der weiß zwar einerseits, dass es vielleicht gut sein könnte, alles mal für einige Zeit liegen zu lassen, aber andererseits scheint er wie von einer unsichtbaren Gummileine festgehalten zu werden.

Sucht man nach einer Erklärung für diese unglückliche Situation, muss man in die Vergangenheit des Betroffenen zurückgehen und nach persönlichen Prägungen in der Lebensgeschichte suchen. In der Regel wird man fündig! Lassen wir Anita zu Wort kommen, deren Arbeitstag kein Ende zu haben schien, weil sie überall Arbeit sah und fand.

Anita wuchs in einem Haushalt auf, in dem der Vater streng den Ton angab. Ihre Mutter war kurz nach der Geburt der Tochter erkrankt und hatte sich nie mehr erholt. Dies bedeutete, dass sie sich schonen und bei der Hausarbeit zurückhalten musste. Schon früh übernahm Anita die Rolle der Hausfrau, was es der Mutter leicht machte, zusätzliche Schonräume zu belegen, wodurch sich das Pensum, das die Tochter tagtäglich zu erledigen hatte, erhöhte. Anita tat treu und brav ihre Pflicht, sie musste doch dafür sorgen, dass die Mutter nicht noch kränker wurde. Hie und da hatte sie mal Zeit für sich. Diese Freiräume versetzten sie jedoch in Unruhe: Sie grübelte nach, ob sie wirklich alles erledigt hatte, empfand Schuldgefühle und dachte, dass sie ja schon vorarbeiten könne. Wer weiß, was noch zusätzlich alles auf sie zukommen würde. Gerade das Unvorhergesehene brachte den Tagesrhythmus manchmal arg durcheinander.

Anita konnte sich nach einiger Zeit nicht mehr auf Lesen, Musik hören oder andere ihr eigentlich liebgewonnene Tätigkeiten konzentrieren. In Gedanken war sie bei der Arbeit. Freizeit wurde als unangenehm empfunden. Dieser Eindruck verstärkte sich noch dramatisch dadurch, dass sie einige Male vom Vater gemaßregelt wurde, als er sie in ihrem Zimmer bei einer Freizeitbeschäftigung »erwischte«. »Du hast wohl nichts zu tun?« empörte er sich und war sofort mit einem Auftrag bei der Hand, der dann sofort erledigt werden musste. Selbst nach dem Tod der Eltern lebte Anita den seit der Kindheit geprägten Rhythmus weiter. Die Veränderung gelang ihr erst im Rahmen einer Psychotherapie.

Das, was sich bei Anita abspielte, findet sich bei vielen Menschen, die unter vergleichbaren familiären Bedingungen aufwuchsen. Sie lernten, dass ein Zustand, in dem man nichts zu tun und zu erledigen hatte, in dem man sich also entspannen oder etwas für sich hätte tun können, ein höchst unangenehmer Zustand war. Ein Zustand, der Strafe erwarten ließ: Strafe dafür, »wohl nichts Vernünftiges zu tun zu haben«. Strafe von außen, also von anderen Personen – oder Strafe von innen: Selbstvorwürfe, Schuldgefühle! Mit dieser Hypothek beladen bestreiten sie ihren Alltag, stets auf dem Sprung, getrieben von einer inneren Unruhe, leben in der Angst davor, etwas übersehen zu haben.

»Ich werde mich blamieren«

Vielleicht sind auch Sie schon Menschen mit einer regelrechten »Schreck-Phantasie« begegnet oder sind selbst davon betroffen. Sie sind zwar in der Lage, sich eine neue Situation und die sich daraus ableitenden Effekte vorzustellen. Doch dann wird es problematisch. Sie werden von Schreck und Angst befallen bei der Vorstellung, wie die möglichen persönlichen Effekte aussehen könnten. Sie sehen sich in einer neuen Rolle, mit einem neuen Verhalten und verlieren plötzlich das Zutrauen zu sich. Was aber führt zum »Erschrockensein« und damit zur Einnahme einer passiven Rolle? Eine beliebte Methode ist, sich vorzustellen: »Es sieht bestimmt doof aus, wenn ich mal xyz sein/machen würde!« Allein schon diese negative Vorstellung aktiviert starke Kräfte, die einer Veränderung im Wege stehen. Der Betroffene fühlt und denkt so, als entspräche die negative Vorstellung der künftigen Wirklichkeit. Oft ist das Unbehagen, das durch diese Vorstellung erzeugt wird, so groß, dass derjenige denkt: »Dann lasse ich es lieber!«

Bei dieser Haltung wird übersehen, dass man sich an eine neue Situation erst gewöhnen muss, sie also im Laufe der Zeit mehr und mehr den eigenen Bedürfnissen, Erwartungen und Ansprüchen anzupassen hat. Dies gilt übrigens auch für positive Situationen. Nehmen wir beispielsweise den Schuhkauf: Der Schuh gefällt, drückt aber anfangs noch ein wenig. Man braucht einige Zeit, bis man ihn so geformt hat, dass er sich den eigenen Füßen anpasst. Erst dann hat man Freude daran. Oder nehmen wir eine neue Frisur. Anfangs ist man vielleicht »geschockt«, weil die langen Haare weg sind und man sich bei näherer Betrachtung im Spiegel furchtbar findet. Nach einigen Tagen hat man sich in der Regel nicht nur an das veränderte Äußere gewöhnt, sondern man erlebt es als positiv. Man muss sich eben nur Zeit lassen. Allzu oft steht man sich nämlich dadurch im Wege, dass man die phantasierte neue Situation anhand der bisher geprägten – und meist negativen – Schablonen bewertet.

Pessimisten haben auch pessimistische Vorstellungen von Situationen, in denen sie sich auf den ersten Blick etwas versprechen, wie der folgende Abschnitt zeigt.

Alles ist grau in grau

Sie selbst haben sicherlich schon einmal bemerkt, dass Sie sich schwer tun, an etwas Positives zu glauben, wenn Sie sich momentan schwach fühlen – aus welchen Gründen auch immer. Es kann sich um eine seelisch oder körperlich begründbare Schwäche handeln oder um eine Mischung aus beiden. Ein Mensch in dieser Lage ist so deprimiert, dass er nicht glaubt, dass sich das Blatt jemals zum Positiven wenden könnte. Er nimmt die gesamte Resignation, Verzagtheit und Hoffnungslosigkeit mit hinein in seine Phantasie. Natürlich sieht er die Dinge nun in starken Grautönen. Und es ist nachvollziehbar, dass er dann nichts tut. Er probiert nicht, etwas zu verändern oder verändert es nur deshalb, um entlastet zu sein. Dies beinhaltet die Gefahr, am falschen Punkt anzusetzen. Wie aber soll jemand mit einer neuen Herausforderung fertig werden, wenn er sich schon im Vorfeld schwach und unfähig fühlt? Menschen, die beispielsweise vor einer Trennung stehen, neigen manchmal stark zu negativen Vorstellungen. Sie befürchten Katastrophen und haben Angst, nicht genügend Kraft zu haben. Allein schon beim Gedanken daran.

Martin war seit dem Seitensprung seiner Frau in einem tiefen Zwiespalt, ob er die Ehe beenden oder sie fortsetzen soll. Der Vertrauensschwund stürzte ihn in eine tiefe Depression, in der er sich nicht vorstellen konnte, allein mit dem Leben fertig zu werden. Er hatte massive Angst vor Einsamkeit und erlebte es bereits heute als bedrohlich, wenn er allein in seiner Wohnung saß. Er befürchtete, der Alltagsroutine nicht gerecht werden zu können, hatte er doch jetzt schon Probleme damit, sich selbst zu versorgen, wenn seine Frau am Wochenende im Krankenhaus arbeitete. Er merkte, dass er nichts mit seiner Freizeit anfangen konnte, zu nichts Lust hatte, sich trotz fester Absicht zu nichts aufraffen konnte. Er hatte Angst vor dem Trennungsschritt, weil er prognostizierte, dass es ihm dann noch schlimmer gehen würde.

Wir erinnern uns an das »Modell der Konsequenzen« (Seite 44 bzw. 49): Man strebt durch ein Verhalten eine kurzfristig ausgerichtete Entlastung an (Folterkammereffekt). Langfristige Effekte bleiben bei der Überlegung angesichts der aktuell belastend erlebten Situation auf der Strecke. Deshalb gilt bei Veränderungen eine Regel:

> **Treffe niemals eine für deine Zukunft wichtige Entscheidung in einem Zustand, in dem es dir schlecht geht.**

Es ist von Vorteil, eine wichtige Entscheidung zu vertagen, wenn die innere Anspannung und Irritation belasten. Nicht umsonst gilt die Redewendung: »Erst noch mal darüber schlafen«, um nichts vorschnell übers Knie zu brechen. Denn das Problem liegt auf der Hand: Oft bereut man seine Entscheidung, wenn es einem wieder gut geht. Und man versucht, sie deshalb zurückzunehmen – doch das ist leider oft nicht mehr möglich. Entscheidungen soll man deshalb nur fällen, wenn man sich stark fühlt, sich also sicher sein kann, dass man das Für und Wider genügend kritisch abgewogen hat. Es fallen Ihnen mit Sicherheit eigene Beispiele ein.

Angst, möglicherweise alles zu verlieren

Ein ähnlicher Vorbehalt gegenüber der positiven Wende drückt sich in der Angst aus, dass die gesamte persönliche Situation durch eine Veränderung nur noch schlimmer werden wird, als sie jetzt schon ist. Dann also lieber die unangenehme Situation so belassen, wie sie ist, als sie zu verändern? Man würde riskieren, dass der Schuss nach hinten losgeht, indem man sich durch ein derartiges Vorgehen möglicherweise verschlechtert. Diese »Verlust«-Ängste treten gehäuft bei Menschen auf, die sich bisher in ihrer Umgebung nicht genügend durchgesetzt haben, sich nun aber in ihrer bisherigen Rolle unwohl fühlen. Sie spielen jetzt mit dem Gedanken, sich zu behaupten, sich abzugrenzen oder sich zu verweigern. Der anfänglichen Euphorie beim Gedanken daran, sich nicht mehr alles gefallen zu lassen, folgt oft die Ernüchterung, dass man sich durch das neue Verhalten nur noch mehr Scherereien macht.

Ellen fühlte sich schon seit Jahren am Arbeitsplatz nicht mehr wohl, weil sie den Eindruck hatte, von Kollegen und Vorgesetzten ausgenutzt und wenig respektiert zu werden. Oft schien man ihr bewusst die unangenehmen Arbeiten zuzuschieben. In den letzten Jahren wurden oft ihre urlaubsbedingten Abwesenheiten dazu benutzt, auch sie betreffende Veränderungen im Raum etc. vorzunehmen, die meistens zu ihren Lasten gingen. Ellen durchschaute mittlerweile das Ränkespiel und nahm sich vor, sich zu wehren. Zwar hob dieser Vorsatz zunächst ihre Stimmung, je länger sie aber über etwaige Konsequenzen des Sichwehrens nachdachte, desto mutloser wurde sie wieder, da sie die übliche Rache der anderen erwartete. Ihr wurde aber klar, dass es nicht ausreichte, sich einmal zu widersetzen, sondern dass sie sich auf einen länger dauernden »Kampf« würde einstellen müssen. Doch dazu fühlte sie sich noch zu schwach. Sie entschloss sich, zunächst neue soziale Befähigungen zu trainieren, ehe sie an der Arbeitsstelle kontern wollte.

»Ich wäre ein Egoist«

Eine mit dem geschilderten Problem verwandte Überlegung ist die, dass ein anderer, dem gegenüber man sich anders verhalten würde, zum Beispiel indem man »Nein« sagt, mit der neuen Situation nicht zurechtkäme. Und man befürchtet, dass sich der Zustand des andern verschlimmern könnte, wenn man ihm aus »egoistischen« Gründen unnötigerweise Kummer bereitet.

Beispiele für diese Variante finden sich im Alltag gehäuft. Da ist die Frau eines Alkoholikers, die die nötigen Veränderungen in ihrem Verhalten deshalb nicht zeigt, weil sie Angst hat, dass sich der Alkoholkonsum des Mannes nur noch verstärken könnte, wenn sie ihm kein Bier mehr kauft. Solche Frauen erwarten, dass der Mann »in der Gosse landen wird«, wenn sie sich von ihm trennen würden, da er dann niemand mehr hätte, der sich um ihn kümmert. Ähnlich negative Befürchtungen machen sich Eltern, die glauben, dass sie nur noch mehr als bisher unter dem machohaften, fordernden Verhalten des Kindes leiden werden, wenn sie sich endlich konsequent verhalten. Sie getrauen sich nicht, das Kind in die Schranken zu verweisen, weil »es dann nur noch aggressiver und ablehnender wird«. Solche Menschen verharren passiv-abwartend in ihrer Position. Sie hoffen leider meist vergeblich, dass die Zeit Änderungen bringt oder günstige Umstände eintreten. Irgendwann werden sie nicht umhin können, etwas zu ändern. Doch dann ist leider viel Zeit und Energie verschenkt.

Sandra wuchs auf Dauer die tägliche Pflege ihrer Großmutter über den Kopf, da sie durch ihren eigenen Haushalt und die Halbtagsbeschäftigung eigentlich ausgelastet war. Hinzu kam, dass die Großmutter auch von anderen Enkeltöchtern, die im Ort wohnten, hätte gepflegt werden können. Der im Hause wohnende Sohn wälzte die Arbeit, wann immer es ging, auf Sandra ab, die sich nicht zur Wehr setzen konnte. Oft hatte sie das Gefühl, dass sie ausgenutzt wurde und die Oma eigentlich nicht jeden Tag von ihr hätte versorgt werden müssen. Sandra hätte am liebsten nur noch zweimal pro Woche die Pflege übernommen und Aufträge, die vom Onkel kamen, abgewiesen. Aber allein die Vorstellung, dass sie sich so verhalten könnte, machte ihr starke Angst. Sie befürchtete, dass die Oma ihr heftige Vorwürfe machen und sich ihr Zustand verschlimmern könnte. Seitens des Onkels sorgte sie sich, dass dieser sie anfeinden und bei der Verwandtschaft und im Dorf schlecht machen könnte. Sandra befürchtete, dass sie ein schlechtes Gewissen bekommen und seelisch nicht mit der neuen Situation fertig werden könnte. Also beließ sie es so, wie es war, obgleich sie meinte, es irgendwann nicht mehr schaffen zu können.

Angst vor dem neuen »Ich«

Mancher hat starke Angst, dass er nach einer Veränderung ein ganz anderer Mensch sein könnte und zu viel von sich aufgeben müsste. Er befürchtet, dass die neue Situation für ihn weniger kontrollierbar wird und ihm vielleicht sogar aus den Händen gleitet. Deshalb liegt die neue Situation wie ein Berg vor ihm. Er spürt eine diffuse Angst, dass zu viel Neues auf ihn zukommen könnte: zu viele Dinge, die er bisher erfolgreich vermieden hat, zu viel Unruhe und Unordnung. Die Situation wird dadurch noch belastender erlebt. Solch ein Mensch fühlt sich schwach und nicht einmal mehr den Alltagsanforderungen gewachsen. Wie soll er dann aber neue, schwierige Herausforderungen bewältigen?

Diese negativen Gedanken begünstigen Rückzug und Passivität. Mancher erlaubt sich nicht mal mehr, zu träumen und zu phantasieren. Er gibt es auf, sich überhaupt noch positive Gedanken zu machen, denn ... die lassen sich ja sowieso nicht verwirklichen. Was ist die Konsequenz daraus? Man wird bescheiden, obwohl man sich schlecht fühlt. Man geht den »untersten Weg« und gibt sich schon damit zufrieden, wenn sich die momentanen Belastungen etwas abschwächen oder wegfallen. Das Hoffen auf positive Effekte wird leider zum Luxus-Denken.

Angst, die Kontrolle zu verlieren

Ein weiteres Hindernis für Veränderung ist die Angst vor Kontrollverlust. Man befürchtet, dass im Zuge des neuen Verhaltens bisher verheimlichte Emotionen durchbrechen könnten, wie zum Beispiel Aggression, Liebe, Freude, Zuneigung. Die Sorge macht sich breit, dass durch eine Veränderung eine nicht mehr kontrollierbare Lawine losgetreten wird. Man hat Angst, sich anderen und der Situation ungeschützt auszuliefern, mit den neuen Emotionen nicht mehr fertig zu werden oder mit der neuen Situation und den Konsequenzen für das Miteinander emotional nicht klarkommen zu können. Diese Angst bezieht sich also weniger darauf, dass sich jemand nicht vorstellen kann, wie die Veränderung aussehen sollte, sondern vielmehr darauf, wie es weitergehen könnte, wenn man ein neues Verhalten zeigt. Oft fällt es gar nicht schwer, sich neu zu verhalten. Viel schwerer ist jedoch der Umgang mit den möglichen (befürchteten!) Effekten aus dem neuen Verhalten – beispielsweise die Frage, wie man mit Kritik seitens der anderen klarkommt. Und weil man sich darin unsicher fühlt und nicht weiß, worauf man sich letztendlich einlässt, bleibt man passiv.

Wolfgang plante schon seit Monaten seinen Austritt aus dem Kegelverein, weil ihm die Atmosphäre nicht mehr behagte. Er wusste genau, was er sagen und wie er seinen Schritt begründen wollte. Seine Rede lag wie geschrieben vor seinem geistigen Auge. Doch er schob die Entscheidung ständig vor sich her. Letztendlich wurde ihm klar, dass er große Angst davor hatte, was seine Bekannten auf seine Ausführungen antworten würden. Er malte sich die übelsten Reaktionen aus und spürte, dass er dann nicht würde kontern können. Es fiel ihm schwer, auf persönliche Kritik offen zu reagieren, insbesondere die passenden Worte zu finden. Er wusste, dass er nicht schlagfertig ist. So blieb sein Redemanuskript so lange in der Schublade, bis er meinte, genügend Selbstbehauptungsvermögen entwickelt zu haben.

Erfolg bringt Verpflichtung

Es klingt paradox, aber manchmal wird eine Veränderung nur deshalb nicht eingeleitet, weil man Angst vor dem Erfolg und Gelingen hat. Man erlebt die möglichen positiven Effekte als belastend und negativ. Schaut man hinter die Kulissen, wird einem klarer, dass es sich hierbei keineswegs um einen Widerspruch handelt. Ein plötzlicher Erfolg, für den man sich aktiv engagiert hat, hat durchaus Schattenseiten. Denn er verführt zu einer negativen Betrachtung. So kann man beispielsweise zur deprimierenden Einsicht kommen, dass man jahrelang falsch gelebt und etwas versäumt hat. Unnötigerweise hatte man sich Schmerz und Pein aufgeladen. »Jetzt hat es doch geklappt, warum habe ich das nicht schon früher gemacht?« Man sorgt sich, dass ein Erfolg vielleicht weitere Veränderungen nach sich ziehen würde (»Wenn ich es schaffe, den Führerschein zu machen, dann will ich bestimmt auch ein Auto und dann damit in Urlaub fahren. Aber ich war noch nie mit einem Auto in Urlaub!«). Man hat Angst davor, dass einige Annehmlichkeiten, die einem bisher noch zuteil wurden, wegfallen könnten (»Wenn ich gesund bin, kümmert sich meine Frau vielleicht nicht mehr so um mich!«). Die Aussicht auf Erfolg kann demnach quälen. Manche Menschen, die so denken, verzagen kurz vor dem Erreichen des angepeilten Ziels und treten den Rückzug an. Es scheint, als hätte sie der Mut verlassen, als sie die Zielgerade vor Augen hatten. Als sei ihnen plötzlich bewusst geworden, worauf sie sich eingelassen haben.

Ronald hatte sich nach dem 15. Semester entschlossen, das Examen zu machen. Während des Studiums trödelte er, verglich man ihn mit Kommilitonen aus seinem Erstsemester-Jahrgang, die mittlerweile ausnahmslos das Studium erfolgreich beendet hatten. Ronald legte die ersten drei Prüfungen mit ausreichendem Erfolg ab, brach dann jedoch die Prüfung ab. Er kam in eine starke persönliche Krise, die für Außenstehende angesichts seiner Anfangserfolge nicht nachvollziehbar war.

Der Fall von Ronald ist kein Einzelfall. Verunsichert von Zukunftsängsten verweigern sich manche Menschen dieser Zukunft. Sie getrauen sich nicht, den notwendigen, entscheidenden Schritt in die eigene Unabhängigkeit zu gehen, beispielsweise erwachsen zu werden und sich den Herausforderungen des Lebens zu stellen. Sie haben Angst, in der für sie neuen Situation zu versagen und die Geborgenheit zu verlieren, die sie bislang in der Passivität und im »Noch-nicht-fertig-Sein« finden. Sie haben massive Angst vor dem, was auf sie zukommt. Sie befürchten, der Situation ausgeliefert zu sein. Ängste vor dem ungewissen Neuen drücken sich manchmal darin aus, dass jemand meint, nach einer Veränderung und den mitbedingten Folgen keine Wahl mehr zu haben, festgelegt und verpflichtet zu sein. Er meint, die einmal getroffene Entscheidung sei endgültig und unverrückbar. Anschließend müsse er sich mit den Festlegungen arrangieren. Er glaubt, es gebe keine Chance mehr, hie und da etwas nachzubessern, etwas zu ergänzen, das eine oder andere wieder rückgängig zu machen.

Angst vor der eigenen Courage

Manche Menschen geraten in große Aufregung, wenn der geplante Zeitpunkt, für den sie sich ein neues Verhalten vorgenommen haben, näher rückt, wie zum Beispiel ein geplanter Auszug. Sie kommen in Unruhe, hadern mit sich und empfinden Druck und innere Zerrissenheit. Manchmal wird der Zwiespalt so belastend und unangenehm, dass sie das, was sie vorher als veränderungsbedürftig erachteten, nicht mehr so negativ betrachten und die vorher beklagte Lage verharmlosen. Sie reden sich ein, dass es wohl doch nicht mehr nötig sei, etwas am Zustand zu verändern. Das Projekt »Veränderung« wird abgeblasen. Dies kann auch dann passieren, wenn sich das leidige Problem wieder etwas beruhigt hat. Allzu leicht gewinnt die Einstellung: »Eigentlich ist es doch nicht so schlimm!« die Oberhand.

Ähnliche Verharmlosungen finden sich auch in der Phase nach einer Krise. Hatte man sich noch während der »Leidenszeit« fest vorgenommen, bestimmte Dinge zu ändern, wenn es einem wieder besser geht, so scheint dieser Vorsatz wie verraucht zu sein, wenn die schlimme Zeit vorbei ist. Frei nach dem Motto: »Was kümmert mich mein Geschwätz von gestern!« geht es im alten Trott weiter. Vielleicht ist in dieser menschlichen Schwäche, nämlich der, Vorsätze später nicht einzuhalten, der Grund dafür zu sehen, dass man in früheren Zeiten in Krisensituationen ein Gelübde ablegte. So verpflichtete sich der Fürst, eine Kapelle zu bauen, wenn er von der lebensbedrohlichen Krankheit geheilt werde. Doch wo sind unsere Kapellen? Mit Sicherheit ertappt sich jeder von uns beim Fassen guter Vorsätze, wie Besserung zu geloben. Dabei schwirren uns die bestgemeinten Veränderungen durch den Kopf. Wenn nur die Belastung endlich vorbei wäre ..., dann aber ...! Doch wie geht es tatsächlich in der Regel weiter? Fühlen wir uns später verpflichtet, den Vorsatz einzulösen? Leider müssen wir uns nur zu oft an die Nase fassen und verneinen. Denn nach der Krise werden die passiv-defensiven Denkmuster fortgesetzt. Man ist froh, dass alles gut überstanden ist und man wieder seine Ruhe hat.

»Fange du an, dann komme ich«

Ein Problem im Rahmen von eigener Aktivität im Miteinander betrifft die Reihenfolge von Veränderungen. Hier insbesondere die Einstellung, erst darauf zu warten, dass der andere mit einer Veränderung beginnt, also den ersten Schritt macht (»Wenn die Frau nicht mehr so viel von mir fordert, lasse ich mich auch auf längere Gespräche mit ihr ein!«). Oft wartet man jedoch vergebens. Denn vielleicht denkt der andere genauso ... und wartet auf den ersten Schritt des Gegenübers. Solche Veränderungskavaliere (»Bitte nach dir!«) übersehen, dass Verhalten im steten

Wechselspiel und in Kreisprozessen abläuft. Jeder Beteiligte ist sowohl Auslöser als auch Echo in einer Kette von Reaktionen. Es kommt nur auf die Betrachtung an. Der Mann, der erwartet, dass erst seine Frau sich ändert, übersieht, dass seine Frau gleichermaßen eine Forderung aufstellen könnte: »Wenn mein Mann mehr mit mir reden würde, bräuchte ich nicht dauernd so viel zu fordern!« Wenn beide warten, dass der andere anfängt, vergessen beide, eine wichtige Komponente im Rahmen persönlicher Veränderungen zu berücksichtigen: nämlich die, dass jeweils derjenige beginnen sollte, dem eine Veränderung wichtig ist. »Ich habe gemerkt, dass ich selbst etwas tun muss, damit ich Kontakt bekomme. Die Welt kommt nicht zu mir ins Haus. Die Welt weiß doch nicht, dass ich dort wohne und warte«, brachte eine junge Frau ihre neue Einsicht exakt auf den Punkt.

»Ich könnte stark von mir enttäuscht sein«

Im Folgenden soll auf einen Aspekt der Veränderungsangst hingewiesen werden, der erst bei genauerem Hinsehen in seiner Bedeutung erfasst werden kann. Jemand sträubt sich gegen eine Veränderung, weil er Angst hat, dass er erkennen müsste, dass einiges von dem, was er schon immer negativ über sich dachte, tatsächlich bestätigt werden könnte. Eine Erschütterung des Selbstbildes könnte die Folge sein, ein wenig erfreulicher Umstand.

In der Regel befürchtet man, dass negative Anteile der eigenen Person bestätigt werden, zum Beispiel dadurch, dass man »versagt« hat. Man merkt, dass man sich vielleicht jahrelang (ein Leben lang?) etwas vorgemacht hat. Man war nicht der tolle Typ, als den man sich wähnte und als der man von anderen angesehen wurde. Man muss sich einige Vorstellungen und Illusionen abschminken. Träume zerplatzen wie Seifenblasen. Es ist nach dem »Versagen« nicht mehr so wie früher. Es hat eine

Demaskierung stattgefunden. Vielleicht ist man sogar schlechter gewesen, als man befürchtete. Man fühlt sich schon mies und anschließend noch mieser. Vielleicht muss man leidvoll erkennen, dass man viel normaler ist, als man immer wahrhaben wollte. Man gehört der grauen Masse an und nicht der der Elite. Von Friedrich Nietzsche stammt der dazu passende Satz: »Und wenn es Götter gäbe, wie würde ich damit fertig, kein Gott zu sein?« Genau das kann zum Problem werden. Deshalb lieber nichts verändern, alles beim Alten lassen und ... sich einreden, wie gut, wie stark, wie souverän man sein könnte, wenn ... Lieber die Maske aufbehalten. Lieber mit einem unangetasteten Traum leben. Doch Selbsttäuschung kann bittere Folgen haben, wenn andere mich als den Menschen ernst nehmen, der ich zu sein vorgebe.

Albert startete ambitioniert in seine neue Arbeit. Im Ingenieurbüro warteten Stapel unerledigter Aufträge auf ihn, die ihn beruflich überforderten, was er den Kollegen jedoch nicht mitzuteilen wagte. Unbemerkt von Kollegen nahm er sich am Wochenende Arbeit mit nach Hause, um den Erwartungen des Betriebs gerecht werden zu können. Dies führte dazu, dass man neue Erwartungen in ihn setzte. Albert spürte, dass er diesen nicht gewachsen war. Er merkte, dass er sich und anderen etwas vorgemacht hatte, getraute sich aber nicht, dies offen einzugestehen. Albert kündigte in der Probezeit.

Der Fall von Albert beinhaltet eine weitere Komponente. Er hätte ja einfach kürzer treten können, Grenzen setzen, die Belastbarkeit realistisch benennen. Doch auch hier hindert eine Angst vor dem Entdecktwerden die Offenlegung. »Wenn ich wirklich sage, was ich eigentlich leisten kann, kriege ich Nachteile zu spüren!« Deshalb lieber weiterspielen nach dem Motto des »Schneeschiebers«? Wer sich nicht mitteilt, weckt bei anderen einen falschen Eindruck. Und dieser Eindruck kann auf Dauer sehr kräftezehrend sein und zum Zusammenbruch führen.

Vom Spieglein an der Wand
(Ansprüche und Erwartungen)

Wir haben gesehen, dass die »drei bösen Mächte« tatsächlich viel störenden Einfluss ausüben und die Bereitschaft eines Menschen herabsetzen können, etwas von dem zu verändern, was er sich vorgenommen hat. Ferner gibt es spezielle Überlegungen, die einen Menschen daran hindern, etwas Neues zu wagen. Doch man kann noch weitere Aspekte finden, die aus dem Reden kein Handeln werden lassen.

Schauen wir uns mögliche Hindernisse für Veränderungen nochmals aus einer anderen Perspektive an: Manchmal ist ein Veränderungsvorhaben zwar für sich genommen sinnvoll und realisierbar, es steht aber in einem Konflikt zu anderen persönlich wichtigen Ansichten, Vorstellungen, Erwartungen und Bedürfnissen. Hierbei gibt es typische, immer wiederkehrende Konfliktfelder.

Was nicht sein darf, das nicht sein kann?!?

Im menschlichen Miteinander gibt es Regeln, Vereinbarungen, Konventionen und Normen, die als Maßstab für jeweiliges Handeln gelten, die dafür sorgen, dass nicht alles erlaubt ist und den Spielraum für das Verhalten festlegen. Manchmal stehen diese Normen natürlich im Gegensatz zu individuellen Bedürfnissen, Wünschen und Einstellungen. Letztlich funktioniert vieles am besten, wenn sich alle Beteiligten verbindlich an den Vorschriften und Erwartungen, also an den gültigen allgemeinverbindlichen Normen orientieren und sie respektieren. In unserer heutigen schnelllebigen Zeit, in der sich Ereignisse und Entwicklungen manchmal überschlagen, leiden allerdings nicht wenige Menschen darunter, dass sie nicht mehr wissen, was normal ist. Sie sind verunsichert und hilflos, und sie wissen nicht mehr genau, woran sie sind. Sie werden konfrontiert mit sich teilweise widersprechenden Meinungen – und dies gerade oft bei sittlich-moralischen Themen und Fragestellungen, bei denen sie Hilfestellung erwarten. Bisweilen herrscht anschließend mehr Verwirrung als Überblick. Angesichts dieser Konflikte zwischen Zielen und Normen werden manche persönlichen Vorhaben bereits im Vorfeld wieder aufgegeben.

Angela und ihr Mann zehrten sich seit Jahren in der Pflege ihrer schwerkranken Mutter auf, die vor etlichen Jahren einen Schlaganfall erlitt und seitdem in extremem Maße auf fremde Hilfe in allen lebensnotwendigen Bereichen angewiesen war. Angela klagte vermehrt über Erschöpfungszustände und hatte depressive Phasen, ihr Mann wurde sehr introvertiert, kapselte sich ab. Über den beiden schien eine unsichtbare Käseglocke zu hängen, die die Atmosphäre nachteilig beeinflusste. Beiden kam schon öfters die Idee, endlich nach Jahren einen dreiwöchigen Urlaub zu machen, um sich zu erholen und vor allem, frei von Verpflichtungen, wieder einmal etwas für sich tun zu können. Nun gab es Bekannte, die beiden Mut machten, den Urlaubsplan rasch in die Tat umzusetzen (»Ihr braucht auch Erholung, sonst geht ihr kaputt«), aber auch solche, die nicht nur Bedenken anmeldeten, sondern den beiden massive Schuldgefühle einimpften, wonach sie die kranke, hilfsbedürftige Mutter nicht alleine lassen dürften (»Ihr amüsiert euch und sie liegt von fremden Leuten versorgt zu Hause!«). Angela, die sich als Tochter in hauptverantwortlicher Position befand, verwarf den Urlaubsplan – aus moralischen Gründen. »Eine kranke Mutter lässt man nicht allein!« hielt sie letztlich für die ausschlaggebende Norm, wenngleich ihr bewusst war, dass eine andere Tochter den Urlaub angetreten hätte. Denn für andere gibt es vielleicht andere »Norm«-Vorstellungen.

Normunsicherheiten erschweren das Tagesgeschäft und stehen persönlichen Veränderungen häufig im Weg. Viele Wünsche und Ziele bleiben deshalb im Land der Phantasie, obgleich sie durchaus legitim und umsetzbar sind. Eine funktionierende Kontrollinstanz, die auf Normen hinweist, blockt einem psychologischen Gesetzbuch gleich Verwirklichung persönlicher Pläne ab. Für den Betroffenen verbleibt allerdings trotz des Verzichts manchmal ein deutlicher Spannungszustand zurück. In dieser Grauzone bei der Beantwortung der Fragen, was normal und was erlaubt ist, fallen befriedigende Entscheidungen schwer. Dies umso mehr, als heutzutage vertraute Erfahrungsräume im Alltag verschwinden, sodass es schwieriger wird, verlässliche Orientierungsrahmen aufzuspüren. Zu viel scheint im Fluss zu sein, sich in einem ständigen nicht mehr so leicht zu überschauenden Wandlungsprozess zu befinden. Man vermisst die fehlende Verbindlichkeit von Konventionen. Ist wirklich alles erlaubt, was Spaß macht? Darf man wirklich alles tun, was möglich ist? Oder gilt in Umkehrung des bekannten Satzes die Regel, »denn nicht sein kann, was nicht sein darf«? Die Meinungen werden auseinandergehen.

Wir treffen erneut auf das Zwillingspaar »Verändern und Bewahren«, wonach die Bewältigung des praktischen Alltags unabdingbar die Befähigung voraussetzt, sich auf die Auseinandersetzung mit neuen Werten und Ideen einzulassen, sich aber auch auf die festzuhaltenden, zu bewahrenden Lebensformen, also Regeln, Konventionen, Verbindlichkeiten, rückzubesinnen. Jeder Einzelne hat deshalb zu entscheiden, welche allgemein gültigen Normen er übernehmen und respektieren will und welche nicht. Allein damit konstruiert er den Maßstab für sein Handeln.

Die Sache mit den zwei Herren ...

Das Dilemma, nicht gleichzeitig zwei Herren dienen zu können, kennen auch Sie vielleicht aus verschiedenen Situationen Ihres Lebens. Gebe ich nach der Heirat dem Ehepartner den Vorrang oder belasse ich den Eltern die vordere Rolle? Fixiere ich mich nach der Geburt auf das Kind oder bleibt mein Partner mein wichtigster emotionaler Bezugspunkt? Wie Sie wissen, ergeben sich genügend Probleme aus solchen Konstellationen. Der Konflikt zwischen sogenannten Oberzielen trifft auch auf Ansprüche und Erwartungen zu, die wir in uns selbst tragen und an denen wir unser Denken, Handeln und Fühlen bemessen. Feste Einstellungen und Vorstellungen helfen uns, eine Orientierung zu finden, um entscheiden zu können; damit wir wissen, was wir wollen. In der Regel klappt das. Doch schwierig wird es in jenen Problemfällen, in denen eine Veränderung an zwei Messlatten vermessen wird. An Messlatten, die unterschiedliche Maßstäbe verkörpern. Woran soll man sich dann orientieren? Welche der beiden »Angaben« kann man als gültig ansehen? Was zählt dann unter dem Strich mehr? Ein Beispiel soll das Problem verdeutlichen:

Susi hatte wegen der Kinder seinerzeit ihre Berufstätigkeit aufgegeben, ein Schritt, der ihr sehr leid tat, sich aber angesichts der familiären Situation nicht vermeiden ließ. Nun waren die Kinder aufgrund von Schul- und Kindergartenbesuch vormittags außer Haus, sodass Susi neue Freiräume hatte. Als ihr vom früheren Chef das Angebot unterbreitet wurde, wieder halbtags in den Beruf zurückzukehren und sich darüber hinaus in den beiden nächsten Jahren auf eine höhere Position weiterqualifizieren zu können, geriet Susi in eine akute Krise, aus der sie keine Lösungsmöglichkeit mehr sah. Es stellte sich bei näherer Betrachtung heraus, dass sie innerlich gefangen war von zwei unterschiedlichen Vorstellungen und Einstellungen, die ihr beide gleichermaßen wichtig waren, sich aber als zunächst unvereinbar darstellten. Jede für sich genommen war völlig in Ordnung, gegeneinandergestellt brachten sie Probleme. Susi sagte sich einerseits: »Sei immer eine gute Mutter!« und andererseits: »Sei für dich erfolgreich!«

Viele Alltagskonflikte entstehen aus solchen Widersprüchlichkeiten, die sich aus zwei oder mehreren Vorgaben ergeben, die einer Person in einer Situation fast gleichrangig wichtig sind. Natürlich wird eine Veränderung dadurch erschwert, weil man nicht weiß, was man anders machen soll und worin eine Kompromisslösung gesehen werden könnte.

Da steh ich nun, ich armer Tor ...

Auch Konflikte, die leichter zu durchschauen sind als die zwischen den oft verborgenen Oberzielen, können das Leben schwer machen – weil man unmittelbar zu wählen hat. Von den zahlreichen Möglichkeiten sollen im Folgenden zwei Konfliktfälle herausgegriffen werden, die nicht nur oft im Alltag auftreten, sondern die nochmals gut verdeutlichen können, dass es nicht einfach ist, einen Veränderungsschritt einzuleiten, obgleich man von der Notwendigkeit durchaus überzeugt sein kann.

Ein bekanntes Beispiel aus der Literatur ist der Esel, der zwischen zwei Heuhaufen stehend verhungert. Das arme Tier konnte sich einfach nicht entscheiden, welchen der beiden Haufen es fressen sollte. Beide gefielen ihm. Beide waren verlockend. Und dennoch verhungerte der Esel. Ein Dummkopf? Leider nein, denn uns Menschen geht es oftmals ähnlich, weil wir uns einfach nicht entscheiden können – zwischen zwei oder mehreren Möglichkeiten. Alle sind lukrativ, am liebsten möchten wir alle, aber das geht meist nicht. Man nennt dieses Problem einen »Appetenz-Appetenz-Konflikt«.

Im Alltag wimmelt es von derartigen Konflikten! Im Restaurant entdeckt man auf der Speisekarte mehrere leckere Gerichte, die man essen könnte. Aber man muss sich für eines entscheiden. Keine leichte Aufgabe! Manch einer wird kribbelig, nervös und reizbar. »Wer die Wahl hat, hat die Qual!« Anstehende Käufe in allen denkbaren Sparten können gleichfalls den Konflikt auslösen: Nehme ich den gestreiften Pullover oder den einfarbigen? Fliegen wir nach Mallorca oder fahren wir wieder in die Berge? Eine endlose Liste von quälenden Fragen – jeder kennt sie.

Manche Leute entschließen sich – dem Esel gleich –, alles beim Alten zu belassen und nichts von dem Angebot zu nehmen – dann kann man auch keinen Fehler machen! Andere wiederum springen in ihrer Wahl bis zum letzten Moment hin und her –

und sind letztlich doch unglücklich mit der dann getroffenen Entscheidung (»Schau mal, das Jägerschnitzel sah doch besser aus als das halbe Hähnchen!«). Einige wenige geben die Entscheidung an andere ab, die für sie auswählen sollen, oder manchmal wird gelost oder die Münze geworfen.

Man sieht, dass es nicht leicht ist, mit persönlicher Entscheidungsfreiheit umzugehen. In einer Situation, in der man beispielsweise nur ein Essen zur Auswahl hat, kommt man kaum in irgendeine kräftezehrende Entscheidungskrise. Die Wahl, das angebotene Essen zu verzehren oder zu hungern, ist nicht so belastend wie die »Schlacht am kalten Büfett«, bei der die Angst mitspielen mag, etwas zu verpassen – und dann ist es weg.

An dieser Stelle soll noch ein wichtiger Gedanke eingebunden werden, der für manche Menschen, die sich zwischen positiven Möglichkeiten nicht entscheiden können, eine Rolle spielen dürfte: Es ist leider so, dass man in dem Moment, in dem man sich für eine Sache oder Person entschieden hat, sich gleichzeitig gegen unzählige andere, aber – und das ist wichtig – ebenso möglich gewesene Lösungen entschied. Und das tut weh – im Einzelfall. Man muss in der Lage sein, sich mit dieser Tatsache abzufinden und sich mit seiner Wahl, mit seiner Lösung zufrieden geben. Wer hierbei Schwierigkeiten hat, wird noch einige Zeit nach der Entscheidung unsicher und unzufrieden sein.

Den gleichen Konflikt gibt es auf der negativen Seite, den bekannten Konflikt angesichts der Wahl zwischen »Pest und Cholera«, der Wahl zwischen zwei Übeln, von denen man natürlich lieber das kleinere möchte. Doch welches ist das kleinere? Auch hier gibt es unterschiedliche Meinungen, es ist nicht so einfach, wie man denkt. Solche Konflikte, bei denen man zwischen zwei unangenehmen Möglichkeiten auswählen muss, nennt man »Aversions-Aversions-Konflikte«.

Schauen wir uns das Problem an einem Beispiel an, das wohl jedem von uns in der einen oder anderen Form schon passiert ist. Man quält sich mit heftigen Zahnschmerzen, die einen Zahnarztbesuch unumgänglich machen. Doch halt, Zahnarzt? Am Ende bohrt der oder verpasst eine Spritze! Um Himmels willen, nein, auf keinen Fall zum Zahnarzt! Die Zahnschmerzen werden schon vergehen. Manchmal lassen die Schmerzen tatsächlich für kurze Zeit nach, denn die anfängliche Erleichterung darüber, dass man dem Arzt vom Behandlungsstuhl gesprungen ist, ist groß. Doch sie kommen wieder – garantiert. Und das Dilemma beginnt von vorn, weil aufgeschoben ist nicht aufgehoben. Sie kennen das?

Viele Entscheidungen, die in diesen Bereich der »Wahl zwischen zwei Übeln« fallen, werden zunächst aus rein kurzfristigen Motiven heraus getroffen und müssen später korrigiert werden. Warum dann nicht gleich die Lösung ergreifen, die früher oder später nötig sein wird?

Wenn's nur nach mir ginge ...

Bei der Schilderung von Problemen, die sich aus Zielen und allgemein gültigen Normen ergeben, wurde bereits deutlich, dass eine persönliche Veränderung durch Außenmeinungen verhindert werden kann. Dies geschieht häufig dann, wenn Menschen aus dem persönlichen Umfeld, die einem wichtig und quasi Meinungsmacher sind, durch ihre festgeschriebenen Vorstellungen dem eigenen persönlichen Ziel widersprechen. Man findet dies beispielsweise in sogenannten Untergruppen unserer Gesellschaft, in denen manchmal eigene »Regeln und Gesetze« gelten, denen man sich zu fügen hat, will man keinen Ärger bekommen. Eine Untergruppe kann eine Altersgruppe sein, zum Beispiel die pubertierende Jugend, alte Menschen (dürfen sich alte Menschen in der Öffentlichkeit auf der Parkbank küssen?) oder eine bestimmte soziologische Gruppe, wie zum Beispiel ein junges, frisch verheiratetes Ehepaar (darf die junge Frau abends allein mit einem Arbeitskollegen in die Disco gehen?) oder eine Berufsgruppe (darf der Pfarrer auf der Dorfkirmes tanzen und die Schunkellieder mitsingen?). Jeder Betroffene, der Jugendliche, der alte Mensch, die junge Ehefrau, der Pfarrer, muss entscheiden, inwieweit das vorhandene persönliche Bedürfnis (Ziel) in Einklang mit den in der Bezugsgruppe herrschenden Vorstellungen steht. Die Konflikte zu Bewertungen anderer können zu heftigen Auseinandersetzungen führen und werden als besonders belastend erlebt, wenn die Gruppe starre, fast dogmatisch klingende Vorstellungen hat.

David kam aufgrund seiner Berufstätigkeit als Industriekaufmann mit ihm sehr sympathischen Kollegen in Kontakt, deren Lebensvorstellungen und Art im gefielen. Allerdings war vieles neu für ihn, denn sein Leben war bislang extrem geprägt durch eine religiöse Gruppe, der seine Familie bereits seit über 30 Jahren angehörte. Vieles von dem, was die übrige Welt als erlaubt und gut ansah und auslebte, wurde von seiner Glaubensgruppe abqualifiziert. Ihm wurde eingetrichtert, dass jemand ein Sünder sei, die Gemeinschaft verrate und Schuld auf sich lade, der sich so wie die »böse Welt« verhalte. Für David entstand das Dilemma, als er von Kollegen zu einem Grillfest eingeladen wurde, bei dem vermutlich ausgelassen gefeiert werden würde (tanzen, singen, Alkohol). David wollte gerne teilnehmen, allein der Gedanke daran schien ihn bereits zu beleben. Doch er wusste gleichzeitig, dass er mit der Teilnahme einen schroffen Konfrontationskurs mit seiner Glaubensgemeinschaft und seiner Familie einschlagen würde. Dieser Konflikt fesselte den jungen Mann monatelang. Schließlich entschied er sich, die Gruppe zu verlassen, den Konflikt mit der Familie auszutragen und ein eigenes Leben zu wagen.

David hatte den Mut, den Kampf mit den anderen aufzunehmen. Doch nicht jeder ist willens und sieht sich dazu in der Lage. Mancher befürchtet, dass eine Veränderung den momentanen Zustand verschlimmert – bis hin zum Ausgestoßenwerden aus der Gruppe. Ein anderer sieht zwar in der Veränderung eine persönliche Bereicherung, prognostiziert aber gleichermaßen, dass er in seiner Bezugsgruppe kritisiert werden wird: Dies kann sich in direkten negativen Konsequenzen äußern, wie zum Beispiel Vorwürfe, Tadel, Bestrafungen, aber auch im Entzug von angenehmen Dingen, wie Einbuße von Ämtern, Privilegien oder Respekt. Für Außenstehende ist es wichtig, diese Konflikte des Betroffenen zu sehen, um ihn nicht unnötigerweise zusätzlich unter Druck zu setzen. Oft steht mehr auf dem Spiel, als man denkt.

Oft handelt es sich bei den Bewertungen anderer allerdings um Mutmaßungen desjenigen, der sich verändern möchte. Er meint, andere würden in bestimmter Art und Weise über sein Vorhaben denken und es missbilligen. Oft geschieht dies aufgrund erzieherischer Prägungen: Man hat ein Anliegen, fragt aber nicht, weil man meint, eine Ablehnung zu erhalten. Der Ehemann möchte gern ein Theaterabonnement erwerben, weil er sein Leben bereichern möchte, glaubt aber, dass seine Frau kein Interesse haben wird und fragt nicht ... und bläst das ihm persönlich wichtige Vorhaben ab. Aus diesem »Irrglauben« bezüglich des Denkens und Verhaltens anderer sind schon viele Chancen verhindert worden. Man hat eine Idee und denkt: »Die erlauben das sowieso nicht!« Also fragt man erst gar nicht. Doch wie oft mussten wir später erfahren, dass der andere zugestimmt hätte, wäre ihm der Wunsch eröffnet worden: »Warum hast du nichts gesagt, hättest du doch gefragt.«

Grundsätzlich stellt sich natürlich die Frage, ob man die Meinungen der Umgebung akzeptieren will, die das bisherige Leben beeinflussten. Dies gilt insbesondere für Meinungen innerhalb von kleinen Verbänden, wie Familie, Arbeitsteam oder Verein. Man muss in der Lage sein, sich von Meinungsfesseln zu befreien und Kritik für neues Verhalten auszuhalten.

Die Sterne vom Himmel holen

Ein wiederkehrendes Problem, weshalb Menschen sich unglücklich machen, ist das, sich unrealistische Ziele zu setzen – Ziele, die also mit großer Wahrscheinlichkeit auf absehbare Zeit unerreichbar bleiben. Der Philosoph Odo Marquard drückte das so aus: »Viele Menschen machen sich dauerhaft unglücklich, weil sie vom Leben ständig zu viel erwarten!« Sich unerreichbare Ziele setzen, die Unmöglichkeit dieses Vorhabens nicht erkennen oder nicht wahrhaben wollen, wird zum Problem. Man vergeudet Energien für Pläne, die nicht zu verwirklichen sind, sondern nur in den Wunschphantasien Platz finden. Man erwartet von sich oder anderen etwas, das nicht zu leisten ist. Und dies hat leider manchmal fatale Folgen. Wer kennt nicht die Eltern, die in ihrem Kind nicht vorhandene Talente entdeckt haben wollen und fortan keine Ruhe mehr geben (nicht jeder ist ein begnadeter Pianist!). Aus einem Sonderschüler wird nie ein Pilot, ein Mensch mit dicken Fingern wird sich schwer tun, jemals ein filigraner Bastler zu werden. Das Leben setzt Begrenzungen. Und es heißt, sich mit diesen zu versöhnen und die Aktivität auf erfolgversprechendere Felder zu verlagern – auf persönliche Stärken und Begabungen.

Doch weshalb verrennen wir uns in unrealistische Zielsetzungen? Weshalb werden wir nicht schlau, lernen nichts aus den Misserfolgen? Einer der Gründe ist, den Unterschied zwischen einem Ziel und einer Utopie nicht erkennen zu können. Unter einem Ziel ist ein Zustand zu verstehen, den man persönlich anstreben möchte und der mittels geeigneter Mittel zu erreichen ist. Demgegenüber handelt es sich bei der Utopie um einen Zustand, der sich trotz massiver Bemühungen nicht erreichen lässt, da man weder durch Änderung von Einstellungen noch durch solche des Verhaltens ans Ziel kommen kann. Trotzdem gibt es Menschen, die das nicht wahrhaben wollen, weil sie sich über- und die geltenden Bedingungen unterschätzen. Sie leiden am Utopie-Syndrom, was auf Dauer wegen der ständigen Erfolglosigkeit Zusatzprobleme bringen kann, wie beispielsweise Selbstwertprobleme, Aggressionen auf andere oder auf sich selbst. Die Energien wurden an unlösbaren Aufgaben vergeudet.

In die Rubrik »Utopien« sollen, wenngleich sie nicht ganz hineinpassen, noch **»Drei Teufelchen im Denken«** eingeordnet werden: das *Alles-oder-Nichts-Denken,* das *Entweder-Oder-Denken,* das *Sofort-oder-Nie-Denken.* Alle drei stören nachhaltig beim Versuch, sich zu ändern. Sie stehen oft unerkannt im Wege, sodass es sich lohnt, sich ihrer Existenz und Macht bewusst zu werden. Alle drei führen zu einem sogenannten »Schwarz-Weiß-Denken«, bei dem kein Platz ist für Zwischenschritte – und gerade die sind ja im Rahmen eines Veränderungsprozesses äußerst wichtig. Betrachten wir deshalb die drei Teufelchen etwas genauer. Zunächst das »Alles-oder-Nichts-Denken«, bei dem die Einstellung ausgeprägt ist, dass man etwas entweder ganz und gar oder überhaupt nicht haben will. Es fehlt das »Sowohl-als-auch«. Bezüglich von Veränderungsplänen drückt sich dieses Denken so aus, dass der Betroffene entweder gleich alles fix und fertig haben oder gar nicht erst anfangen will.

Kathi litt unter der Schwierigkeit, im Gespräch mit anderen gehemmt zu sein, dann nicht die rechten Worte zu finden und sich zu verhaspeln. Sie war unfähig zum sogenannten Smalltalk, konnte nicht lustig und schlagfertig sein. Sie mied aus diesen Gründen Gesprächssituationen, litt aber unter ihrem Rückzug, zumal sie eine Arbeitskollegin hatte, die all das konnte, was ihr versagt blieb. Diese Kollegin war ihr heimliches Vorbild. Kathi blockte aber Vorschläge von anderen ab, bei denen sie kleine Trainingsschritte in Richtung auf mehr Gesprächssicherheit zu bewältigen gehabt hätte. Sie meinte, dass sie sich nur dann anstrengen würde, wenn sie es sofort so gut könnte wie die Kollegin. Sie hat heute noch ihre Probleme.

Das »Entweder-Oder-Denken«, bei dem in ähnlicher Weise kein Raum für Zwischenstufen bleibt, wird bei der Betrachtung von Heiner deutlich.

Heiner traute sich nach einer unglücklich verlaufenen Ehe wieder zu, sich auf eine neue Beziehung einzulassen. Er gab in einer Zeitung eine Kontaktanzeige auf. Tatsächlich kam es rasch zur Begegnung mit einer ihn vom Äußeren und der Art sehr ansprechenden Frau. Der Kontakt verlief jedoch aus seiner Sicht völlig unbefriedigend, denn die Frau hatte sich zunächst Bedenkzeit vorbehalten. Heiner interpretierte dies als totale Ablehnung. Für ihn gab es nur zwei Möglichkeiten: »Entweder sie mag mich, und dann ist sie aktiv und will den Kontakt, oder sie lehnt mich ab und das heißt, dass sie passiv bleibt, sich bedeckt hält und Zeit herausschinden will!« Aufgrund dieses schroffen Musters verloren sich in der Vergangenheit viele Kontakte von Heiner.

Das »Sofort-oder-Nie-Denken« ähnelt zwar den beiden vorgenannten Mustern, doch hier steht der Zeitaspekt im Vordergrund. Man will sich zwar bemühen, der Erfolg muss aber sofort und gleich eintreten. Menschen, die so denken und handeln, haben in der Regel keine Geduld. Oft trotzen sie wie kleine Kinder, die mit dem Fuß aufstampfen, wenn auf die Unmöglichkeit einer sofortigen Verwirklichung hingewiesen wird, und äußern Missmut im Sinne von: »Dann will ich gar nichts!« oder »Es lohnt sich dann nicht, sich überhaupt anzustrengen!« Solche Menschen sind nicht in der Lage, natürliche Entwicklungen abwarten zu können. Sie laufen Gefahr, impulsiv, vorschnell und unkritisch zu reagieren. Sie geben rasch eine Veränderungsinitiative auf.

Auf Dauer fruchtet es wenig, wenn man sich Ziele steckt, die deshalb unerreichbar sind, weil zu hohe Ansprüche dahinterstecken. Sicherlich ist es sehr animierend, wenn man bei anderen beobachtet, dass sie Erfolg und materiellen Reichtum haben und mit den vermeintlichen Annehmlichkeiten des Lebens gesegnet sind. Doch lässt sich deren Situation unbedingt mit der eigenen vergleichen? Kann man die Situationen übertragen? Würde man sich wirklich glücklich fühlen, so zu sein wie jene, die man zunächst beneidete? Bei genauerem und kritischerem Hinschauen entdeckt man vielleicht noch rechtzeitig, dass man überhöhte Ansprüche gestellt hat. Dass das, was man anstrebt, eigentlich gar nicht zu einem passt und einen womöglich verformt. Dass das, was dem anderen gefällt oder gut tut, nicht gleichermaßen bei einem selbst solche Effekte hervorrufen muss.

Dass Probleme auftauchen können, wenn man nicht intensiv genug über die auf den ersten Blick meist sehr verführerische Situation nachdenkt, zeigt die Geschichte vom Spatzen-Pfau.

Ein Spatz wollte sein wie ein Pfau. Wie imponierte ihm der stolze Gang des großen Vogels, der hoch getragene Kopf, das mächtige Rad, das er schlug! »So will ich auch sein«, sagte der Spatz. »Die Bewunderung der anderen wird mir sicher sein.« Er reckte den Kopf, atmete tief ein, dass sich sein schmales Brüstchen schwellte, spreizte die Schwanzfedern und versuchte so elegant zu laufen, wie er es beim Pfau gesehen hatte. So trippelte er hin und her und fühlte sich mächtig stolz. Nachdem er dies längere Zeit so gemacht hatte, merkte er, dass ihn die ungewohnte Haltung anstrengte. Der Hals schmerzte, die Füße taten ihm weh, und was das schlimmste war, die anderen Vögel, die aufgeblasenen Amseln, die putzsüchtigen Kanarienvögel und die dümmlichen Enten, sie lachten alle über den Spatzen-Pfau. Dem wurde es bald zu bunt. »Das Spiel gefällt mir nicht, ich habe es satt, Pfau zu sein. Ich will mich wieder wie ein Spatz benehmen.« Als er versuchte, wieder wie ein Spatz zu laufen, gelang es ihm nicht. Statt wie vorher zu laufen, hüpfte er plötzlich und konnte nichts anderes mehr. So lernten die Spatzen das Hüpfen.

(Aus: »Der Kaufmann und der Papagei« von Nossrat Peseschkian, © Fischer Taschenbuch Verlag GmbH, Frankfurt am Main, 1979.)

»Schuster, bleib bei deinem Leisten!«, könnte man sagen und sinnvollerweise ergänzen: »Aber nimm dir ruhig vor, ein besonders guter Schuster zu sein! Das schaffst du!« Dies soll nicht bedeuten, dass man keine Träume haben darf, in denen man sich eine schöne neue Welt konstruiert. Tagträume sind etwas sehr Nützliches, denn sie entführen uns für Augenblicke in eine angenehme Atmosphäre. Tagträume können inspirieren und Energien freisetzen – aber nur bei demjenigen, der zwischen Traum und Wirklichkeit trennen kann und nicht in das Luftschloss übersiedelt, das man gerade so schön vor sich sieht. Denn dann ist ein Scheitern vorprogrammiert, weil die persönliche Realität außen vor gelassen wird.

Vielleicht gehört es zum Menschen dazu, dass er gerne das anpeilt, was er nicht hat und besitzt, anstatt dass er sich auf die Vorteile und Möglichkeiten der tatsächlichen vorhandenen persönlichen Lage konzentriert. Doch viele bemerken das, was sie haben, zu spät: beispielsweise, wenn sie es verloren haben.

Am Aschermittwoch ist alles vorbei

Gerade in unserer modernen Zeit wird uns durch die Medien täglich eine unaufhaltsame Flut von Eindrücken, Bildern, Ansprüchen, Vergleichen etc. ins Haus geliefert. Dabei wird uns zwischen den Zeilen offen und verdeckt eingeredet, wie wir uns zu verhalten, zu kleiden, einzurichten, zu benehmen haben, um »in« zu sein. Dauernd werden neue Leitbilder produziert – quer durch alle Lebensbereiche.

Wir lassen uns hierbei allzu leicht vom Menschheitstraum der »Ewigen Jugend, Schönheit und Gesundheit« vereinnahmen. Nichts scheint heutzutage unmöglich – alles wird möglich gemacht. Leider wird in der Regel nur die eine Seite der Medaille gezeigt, eben die schöne. Und die fasziniert angesichts ihrer vermeintlichen Vorzüge, oder etwa nicht? Und die möchte man auch haben!

Doch, Hand aufs Herz, wo bleibt die andere Seite dieser Medaille, die sich leicht als Schattenseite erweist? Der Philosoph Odo Marquard prägte für dieses menschliche Dilemma den Begriff »Erwartungskrise durch Erfahrungsverlust«. Dadurch, dass man nur die Effekte einer Reaktion sieht, aber nicht mehr die Anstrengungen, die im Einzelfall dahinter-stecken, entwickelt man leicht ein Zerrbild der Wirklichkeit. Oft wird vergessen oder unterschlagen, dass einem die Erfolge nicht einfach so zufliegen, sondern dass sie häufig das Ergebnis harter Arbeit und Entbehrungen sind (»Ohne Fleiß kein Preis!«, heißt es so treffend). Es ist eben nicht alles Gold, was glänzt.

Unser Leben produziert ständig derartige Seifenblasen, auf die man hereinfallen kann – bei unkritischer, bei zu euphorischer Betrachtung. Wer zu viel idealisiert und sich oberflächlichen Schwärmereien hingibt, erhöht sein Risiko, an der Aufgabe zu scheitern. Es lohnt sich, in sich hineinzuhorchen und dem Verstand, den Gefühlen und den eigenen Erfahrungen genügend Raum zu geben. Man sollte alle verfügbaren Sinne aufnahmebereit schalten, um sich in eine gegenwärtige oder angestrebte Situation hineinzuversetzen. Denn erst danach kann man ungefähr abschätzen, ob man sich mit der Änderung bereichern und wohl fühlen könnte. Eigentlich sollte man erst einige konkrete Erfahrungen gesammelt haben, um sich ein einigermaßen verlässliches Urteil bilden zu können. Vom amerikanischen Schauspieler und Schriftsteller Woody Allen stammt hierzu der passende Satz: »Wie ein Steak schmeckt, kann man nur beurteilen, wenn man es gegessen hat!« Leider vertrauen manche Menschen vorschnell auf das, was ihnen von anderen vorgesetzt wird, und übernehmen deren Bewertungen nach dem Motto: »Es wird auch mir bestimmt gefallen!«

Es würde an dieser Stelle zu weit führen, auf die vielen Aspekte einzugehen, die sich aus der Idealisierung von Zielen und ihrer Effekte ableiten lassen – beispielsweise auf die zu hohen Erwartungen bezüglich der Welt im Allgemeinen und bestimmter Personen im Besonderen. Eine Reihe gravierender sozialer und persönlicher Probleme hat gerade darin eine Hauptursache. Man tut gut daran, sich überzogene, unrealistische Erwartungen und Ansprüche abzuschminken und sich wieder mehr in Zufriedenheiten zu üben – Zufriedenheit mit sich selbst, seiner Umgebung, seiner Lebenssituation.

Zur Besinnung dient die folgende kleine Übung:

♣ **ZUFRIEDENHEITS-BLITZLICHT**

Verweilen Sie einen Augenblick bei dem Gedanken daran, was an Ihrer Lebenssituation trotz der vielen Unannehmlichkeiten positiv ist. Positiv in der Familie, im seelischen und körperlichen Wohlbefinden, in der Freizeit, finanziell ... eben was Ihnen wichtig ist!

Fassen wir die bisherigen Hindernisse für Veränderungen zusammen, die durch mangelhafte Wahrnehmung, ungünstige Einstellungen und problematische Ansprüche und Erwartungen entstehen, so soll nochmals auf zwei Schwierigkeiten hingewiesen werden, die dafür verantwortlich sind, dass Veränderungen schwer fallen, Schwierigkeiten, die jeder an sich selbst entdecken kann und die überdacht und verändert werden sollten. Es handelt sich um die »Bewertungsstarrheit« und die »Wahrnehmungsstarrheit«.

Unsere Wahrnehmungen und Einstellungen sind wichtige Faktoren in einem Veränderungsprozess. Sie beeinflussen unser Verhalten, wie wir gesehen haben, in ganz entscheidender Weise. Ein Regelsatz lautet: *»Nicht die Dinge selbst machen uns Angst, sondern die Sichtweise, die wir von den Dingen haben!«* Unsere Voreinstellungen und Vorerwartungen verleiten dazu, manchmal ein regelrechtes Katastrophenbild zu malen, sich in negative Phantasien hineinzusteigern und dort zu verharren und den Wald nicht mehr vor Bäumen zu sehen. Wir fühlen uns, als sei eine Lawine über uns hinweggefegt, habe uns eingefangen und der momentanen Orientierung beraubt. Hierzu ein sehr anschauliches Beispiel:

Sie kennen die nächtliche Situation, wenn Sie allein durch dunkle Straßen nach Hause gehen. Sie fühlen sich unwohl, haben

Angst. Damit Ihnen nur ja nichts passiert, wollen Sie auf alle gefährlich wirkenden Anzeichen achten: Da – Sie entdecken an der Hauswand des übernächsten Hauses eine große, dunkle Gestalt, die in leicht nach vorn gebeugter Haltung lauert. Ihr Herz beginnt zu rasen, Sie schlucken, Sie zögern, gehen dann aber weiter, starr den Blick auf die Gestalt gerichtet. Wann wird sie hervorspringen und über mich herfallen, denken Sie besorgt. Doch plötzlich entdecken Sie, dass die Gestalt kein Mensch ist, sondern eine große, schlanke Konifere. Vorerwartung steuert die Einstellung und deshalb die Wahrnehmung. Ein Mensch ohne Angst hätte in der gleichen Situation die Konifere wahrscheinlich überhaupt nicht bemerkt. Angst, Unbehagen, Misserfolgserwartung, Skepsis und Pessimismus schränken die Wahrnehmung wesentlich ein und lassen den Blick sich fast einseitig richten auf negative Aspekte der Situation.

Sie kennen mit Sicherheit auch andere Erlebnisse, in denen Sie eine Situation problemlos überstanden, aber Ihnen im Nachhinein der Schrecken in die Glieder fuhr, als Sie hörten, welchen möglichen Gefahren Sie sich unwissentlich ausgesetzt hatten. Und wer kennt nicht die Momente, in denen es ganz anders ablief, als man vorher dachte – und sich beim Gedanken an all die lästigen, negativen Konsequenzen oft dabei verrückt machte. Es gibt auch hierfür aus dem Alltagsleben typische Beispiele in Hülle und Fülle, die jeder von uns schon so oder ähnlich erlebt hat.

Wenn es mit den Scheuklappen nicht klappt

Wenden wir uns dem ersten Fehler zu, der Bewertungsstarrheit. Wir bewerten die Dinge in immer ein und derselben Art und Weise – dies oft aufgrund nachhaltiger positiver und negativer Erfahrungen. Kaum werden wir mit einer neuen Situation konfrontiert, legen wir unsere bewährte Schablone an, und schon haben wir die festgelegte Meinung. Natürlich stellt es grundsätzlich einen Vorteil dar, wenn man rasch in der Lage ist, zu den

Dingen, die persönlich von Bedeutung sind, eine eigene Meinung zu finden. Man muss sich rechtzeitig auf eine Situation einstellen, um angemessen reagieren zu können. Bei der Bewertungsstarrheit liegt aber das Problem darin, dass man dazu neigt, die Dinge immer einseitig zu betrachten und demzufolge Gefahr läuft, allzu leicht in eingefahrene Meinungsmuster zu verfallen. Nach einiger Zeit erkennt man die Muster nicht mehr – sie laufen dann fast automatisch ab. Und das ist das Problem! Das folgende Beispiel ist typisch für diesen Fehler:

Harald ist, solange er zurückdenken kann, immer ein ängstlicher, vorsichtiger Mensch gewesen, der stets unter Missachtung der Umwelt gelitten hat. Schon kleine Anzeichen von Antipathie bewirkten bei ihm starke Erschütterungen seines Selbstwertes. Er zog sich zurück, war sehr deprimiert und verspürte in der Regel infolge dieser Erlebnisse körperliches Unwohlsein bis hin zu Schmerzen in der Magengegend. Seine Wahrnehmungen ließen sofort das unangenehme Gefühl in ihm hochkommen, abgelehnt zu sein. Rasch bestätigte sich seine Einstellung: »Ich bin ein minderwertiger Mensch, mich mag sowieso niemand!« Das automatisierte Muster, das seinen Selbstwert zerstörte, kam sofort in Gang.

Bei Menschen mit Bewertungsstarrheit findet sich zumeist der Satz bestätigt: »Wir sehen nur das, was wir bereits kennen!« Und kennen heißt: Misserfolg, Versagen und Enttäuschung! Menschen wie Harald sind ständig auf der Suche nach Anzeichen, die ihr negatives Selbstbild bestätigen. Sie hören das Gras wachsen, sind misstrauisch, ständig auf der Hut vor dem nahenden »Feind«. Sie sind sehr einseitig darauf gepolt, nur die schwachen Stellen ihrer Person im Visier zu halten. Leider werden sie dabei tagtäglich fündig. Denn: Wer seine Schwächen bestätigen will, hat ausreichend Gelegenheit dazu. Wer einen Fehler finden will, findet ihn – und vor allem bei sich selbst. Die anderen können alles sowieso viel besser.

Es scheint ein Merkmal unserer Zeit zu sein, viel zu einseitig auf die negativen Dinge des Lebens ausgerichtet zu sein und mehr darauf zu achten, was nicht oder noch nicht klappt. Positives zu sehen und zu akzeptieren fällt uns schwer. Gelingt etwas, wird es als selbstverständlich angesehen, über das man nicht groß zu reden braucht. Und über Erfolge zu reden, die man »zufällig selbst herbeigeführt« hat, ziemt sich nicht. Denn: »Eigenlob stinkt!«

Bekommt man von anderen Lob zu hören, reagiert man manchmal sehr skeptisch und begründet mit der einleitenden Bemerkung »Ja, aber«, weshalb man doch nicht zufrieden sein kann. Übrig bleibt dann der schale Nachgeschmack und keineswegs der aufgrund des Lobes ebenso mögliche positive Eindruck.

♣ **MEIN »JA, ABER«**

Achten Sie darauf, ob und wann Sie mit »Ja, aber« reagieren und dadurch die Freude über einen Erfolg oder das Ausführen einer positiven Veränderung abblocken!

Meistens führen wir sogar, ohne dass wir es merken, unsere Niederlagen, unser Versagen und somit unser schlechtes Bild, das wir von uns gezeichnet haben, selbst herbei. Es gibt hierfür einen bekannten Mechanismus: die Sich-selbsterfüllende-Prophezeiung! Sie funktioniert nach dem bekannten Motto: »Was nicht sein kann, das nicht sein darf!«

Oje, dieser Knick in der Optik

Den zweiten Fehler kann man als Wahrnehmungsstarrheit bezeichnen. Wir machen uns das Leben schwer, weil wir die Ereignisse stets aus der gleichen Perspektive betrachten und deshalb nie eine andere Sichtweise erhalten. (»Wir sehen, was wir sehen wollen!«) Vorab ein Ihnen sicher bekanntes Beispiel aus der Weltliteratur: Sie kennen den fürchterlichen Kampf des Don Quichote mit den Windmühlen? Er ritt voller Kampfeswillen auf die Windmühle zu, denen er natürlich in keiner Weise gewachsen war. Sichtlich lädiert musste er den Rückzug antreten.

Denkt man an die Wahrnehmungsstarrheit, fragt man sich, wer ihm wohl gesagt haben mag, dass er mit den Windmühlenrädern kämpfen muss, um seinen Weg ungehindert fortsetzen zu können. Hätte er seine Situation aus einem anderen Blickwinkel betrachtet, nämlich dem, dass er ja nicht geradeaus mitten durch die Mühle reiten muss, wäre er mit Sicherheit rechts oder links unbeschadet an der Mühle vorbeigeritten.

Vielen von uns geht es in ihrem Alltag ebenso. »Warum denn einfach, wenn es auch schwierig geht?« Sie machen sich unnötigerweise das Leben schwer – nur weil sie sich nicht die Zeit nehmen, die Sache einmal aus einer anderen Perspektive, das heißt mit anderen Augen, zu betrachten. Wer sich, andere und die ihn alltäglich herausfordernden Situationen immer nur im alten Strickmuster und mit den alten, untauglichen Schablonen betrachtet, fordert sein Unglücklichsein geradezu fahrlässig heraus. Wer sich von starren Denkmustern leiten lässt, hat es in der Regel schwer, die positiven, neuartigen, anregenden Dinge zu sehen, die ohne Zweifel gleichermaßen in den Situationen enthalten sind. Man muss sie nur sehen. Auch wenn sie auf den ersten Blick nicht vorhanden scheinen, sie existieren! Dies gelingt den Menschen, die sich sagen können: »Ich mache das Beste daraus!« oder »Aus Fehlern wird man klug!« oder »Irgendetwas wird schon dabei herauskommen!« oder die »Glück im Unglück« entdecken können. Selbst dann, wenn man meint, dass alles schief gelaufen ist, findet sich bei genauerem, kritischem Hinsehen mit Sicherheit etwas Positives. Und wenn es nur die Feststellung ist, dass alles doch nur halb so schlimm gekommen ist, wie man dachte.

Es spricht vieles dafür, dass es typische Denkfehler gibt, die zu Verzerrungen dessen führen, was man bewerten will. Typisch deshalb, weil diese Fehler sich bei manchen Menschen regelrecht eingegraben haben. Sie werden in der Regel nicht mehr hinterfragt, oft nicht mal mehr bemerkt. Sie sind aber mächtig, weil sie es verhindern, dass man angemessen mit Herausforderungssituationen und Veränderungen umgeht.

Sie kennen vielleicht einige der folgenden Sätze, falls Sie ebenfalls manchmal in derartigen Mustern denken! Beispielsweise die resignative Einschätzung: »Egal, was ich mache, keiner mag mich!« oder den Vorsatz, der erheblichen Druck erzeugt: »Egal, was ich mache, ich muss alles gut machen!« Weitere Sätze sind: »Ich darf keinen Fehler machen, sonst ist es schlimm!«, »Ich muss stark und souverän wirken, damit mich alle anerkennen!« oder »Ich darf nicht negativ auffallen!«, »Wenn ich nicht gehorche, mag mich niemand!« und so fort.

Schauen wir uns zunächst eine kleine Geschichte an, die auf einen typischen Denkfehler hinweist, der bei fast allen selbstunsicheren, ängstlichen Menschen eine Rolle spielt.

Ein Vater zog mit seinem Sohn und einem Esel in der Mittagsglut durch die staubigen Straßen der Stadt. Der Vater saß auf dem Esel, den der Junge führte. »Der arme Junge«, sagte da ein Vorübergehender. »Seine kurzen Beinchen versuchen mit dem Tempo des Esels Schritt zu halten. Wie kann man so faul auf dem Esel herumsitzen, wenn man sieht, dass das kleine Kind sich müde läuft.« Der Vater nahm sich dies zu Herzen, stieg hinter der nächsten Ecke ab und ließ den Jungen aufsitzen. Gar nicht lange dauerte es, da erhob schon wieder ein Vorübergehender seine Stimme: »So eine Unverschämtheit! Sitzt doch der kleine Bengel wie ein Sultan auf dem Esel, während sein armer, alter Vater nebenherläuft.« Dies schmerzte den Jungen und er bat seinen Vater, sich hinter ihn auf den Esel zu setzen. »Hat man so etwas schon gesehen?«, keifte eine schleierverhangene Frau, »solche Tierquälerei! Dem armen Esel hängt der Rücken durch, und der alte und der junge Nichtsnutz ruhen sich auf ihm aus, als wäre er ein Diwan, die arme Kreatur!« Die Gescholtenen schauten sich an und stiegen beide, ohne ein Wort zu sagen, vom Esel herunter. Kaum waren sie wenige Schritte neben dem Tier hergegangen, machte sich ein Fremder über sie lustig. »So dumm möchte ich nicht sein! Wozu führt ihr denn den Esel spazieren, wenn er nichts leistet, euch keinen Nutzen bringt und noch nicht einmal einen von euch trägt?« Der Vater schob dem Esel eine Hand voll Stroh ins Maul und legte seine Hand auf die Schulter des Sohnes: »Gleichgültig, was wir machen«, sagte er, »es findet sich doch jemand, der damit nicht einverstanden ist. Ich glaube, wir müssen selbst wissen, was wir für richtig halten.«

Der Geschichte liegt das Original des französischen Fabeldichters La Fontaine zu Grunde, der am Ende zusammenfassend den Vater reden lässt: »Allein von jetzt ab wird das anders – ihr sollt sehen: Wie auch die Welt von mir dann red, ob gut, ob schlecht, ich tu nach meinem Kopf!« – »Er tat's, und er tat recht.«

Mit Sicherheit haben Sie erkannt, was in der Geschichte problematisiert wird: die Vorstellung, es allen recht machen zu können! Es ist das Verdienst des amerikanischen Psychotherapeuten Albert Ellis, den zerstörerischen Einfluss derartiger Denkmuster aufgezeigt zu haben. Ellis hat aufgrund seiner jahrelangen Erfahrungen im Umgang mit Patienten eine Reihe dieser typischen Denkfehler präzisiert. Er nennt sie »irrationale Ideen«. Jemand formuliert eine unbewiesene Annahme und handelt fortan so, als sei diese Annahme verbindlich und gültig. Hieraus entwickeln sich auf Dauer massive psychosoziale Probleme. Man läuft Ansprüchen und Erwartungen hinterher, die man im Grunde genommen nie erfüllen kann.

Auch bei Ellis steht die Überlegung im Vordergrund, dass ein Mensch so fühlt, wie er denkt, das heißt, dass falsches Denken zu unangemessenen Gefühlen führt. Ein Gedanke, der uns in anderem Zusammenhang (Seite 88) bereits begegnet ist. Nach Ansicht von Ellis finden sich gehäuft folgende elf gedankliche Konstruktionen:

1. Jeder erwachsene Mensch muss eigentlich unbedingt von jeder wichtigen Person seiner Umwelt geliebt oder geschätzt werden.
2. Man sollte durchweg kompetent sein, an jedem Platz »seinen Mann« stehen und in jeder Hinsicht tüchtig sein, wenn man vor sich selbst bestehen will.
3. Manche Menschen sind schlecht, boshaft oder kriminell, und dafür sollten sie hart angefasst und bestraft werden.
4. Es ist eine Katastrophe, wenn etwas nicht so läuft, wie man es sehr gern hätte.
5. Unglück kommt von außen, und man kann wenig oder nichts gegen seine Sorgen und Nöte tun.
6. Wenn etwas gefährlich oder beängstigend ist, muss man es schrecklich ernst nehmen und immer daran denken, dass es eintreten könnte.
7. Es ist leichter, sich gewissen Schwierigkeiten und Verpflichtungen zu entziehen, als ihnen ins Auge zu sehen.
8. Man sollte von anderen abhängig sein, und man braucht jemand Stärkeren, auf den man sich verlassen kann.
9. Unsere Vergangenheit bestimmt entscheidend unser gegenwärtiges Leben, weil etwas, was uns einmal berührt hat, unauslöschlich ist.
10. Man sollte über die Probleme und Störungen anderer Leute sehr bestürzt sein.
11. Es gibt für alle menschlichen Probleme eine ein für allemal richtige, genaue und perfekte Lösung, und es bedeutet eine Katastrophe, wenn diese Lösung nicht gefunden wird.

Sie haben bei dem einen oder anderen Satz bemerkt, dass er auch bei Ihrem Denken und Handeln eine Rolle spielt? Gut so, dann können Sie lernen, sich mit der Einstellung, die darin zum Ausdruck kommt, auseinanderzusetzen.

Versuchen Sie, Ihre neu gewonnene Einsicht in hinderliche Starrheiten bei der Bewertung und Wahrnehmung auf Situationen zu übertragen, die Ihnen tagtäglich begegnen. Nehmen Sie sich deshalb Zeit für die folgende kleine Übung, um zu entdecken, wie Sie Ihre Starrheit zerschlagen können.

♣ **Mein FAUSTKEIL: Zurück in die Steinzeit – Ich zerschlage meine Starrheit!**

Schreiben Sie eine Situation auf, in der Sie sich in den letzten Tagen deprimiert, ängstlich oder unwohl fühlten. Betrachten Sie die Situation in allen Einzelheiten. Was war passiert? Wer war mit von der Partie? Was dachten Sie? Wie lief die Situation ab? Was war danach?

Wenn Sie die Situation gut in Erinnerung haben, schreiben Sie auf, an welchem Punkt die Wahrnehmung bzw. die Bewertung starr war. Vervollständigen Sie die aufgeführten Sätze!

❒ In der Situation habe ich wieder wie schon so oft gedacht, dass ...

❒ Was vorfiel und mich belastete, kann ich eigentlich auch aus der neuen Perspektive sehen, wonach ...

Was ich nicht weiß, das macht mich heiß! (Wissensdefizite)

Obgleich es banal klingen mag – doch manche Leute führen eine Veränderung nur deshalb nicht herbei, weil sie nicht wissen, dass es überhaupt möglich wäre, etwas anders zu machen. Sie leiden zwar unter einem bestimmten Zustand, unternehmen aber aus Unwissenheit nichts. Sie meinen, dass es solche »Wissenslöcher« nicht gibt? Nun, schauen wir uns im Alltag um.

Wissen bringt Erleichterung

Nehmen wir an, dass Sie sich schon oft geärgert haben, wenn Sie unter der Dusche standen und erst nach einigen Versuchen die richtige Mischung aus kaltem und warmem Wasser fanden. Sie würden sich vermutlich noch jahrelang ärgern, wenn Sie nicht die Information bekommen würden, dass es automatische Mischbatterien gibt, bei denen Sie die gewünschte Temperatur einstellen können und somit alles andere bequem verläuft. Auch im psychosozialen Alltag gibt es viele Situationen, in denen man nicht auf dem neuesten Stand ist – und deshalb nichts ändert, obgleich man möchte!

Nicht jeder kennt sich darin aus, was »normal« ist und was nicht, was erlaubt ist und was nicht, was möglich ist und was nicht. Gerade in unserer schnelllebigen Zeit verliert man leicht den Überblick, wie wir in den vorangegangenen Kapiteln sehen konnten. Hinzu kommt, dass Menschen sich heutzutage immer mehr zurückziehen und anderen keinen Einblick mehr in ihr Privatleben gewähren. Doch dadurch geht hilfreiches Miteinander, insbesondere der aufklärende Austausch von Informationen, verloren. Häufig bekommen wir zu hören: »Das geht keinen etwas an!«, »Damit muss man selbst zurechtkommen!«, »Andere wollen einen doch nur aushorchen!« und so fort. Natürlich zahlt sich blindes Vertrauen nicht aus, und jeder hat auf seine Art schon Schiffbruch erlitten, wenn er sich einem anderen anvertraut hat. Doch die andere Seite ist die, dass man die so wichtige Orientierung verliert, wenn man krampfhaft allein vor sich hin wurschtelt. Die oben beschriebenen Wahrnehmungs- und Einstellungsfehler finden sich oft bei Menschen, die den Kontakt zu anderen verdünnt haben – und wirklich allein auf sich selbst gestellt sind; die nur noch im eigenen Saft schmoren, einäugig bleiben und irgendwann (betriebs-)blind werden. Zur Veranschaulichung ein Beispiel:

Der 26-jährige Paul steigerte sich manchmal in regelrechte Erregungszustände hinein, wenn er sich ungerecht behandelt fühlte oder wenn er in einem Konflikt keinen befriedigenden Ausgang sah. Einmal ärgerte er sich maßlos, dass er den beantragten Urlaub nicht nehmen durfte; dabei wollte er nur einen freien Tag, um beim Arzt vorstellig zu werden, damit er das schon seit Wochen eingenommene Medikament erneut verordnet bekam. Ihn ärgerte nicht nur, dass er keinen Urlaub bekam, sondern auch, dass er sich wegen dieses kurzen Arztbesuchs einen freien Tag nehmen musste – einen Tag, der eigentlich verplempert war und von seinem Erholungsurlaub abgezogen werden musste. Eine schlagartige Verbesserung seines Befindens trat ein, als er darüber informiert wurde, dass er beim Arzt anrufen und seine Situation schildern sollte. Dann würde ihm mit Sicherheit das Rezept postalisch zugeschickt werden können – als Ausnahmefall.

Wissen ist Macht

Nichtwissen im Alltag bezieht sich in der Mehrzahl der Fälle darauf, dass man im Umgang mit anderen nicht weiß, wo man Grenzen setzen darf, wo man etwas zurückweisen darf, ohne unhöflich zu wirken. Gleichermaßen wissen viele Menschen nicht, wo und wie sie etwas einfordern oder verlangen dürfen, welche Rechte ihnen zustehen. Wenn man den Sachverhalt aufklärt, hört man manchmal Sätze wie: »Das hat mir noch niemand gesagt!« oder »Wenn ich das doch schon früher gewusst hätte!« Das Nichtwissen der einen Gruppe von Menschen dient meistens einer anderen Gruppe, der daran gelegen ist, ein Machtgefälle aufrechtzuerhalten. Denken Sie einmal daran, was sich in einem Betrieb ändert, wenn die Arbeitnehmer über ihre Rechte Bescheid wissen. Und gleiches gilt natürlich in Familien – und in der ehelichen Partnerschaft.

Lony wurde trotz ihrer 38 Jahre von ihrem Mann in finanzieller Hinsicht wie ein Kind behandelt. Weder wusste sie, was ihr Mann im Monat netto verdient, noch hatte sie Zugang zu Bankauszügen. Das Haushaltsgeld erhielt sie in festen Wochenraten, über die Ausgaben hatte sie akribisch Buch zu führen. Ihr Mann besaß die Finanzhoheit und musste alle Ausgaben absegnen. Jahrelang hatte er ihr einreden können, dass dieses Finanzgebaren auch in anderen Ehen üblich sei, sodass Lony die für sie sehr nachteilige und unbefriedigende Situation nie infrage stellte. Als das Ehepaar wegen gesundheitlicher Probleme von Lony vom Hausarzt an eine Eheberatungsstelle verwiesen wurde, kam das Thema Geld auf den Tisch. Erst jetzt erfuhr Lony, dass andere Frauen durchaus viele finanzielle Freiräume und Rechte hatten. Diese Informationen wirkten wie eine Explosion – Lony stellte nun Forderungen, denen sich ihr Mann argumentativ nicht entziehen konnte. Die eheliche Balance geriet durcheinander, als Lony ihre Rechte als Ehefrau und Partnerin erkannte und umsetzte.

Auch kleinen Kindern werden mögliche Ansprüche und Wünsche ausgeredet, manchmal mit dem Hinweis darauf, dass es dies und jenes nicht gäbe. Es würde für den Erwachsenen im Einzelfall Unannehmlichkeiten bringen, wenn er auf die Wünsche eingehen müsste. Deshalb wählen sie den bequemen Weg, indem sie die Wünsche lieber absprechen oder ins Reich der Phantasie abtun. »Was der andere nicht weiß, macht den anderen nicht heiß!« Wissen ist Macht! Und nicht jeder, der bereits Macht hat, möchte, dass ein anderer ebenso mächtig werden könnte. Viel Unangenehmes, Schädliches, Mühseliges, Unnützes wird täglich von Millionen Menschen auf unserer Erde nur deshalb getan, weil sie nicht wissen, dass es auch anders möglich wäre – und es gibt Leute, die dafür sorgen, dass sie unwissend bleiben.

Das beste Beispiel hierfür sind die gesellschaftlichen Verhältnisse in totalitären Staaten, in denen den Bürgern systematisch Wissen vorenthalten wird. Denn: Würden die Menschen mehr wissen, würden sie mit Sicherheit aufbegehren. Natürlich hat die Aufklärung auch eine negative Seite, dann nämlich, wenn die neuen Informationen zu unvermittelt erfolgen und das bisher Geltende und Bewahrte zu nachhaltig infrage gestellt wird. Es würde an dieser Stelle zu weit führen, diese Aspekte zu vertiefen, wenngleich sie für das Verständnis eines partnerschaftlichen Miteinanders der Völker unentbehrlich sind. Dennoch: Haben

Sie schon einmal darüber nachgedacht, welche Konsequenzen die Installation von Satellitenschüsseln bei Menschen in armen Entwicklungsländern hat? Sie, die oft stundenlang und Tag für Tag unterwegs sind, um Wasser zu holen, sehen, dass andernorts Wasser aus der Wand kommt und man so viel Wasser hat, dass man sogar Autos damit waschen kann.

Wissen bringt Unruhe

Neues Wissen kann heftige Krisen auslösen (regelrechte Kulturschocks, Zivilisationsschocks), Neuerungen müssen nicht immer positiv sein, wenn sie zu unvermittelt und unvorbereitet kommen. Plötzliche Freiheit kann Angst machen, es fehlt die Geborgenheit, die die bisherige Einschränkung vermittelt hat. Man denke an die Situation von Aussiedlern aus osteuropäischen Ländern, die den neuen Möglichkeiten bei uns manchmal fassungslos und hilflos gegenüberstehen und die, falls sie falsch beraten werden, rasch scheitern. Manche ersehnen die Einfachheit zurück: »Man wusste, woran man ist!« Versetzen Sie sich in die Situation eines Menschen, der vor 20 Jahren in einen künstlichen Schlaf versetzt und nun aufgeweckt wurde. Müsste der sich nicht verloren vorkommen, weil sich in allen Lebensbereichen viel verändert hat?

Kehren wir in unsere Familien zurück, entdecken wir den gleichen Mechanismus. Auch dort verändert sich manchmal sehr viel. Es bringt Aufregung, Unruhe und Krise in den bisher praktizierten Rhythmus der Familie, wenn neue Informationen hinzukommen, die die bisherige Alltagsbewältigung infrage stellen. Plötzlich hat jemand aus der Familie etwas erfahren, das weitreichende Konsequenzen haben kann – beispielsweise dass der Vater weitaus mehr Geld verdient, als er der Familie bisher erzählt hat. Manchmal drohen »Weltbilder« einzustürzen, die bislang für eine Orientierung in der Familie sorgten. Und manchmal sind es die anderen in der Familie, die dann abbremsen, damit etwas nicht umgesetzt wird. Es ist nicht einfach, plötzlich etwas anderes zu vertreten. Denken Sie an Galilei, den Astronomen, der mit seinem Wissen das geltende Bild vom Universum infrage stellte und sich damit in Gefahr brachte, weil dieses Wissen mit der Sichtweise der anderen nicht in Einklang zu bringen war. Es dauerte lange, bis sich sein Bild, also sein Wissen, durchsetzen konnte.

Ein letztes Beispiel:

Manuela fühlte sich seit der Geburt ihrer mittlerweile 4-jährigen Tochter körperlich und seelisch sehr angespannt. Ihr Mann tat ihre Klagen mit der Bemerkung ab, sie solle sich nicht so anstellen, anderen Frauen würde es nicht anders ergehen. Urlaubswünsche wurden mit Verweis auf die zu hohen Kosten abgeschlagen, das neue Auto war wichtiger für den Mann als ein Familienurlaub. Aus der Zeitung erfuhr Manuela, dass es spezielle Mutter-Kind-Kuren gibt, die sehr kostengünstig angeboten werden. Die junge Frau erkundigte sich bei den genannten Stellen, wo ihr angeraten wurde, einen Antrag zu stellen, um noch in den nächsten Wochen eine Bewilligung zu erhalten. Manuela war überglücklich. Ihr Mann reagierte jedoch ablehnend und versuchte, ihr die Kur auszureden, wobei er alle möglichen »Wenn« und »Aber« ins Feld führte.

In diesem Beispiel wird nochmals deutlich, dass eine neue Information mit den sich aus ihr ergebenden Konsequenzen von den Beteiligten unterschiedlich erlebt wird: Der eine erhofft sich Vorteile, der andere merkt, dass das für ihn begünstigende bisherige System im Zusammenleben gefährdet sein könnte – und er blockiert, solange es möglich ist.

Von Händen, Füßen, Mund und anderen Werkzeugen (Verhaltensdefizite)

Vieles im Leben, das erledigt werden muss, bleibt liegen, weil man es nicht alleine bewältigen kann. Wenn zum Beispiel der Fernsehapparat defekt ist, nützt es wenig, wenn man ihn selbst reparieren will: Man kann es nämlich in der Regel nicht. Der Fachmann muss her. Uns fehlt das Know-how, sodass wir auf andere angewiesen und von ihnen abhängig sind. Das moderne Leben weist uns oft brutal auf unsere Grenzen hin (Können Sie eine Zündkerze auswechseln? Oder eine Schranktür, die schlecht schließt, einrichten?).

Diese Grenzen begegnen uns aber nicht nur in der Technik. Der allseits gepriesene Fortschritt ist allzu leicht mit einer schleichenden Bequemlichkeit verbunden. Das beraubt uns unserer eigenen Kompetenzen. So gesehen hat sich Fortschritt schon oft als verkappter Rückschritt erwiesen. Hierfür gibt es Hunderte von Beispielen. Im Zeitalter von Fertigmenüs verlernt man es, selbst zu kochen. Irgendwann wird man abhängig von dem, was man angeboten bekommt! Wer immer nur fernsieht, wird irgendwann die Lust verlieren zu lesen. Und irgendwann sich nicht mehr die Mühe machen, die eigene Phantasie in Gang zu setzen. Er lässt andere für sich ausmalen, konstruieren, arrangieren, kommentieren. Das ist bequemer! Wer in seiner Umgebung immer jemanden findet, der unangenehme Pflichten miterledigt, wird es auf Dauer verlernen, sich durchzusetzen, sich Konflikten zu stellen, Spannungen auszuhalten. Kurzfristig positive Effekte, wie entlastet und geschont werden, schlagen langfristig ins Gegenteil um. Was wird das verwöhnte Knäblein später tun, wenn es erwachsen sein soll? Weiß es, wie man sich einen Pudding kocht, wohin man sich wendet, wenn man eine Theaterkarte vorbestellen will, wie man ein Taxi bestellt ...?

Es ist bedrückend, im Alltag mit ansehen zu müssen, wie leichtfertig Menschen ihre Möglichkeiten für persönliche Selbständigkeit der Bequemlichkeit opfern. Und meistens merken sie es nicht einmal, weil sie nicht gelernt haben, nach vorne zu schauen. Sie sehen nur den momentanen Vorteil, nicht aber das, was sie auf Dauer tatsächlich zu verlieren drohen. Die kurzfristige Suche nach Vorteil verführt dazu, die mitgelieferten Nachteile nicht mehr kritisch zu bedenken. Dies ist zu einem ernsthaften Problem unserer Zeit geworden, in dem das, was heute noch das Neue ist, schon morgen das Alte sein kann. Und manchmal wird man von der Umwelt mit Verlockungen dazu verführt, sich persönlicher Freiheiten zu beschneiden. Fast wie die Schlange im Paradies, die den Adam verführt. Lassen Sie sich Zeit für die Betrachtung des folgenden Beispiels.

Da es dem König aber wenig gefiel, dass sein Sohn, die kontrollierten Straßen verlassend, sich querfeldein herumtrieb, um sich selbst ein Urteil über die Welt zu bilden, schenkte er ihm Wagen und Pferd. »Nun brauchst du nicht mehr zu Fuß zu gehen«, waren seine Worte. »Nun darfst du es nicht mehr«, waren deren Sinn. »Nun kannst du es nicht mehr«, deren Wirkung.

(Aus: G. Anders, »Die Antiquiertheit des Menschen«, Band 1, Verlag C.H. Beck, 1985)

Eine kleine Geschichte, die nachdenklich stimmt. Das angesprochene Problem verbirgt sich hinter vielen Alltagssituationen, wenn man genauer hinschaut. Bequemlichkeit ist der größte Feind von Veränderung – Bequemlichkeit macht satt. Ein bequemer, selbstzufriedener Mensch will nichts ändern – zumindest nicht ernsthaft. Veränderungspläne bleiben Lippenbekenntnisse.

Drei Arten von »Nicht-Können«

Bei der Betrachtung von Verhaltensdefiziten lassen sich mehrere Varianten unterscheiden. Im oben genannten Reparaturbeispiel bedeutet das Defizit, dass man etwas, was getan werden müsste, tatsächlich nicht kann. Verhaltensdefizit heißt aber auch, dass man etwas zwar tut, aber zur falschen Zeit, am falschen Ort oder mit den falschen Mitteln (z.B. redet man mit seinem Chef wie mit dem Ehepartner). Und deshalb kommt man nicht zum Erfolg. Es fehlt das taktische Geschick, das Gespür für die Situation. Es kommt aber auch vor, dass man früher einmal etwas konnte, es aber im Laufe der Zeit mangels Praxis wieder verlernt zu haben scheint. Und manchmal hat man schlichtweg vergessen, dass man es einmal konnte (z.B. Schritte aus dem Tanzkurs).

Ist jedes »**Ich-kann-nicht-Problem**« wirklich ein Verhaltensdefizit? Oder kann man darin manchmal eher eine verdeckte Form von Verweigerung sehen, bei der man vorgibt, etwas nicht zu können? Oder eine Bequemlichkeit? Oder etwas anderes? »Ich kann nicht« bedeutet in der ursprünglichen Aussage, dass man unfähig ist, etwas Bestimmtes zu leisten. Es ist nicht möglich, also geht es nicht. Man sieht keinen Weg, um selbst aktiv mit der gestellten Aufgabe fertig zu werden. Also benötigt man Hilfe und Anleitung, oder man muss ablehnen. Es lohnt sich durchaus, sich in Situationen, in denen man sich überfordert fühlt bzw. den eigenen Erfolg von vornherein anzweifelt, die ehrliche Frage zu stellen, weshalb man glaubt, es nicht zu können. Was hindert mich? Was fehlt, was müsste ich können? Dies sind lohnende Fragen, um sich fortzuentwickeln, denn es lassen sich daraus persönlich wichtige neue Aufgaben ableiten.

Nun liegt der Abweisung, wie gesagt, manchmal kein wirkliches Nichtkönnen, sondern eher ein Nichtwollen zugrunde. Man muss bei genauerer Betrachtung feststellen, dass man momentan keine Lust hat, die Aufgabe zu erledigen. Oder man hat Angst davor, bei der Erledigung der Aufgabe zu versagen, will dies aber nicht preisgeben und versteckt sich hinter der Ablehnung. »Ich kann nicht« ist also oft ein »Ich will nicht«. Denn überraschenderweise klappt vieles von dem, was man angeblich nicht kann, immer dann, wenn man zur Durchführung gezwungen ist. Dies kann beispielsweise in einer Notlage der Fall sein, in der es keine andere Möglichkeit gibt, als selbst aktiv zu sein. Der

Alltag liefert unzählige Beispiele für dieses Phänomen. Wozu Familienmitglieder plötzlich in der Lage sind, zeigt sich in der Regel dann, wenn die Mutter im Krankenhaus liegt. Plötzlich kann der Vater früher aufstehen, den Tisch decken und die Frühstücksbrote herrichten. Und bei den Kindern läuft plötzlich manches ohne Murren, bei dem bisher die Mutter eingespannt wurde.

Falsche Rücksichtnahme auf denjenigen, der angeblich nicht kann, birgt zwei Gefahren: Der Betreffende verlernt in der Tat mit der Zeit mangels Praxiserfahrungen die spezifische Fertigkeit und er lernt, dass er mit der Aussage »Ich kann nicht« lästige Pflichten abwimmeln kann.

Die 29-jährige Simone, Mutter von zwei Kindern, litt seit mehreren Jahren unter starken Angstzuständen, sie getraute sich beispielsweise nicht mehr, alleine Auto zu fahren. Einkäufe, Arztbesuche etc. erledigte sie nur noch in Begleitung und als Beifahrer. Sie hatte einen regelrechten Schonraum für sich aufgebaut, auf den alle in der Umgebung Rücksicht nahmen. Als eines Tages ihr 8-jähriger Sohn von einer Mauer stürzte und sich neben einer klaffenden, stark blutenden Kopfwunde einen Unterarmbruch zuzog, stieg Simone, ohne zu überlegen, ins Auto und brachte den Jungen zum Arzt.

Ferner darf nicht aus den Augen verloren werden, dass das Nichtkönnen auch eine indirekte Form von Aggression darstellt. Man verweigert sich einem anderen, weil man ihm einen »Schaden« zufügen will. Die Aggression wird aber nicht direkt und offen ausgedrückt, sondern versteckt sich elegant hinter dem Nichtkönnen.

Hierzu die folgende kleine Übung zur »Selbsterkenntnis«:

♣ ICH KANN NICHT – ICH WILL NICHT – ICH KANN

Auch Sie verstecken sich vermutlich manchmal. Versetzen Sie sich in solch eine Situation, in der Sie dazu neigen, »Ich kann nicht!« zu sagen. Wo steckt möglicherweise Ihr »Ich will nicht!« und wie könnte, wenn Sie das Nichtwollen kritisch betrachten, beim nächsten Mal das »Ich kann!« genau aussehen?

❒ Ich kann nicht, weil ...

❒ Ich will eigentlich nicht, dass ...

❒ Ich kann, wenn ...

Wer merkt, dass er den Aufgaben aus Angst aus dem Weg geht, weil er sich überfordert glaubt oder Angst vor einem Versagen hat, sollte sich Folgendes in Erinnerung rufen. Es gibt Fertigkeiten, die man noch nie ausgeübt hat, die man also völlig neu erwerben muss; aber auch solche, die man bereits in der Vergangenheit anwenden konnte, die aber längere Zeit »unbenutzt« blieben, sodass es in Vergessenheit geriet, dass man sie irgendwann einmal besaß.

Das »Bild vom Werkzeugkoffer« mag die Hoffnung wecken, dass die vermeintlichen Verhaltensdefizite doch nicht so stark sind, wie sie auf den ersten Blick erscheinen. Im Werkzeugkoffer hat sich im Laufe der Jahre viel Werkzeug angesammelt, das für anfallende Reparaturen nötig ist: Schraubenzieher und -schlüssel in allen Größen, Maßbänder, Sägen und Feilen. Man ist für

Reparaturen gewappnet und keineswegs ohne Mittel. Und so verhält es sich auch in der Bewältigung des Lebens und des Alltags. Man kann viel mehr, als man denkt. Man schaue nur in den persönlichen Werkzeugkoffer.

Das Phänomen der **Gedächtnislücken**, das heißt, bereits Erlerntes wieder vergessen zu haben, kommt öfter vor, als man denkt. Vieles muss nicht neu erworben werden, es ist bereits vorhanden, es liegt nur im Eisschrank. Man hat es in letzter Zeit nicht gebraucht, durfte es nicht zeigen oder hat schlichtweg vergessen, dass man es früher konnte. Überlegen Sie! Haben Sie das Schwimmen verlernt, nur weil Sie seit Jahren nicht mehr im Schwimmbad waren? Sicher nicht. Natürlich wird man anfangs wieder aufpassen müssen, dass man kein Wasser schluckt etc. Aber schwimmen können Sie noch immer. Und so ist es mit vielen Fertigkeiten im Leben. Man kann es, man muss sich nur erinnern. Das »Verlernen« zeigt sich in den verschiedensten Bereichen des Alltags und der Lebensbewältigung. Manchmal hat man sich beispielsweise durch die Heirat in eine Abhängigkeit begeben, gerade so, als habe man einiges von dem am Traualtar gelassen, was man bis dahin selbständig konnte. Andere Mitmenschen haben es vielleicht »verlernt«, sich in bescheidenen Lebensverhältnissen zurechtzufinden, obgleich sie früher dazu in der Lage waren. Machen Sie deshalb die Übung »Atlantis« auf Seite 155, graben Sie nach dem versunkenen Schatz, den es nur zu heben gilt.

Abschließend soll auf ein Verhalten hingewiesen werden, das man das »**Problem des falschen Aktionismus**« bezeichnen kann. Unter Druck neigen manche Menschen dazu, in äußerste Betriebsamkeit und Hektik zu verfallen. Sie handeln in Situationen, in denen es besser wäre, sich zunächst einen Überblick zu verschaffen und abzuwarten. Aktionismus als Verhaltensdefizit. Sicherlich spielen viele Motive eine Rolle, weshalb

♣ **ATLANTIS**

Stellen Sie sich eine aktuelle Situation vor, in der Sie sich hilflos fühlen, weil Sie glauben, das, was zur Lösung erforderlich wäre, nicht zu können. Gehen Sie nun in Ihre Vergangenheit zurück und suchen Sie nach Zeiten, in denen Sie mit dem momentanen Konflikt aktiver und erfolgversprechender umgegangen wären.

jemand Ameisen gleich, denen man ein Stöckchen in den Haufen wirft, loswirbelt. Nicht selten steht aber folgende Absicht im Vordergrund: Man will etwas verhindern, das negative Auswirkungen haben könnte. Man will rechtzeitig handeln, man will vorsorgen. Zum Problem wird diese Strategie, wenn man etwas verhindern will, das sich nicht verhindern lässt, wie zum Beispiel das Älterwerden von Kindern. Es gibt Eltern, denen aus egoistischen Motiven daran gelegen ist, dass ihr Kind »Kind« bleibt. Sie tun alles, um die Unabhängigkeit des Kindes zu blockieren und geraten in Panik, wenn sich Ablösungstendenzen zeigen.

Leider gibt es viele dieser »Aktionismus«-Situationen, in denen es eigentlich viel besser wäre, sich zurückzuhalten. Auch Sie haben mit Sicherheit diese Erfahrung gemacht! Vieles im Leben läuft nämlich gerade deshalb normal, weil man es laufen lässt. Sobald man in die Abläufe eingreift, beschwört dies Probleme herauf. Man kennt diese Tücke beim Eingriff in körperliche Abläufe, wenn man etwas kontrollieren oder regulieren will, das ohne unseren Einfluss ganz selbstverständlich ablaufen würde. So sorgt unser Körper beispielsweise für regelmäßige Stuhlentleerung – manchmal erfolgt dieser nicht täglich, aber den körperlichen Vorgängen durchaus angemessen.

Wer nun meint, dass dies ungesund sei und für eine tägliche Entleerung zu Abführmitteln etc. greift, stört den natürlichen Prozess. Folgeprobleme werden auftreten. Aktionismus bedeutet also, dass man überflüssigerweise eingreift oder zu früh bzw. zu stark. Vieles würde sich ohne diesen Aktionismus von allein regeln.

So viel zu den Hindernissen, die einem Umsetzen von Veränderungsplänen im Wege stehen können. Vielleicht haben Sie sich in einigen Aspekten und Fallbeispielen ansatzweise wiedergefunden. Und vielleicht haben Sie bemerkt, wo es bisher gehakt hat. Und Sie konnten neue Ideen für Veränderungspläne entwickeln!? Dann also los, machen Sie sich an die Arbeit! Sie haben noch immer Bedenken? Vermutlich ahnen Sie, dass es nicht ganz so einfach sein wird und man geeignete Mittel besitzen muss, um die Veränderung in Gang zu setzen und die neuen Effekte zu stabilisieren. Mehr dazu im nächsten Kapitel. Doch zuvor soll eine kleine Übung Sie auf Ihre kommenden Pläne einstimmen.

Sie kennen die Angst vor der eigenen Courage? Den Zwiespalt zwischen dem »eigentlich doch wollen« und »eigentlich lieber doch nicht«. Es gibt hierzu einen schönen Satz: »Erst wirbeln wir den Staub auf und behaupten dann, nichts sehen zu können!« Seien Sie mutig, stellen Sie sich den Gegebenheiten. Denn: **Wenn Sie wirklich mit sich zufrieden wären, wäre Ihnen nie der Gedanke gekommen, an bestimmten Situationen in Ihrem Leben etwas ändern zu wollen.** Nutzen Sie dieses Wissen und machen Sie die folgende Übung, wir nennen sie den »kleinen TÜV«.

♣ **Mein KLEINER TÜV**

Stellen Sie sich die spezielle Situation in allen Einzelheiten vor! Versuchen Sie dann, die folgenden Fragen zu beantworten.

- ❍ Was gefällt mir an der Situation eigentlich trotzdem?
- ❍ Wodurch werde ich persönlich entlastet, wenn es weiterhin so wie bisher ablaufen würde?
- ❍ Worunter habe ich tatsächlich zu leiden, wo sind die offensichtlichen Nachteile?
- ❍ Auf welche angenehmen Dinge muss ich verzichten, wenn sich nichts ändert?

Sie haben sich bislang mit Ihrer Situation auseinandergesetzt und die Chance genutzt, sich über eine Vielzahl von Hindernissen mehr Klarheit zu verschaffen, die Ihnen auf dem Wege einer sinnvollen Veränderung im Wege stehen. Sie haben bereits ein vages Gefühl davon, dass es auch für Sie viele Möglichkeiten gibt, wichtige Veränderungen einzuleiten.

Deshalb werden Sie jetzt in der Lage sein, sich intensiv mit einer für Sie sehr wichtigen Frage auseinanderzusetzen – mit der Wunderfrage.

♣ **Meine WUNDERFRAGE**

Stellen Sie sich folgende wunderschöne Situation vor:

Angenommen, es würde eines Nachts, während Sie schlafen, ein Wunder geschehen und Ihre Probleme, die Sie bisher quälten und sehr belastet haben, wären gelöst. Sie sind endlich so, wie Sie schon immer sein wollten.

- ❍ Woran würden Sie mit Sicherheit bald merken, dass sich bei Ihnen etwas verändert hat?
- ❍ Woran würde es eine Ihnen sehr nahestehende Person erkennen?
- ❍ Inwiefern würde es ein Mensch bemerken, mit dem Sie in der Vergangenheit nicht gut zurechtkamen?
- ❍ Woran würde es jemand bemerken, den Sie mögen?
- ❍ Wie würde sich Ihre neue Persönlichkeit in der Familie, im Beruf und Ihrer Freizeit auswirken?

Schreiben Sie Ihre Antworten auf einen Zettel und heben Sie ihn auf!

Es gibt noch viele interessante Fragen zu den Auswirkungen. Formulieren Sie selbst einige, die Ihnen wichtig sind!

Malen Sie sich die wunderschöne, veränderte Situation aus. Tanken Sie Energie aus dieser Vorstellung!

Das negative Dreigestirn

Fassen wir die bisherigen Ausführungen zusammen. Wenn man eine angestrebte Veränderung nicht zustande gebracht hat, denkt man oft, dass man ein hoffnungsloser Einzelfall ist, ein Versager, zu lebensuntüchtig, um mit dem Alltag fertig zu werden. Man denkt, dass alle anderen besser mit dem Leben zurechtkommen und gar nicht erst in die unangenehme Situation gekommen wären und natürlich die Lösung viel besser bewerkstelligt hätten. Darüber hinaus befürchtet man, dass andere Menschen schlecht über einen denken, wenn sie erfahren, mit welchen »Problemchen« man sich herumschlägt, dass sie einem keinen Respekt mehr zollen, man Sympathie einbüßt und von einigen ausgelacht wird.

Doch sieht so die wirkliche Realität aus? Mitnichten!!!! Viele Menschen schleppen die gleichen Probleme mit sich herum, nur weiß man meist nichts voneinander, weil man über echte, persönlich belastende Probleme kaum miteinander spricht. Viele Probleme stellen sich als völlig normal heraus, sie sind nicht so abwegig, wie man bisher dachte. Beispielsweise empfinden es viele Menschen als belastend und unnormal, dass sie manchmal schlecht über andere denken (»Dem könnte ich rechts und links eine Ohrfeige verpassen!«). Solche aggressiven Gedanken sind normal. Problematisch werden sie erst, wenn man denkt, dass man solche Gedanken nicht haben darf. Es ist grundsätzlich besser, zunächst zu normalisieren, als alles gleich als unnormal zu betrachten.

So wie man sich selbst sieht, so handelt, fühlt und denkt man – und so tritt man mit anderen Menschen in Beziehung. Jemand, der nicht gut auf sich selbst zu sprechen ist, fürchtet, dass andere ihn durchschauen und natürlich sogleich seine Fehler, Mängel und Schwächen aufdecken werden. Eines der größten Hindernisse für das Einleiten und Durchhalten einer Veränderung ist **das negative Dreigestirn: die negative Selbsteinschätzung, die negative Sicht der Umwelt und die negative Sicht der Zukunft**.

Negative Selbsteinschätzung äußert sich in Urteilen wie: »Ich bin fehlerhaft. Das, was ich will, steht mir nicht zu. Ich schaffe das nicht. Ich bin schuld an meinem Versagen!« Man fühlt sich als Nichts, als Wurm, als Spielball der oben beschriebenen Mächte. Eine negative Sicht der Umwelt bedeutet, dass man sich anderen Menschen ausgeliefert erlebt und dass diese einem keine Chance geben. »Keiner mag mich. Alle hacken auf mir herum. Jeder will mich behindern!« Die anderen wurden manchem von uns schon von Kindesbeinen an als Feinde hingestellt, vor denen man sich in Acht nehmen muss, weil sie nur hintergehen und ausnutzen wollen.

Durch eine negative Sicht der Zukunft wird aktives Bemühen ausweglos. Es herrscht die Erwartung vor, dass kleine Erfolge sich nur als Strohfeuer erweisen und letztendlich doch Niederlagen die Situation bestimmen werden. »Es hat alles keinen Zweck. Es wird so bleiben, wie es war. Für mich ist das Leben gelaufen!« Es ist nachzuvollziehen, wie schwer es für Menschen wird, an Fortschritte durch Veränderungen zu glauben, wenn sie mit derartigen Sichtweisen den Alltag bewältigen müssen.

Nun stürzt das Leben viele von uns manchmal von einem zum anderen Moment in eine völlig neue, oft unangenehme Situation, in der man mit dem alten Handwerkszeug nicht weiterkommt. Man kann noch so oft probieren, mit den vertrauten Werkzeugen an die Reparatur heranzugehen, es klappt nicht. Man muss neue Werkzeuge erwerben und sich damit versuchen; das negative Dreigestirn beiseite legen. Manche Problemlösungen überholen sich mit der Zeit, man muss flexibel sein, ständig hinzulernen. Doch auch das ist möglich. Und das ist gut so!

Der plötzliche Tod ihres Mannes traf die 58-jährige Hilde wie ein Keulenschlag, denn ihr Mann war für sie der Mittelpunkt ihres Lebens. Und sie hatten noch so viel für die nächsten Jahre geplant. Ihr Mann war Organisator, Regisseur, Animateur ihres gemeinsamen Lebens. Vertrauensvoll hatte Hilde ihm alles überlassen, sie war ein sozialer Analphabet geblieben. Ihr kleiner Bekanntenkreis entsprang aus früheren

Freundschaften ihres Mannes und hatte sich in den letzten Jahren sehr verdünnt. Nun, nach dem Tod des Mannes, stand Hilde alleine da, einsam, verlassen. Sie merkte, dass sie vor der Wahl stand, sich total zurückzuziehen und zu verkümmern oder allen Mut zusammenzunehmen und neu für sich anzufangen; behaftet mit allen Schwächen und Inkompetenzen. Doch sie sah ein, dass es nur den Weg gab, aus ihrer vertrauten Umgebung herauszutreten und sich auf eigene Beine zu stellen. Hilde nutzte alle Informationsquellen, um Kontakte bekommen zu können (z.B. ließ sie sich das Vereinsregister der Stadt schicken, rief bei verschiedenen an und stattete dort einen Besuch ab; sie belegte kulturelle Veranstaltungen mit Exkursionen bei der Volkshochschule; sie nahm Kontakte zu zwei früheren Klassenkameradinnen auf, die sie schon seit über 30 Jahren nicht mehr gesehen hatte). Manchmal kam Hilde an ihre Grenzen, denn sie musste aktiver sein, als sie es sich vorstellte. Sie merkte, wie viel ihr Mann ihr »abgenommen« hatte. Aber sie biss sich durch, sie suchte und sie nutzte Gelegenheiten. Und sie hatte das beruhigende Gefühl, dass es ihrem Mann gefallen würde, wenn er wüsste, dass sie ein zufriedener Mensch hatte werden können.

Das Beispiel von Hilde zeigt nochmals eindrucksvoll auf, wie wichtig es ist, dass der Impuls für eine Veränderung aus dem Betroffenen selbst kommt. Denn nur das gibt die nötige Energie. Und es ist gut zu wissen, dass es immer wieder einen günstigen Moment gibt, in dem man Mut fasst und sich (plötzlich) den Veränderungsschritt zutraut ... dann kann es losgehen. Die folgende Geschichte soll das abrunden, was in diesem Kapitel aufgegriffen wurde: Wahrnehmungs- und Einstellungsfehler, Angst vor Veränderung, die drei bösen Mächte und die vielen anderen Aspekte, Prägungen, Teufelskreise, Neubeginn.

Leiten Sie aus der Geschichte all jene Überlegungen und hilfreichen Überzeugungen ab, die Ihnen auf dem Weg zu Ihrer persönlichen Veränderung von Nutzen sein werden.

Ein Mann ging in einen Wald, um nach einem Vogel zu suchen, den er mit nach Hause nehmen könnte. Er fing einen jungen Adler, brachte ihn heim und steckte ihn in den Hühnerhof zu den Hennen, Enten und Truthühnern. Und er gab ihm Hühnerfutter zu fressen, obwohl er ein Adler war, der König der Vögel. Nach fünf Jahren erhielt er den

Besuch eines naturkundlichen Mannes. Und als sie miteinander durch den Garten gingen, sagte der: »Der Vogel dort ist kein Huhn, er ist ein Adler!« – »Ja«, sagte der Mann, »das stimmt. Aber ich habe ihn zu einem Huhn erzogen. Er ist jetzt kein Adler mehr, sondern ein Huhn, auch wenn seine Flügel drei Meter breit sind.« »Nein«, sagte der andere, »er ist noch immer ein Adler, denn er hat das Herz eines Adlers. Und das wird ihn hoch hinauffliegen lassen in die Lüfte.« – »Nein, nein«, sagte der Mann, »er ist jetzt ein richtiges Huhn und wird niemals wie ein Adler fliegen.«

Darauf beschlossen sie, eine Probe zu machen. Der naturkundliche Mann nahm den Adler, hob ihn in die Höhe und sagte beschwörend: »Der du ein Adler bist, der du dem Himmel gehörst und nicht dieser Erde. Breite deine Schwingen aus und fliege.« – Der Adler saß auf der hochgestreckten Faust und blickte sich um. Hinter sich sah er die Hühner nach ihren Körnern picken, und er sprang zu ihnen hinunter. Der Mann sagte: »Ich habe dir gesagt, er ist ein Huhn.« – »Nein«, sagte der andere, »er ist ein Adler. Ich versuche es morgen noch einmal.« Am anderen Tag stieg er mit dem Adler auf das Dach des Hauses, hob ihn empor und sagte: »Adler, der du ein Adler bist, breite deine Schwingen aus und fliege!« Aber als der Adler die scharrenden Hühner im Hof erblickte, sprang er abermals zu ihnen hinunter und scharrte mit ihnen. Da sagte der Mann wieder: »Ich habe dir gesagt, er ist ein Huhn.« »Nein«, sagte der andere, »er ist ein Adler und hat noch immer das Herz eines Adlers. Lass es uns noch ein einziges Mal versuchen; morgen werde ich ihn fliegen lassen.« Am nächsten Morgen erhob er sich früh, nahm den Adler und brachte ihn hinaus aus der Stadt, weit weg von den Häusern an den Fuß eines hohen Berges. Die Sonne stieg gerade auf, sie vergoldete den Gipfel des Berges, jede Zinne erstrahlte in der Freude eines wundervollen Morgens. Er hob den Adler hoch und sagte zu ihm: »Adler, du bist ein Adler. Du gehörst dem Himmel und nicht dieser Erde. Breite deine Schwingen aus und fliege!« Der Adler blickte umher, zitterte, als erfüllte ihn neues Leben – aber er flog nicht. Da ließ ihn der naturkundliche Mann direkt in die Sonne schauen. Und plötzlich breitete er seine gewaltigen Flügel aus, erhob sich mit dem Schrei eines Adlers, flog höher und höher und kehrte nie wieder zurück.

4

Auf die Plätze, fertig ... und los!

Die allgemeinen Grundsätze für Veränderungen

Selbst wenn man bisherige Fehler erkannt hat, die persönliche Veränderungen verhinderten oder erschwerten, steht ja noch der wichtige Schritt der Umsetzung einer neuen Lösung an. Und das ist und bleibt für viele Menschen *das* Problem. Sie wissen zwar oft, was sie falsch machen und auch, was und wie sie es ändern könnten, geben aber vor, es nicht anders machen zu können. Überhaupt einen ersten Schritt zu tun fällt ihnen schwer. Die Gewissheit zu haben, mit diesem Schritt aktiv und verantwortlich eine Veränderung einzuleiten, den Versuch, einen Neubeginn zu starten, zögern sie hinaus. Eine Frau, die nach jahrelangem inneren Kampf den Schritt der Trennung mit dem Auszug aus der gemeinsamen Wohnung vollzog, beschrieb diese Phase so:

Ich merkte, dass ich am liebsten geblieben wäre. Als die Möbelpacker kamen, wartete ich immer noch auf ein Zeichen meines Mannes. Ich spürte, dass ich sofort alles rückgängig gemacht hätte, wenn er mich in den Arm genommen hätte. Ich hätte sogar sofort wieder mit ihm geschlafen, obwohl wir monatelang nicht mehr intim waren. Ich hätte alles wieder ertragen, wenn er in diesem Augenblick, wo der Auszug anstand, lieb zu mir gewesen wäre. Es war so, als würde ich mit dem Auszug mir selbst etwas aus dem Leib reißen. Es überfielen mich eine entsetzliche Spannung und ein fast unerträglicher Schmerz. Doch plötzlich kam der Moment, in dem ich dachte: ›Jetzt ist es gelaufen.‹ Mir fiel urplötzlich ein Lied aus dem Musical ›Phantom der Oper‹ ein, welches eine Stelle hat, ›von nun an gibt es kein Zurück‹. Ich verließ die Wohnung und war draußen.

Bis zuletzt zögert man, hofft bisweilen auf schicksalhafte, manchmal magisch anmutende positive Wendungen, die die unerträglich erlebte Situation, die man verändern will, doch noch zumutbar erscheinen lassen könnten – und somit letztlich den anstehenden Veränderungsschritt überflüssig machen. Manche suchen verzweifelt nach plausiblen Argumenten, die Veränderung aufzuschieben (»Vielleicht sollte ich doch erst morgen anfangen«, zum Beispiel mit dem Abnehmprogramm oder mit dem Verzicht aufs Rauchen oder mit dem Einklagen eigener Bedürfnisse), andere stellen den Wunsch nach einer Veränderung nochmals nachhaltig infrage (»Vielleicht ist es doch nicht nötig und nicht so schlimm, vielleicht übertreibe ich nur?«).

Ein letztes Hindernis für die Veränderung ist die Phase unmittelbar vor dem allerersten Schritt. Nur derjenige, der diese Phase bewältigt, bringt die weitere Entwicklung in Gang. Wie an anderer Stelle schon gesagt wurde, lassen sich die meisten Probleme im Leben eben nicht theoretisch lösen, sondern man muss praktisch an die Sache herangehen und unmittelbare Erfahrungen sammeln. Viele möchten erst sicher sein, dass sie eine Herausforderung auch tatsächlich erfolgreich durchstehen werden, bevor sie den ersten Schritt wagen. Doch das geht nicht! Man muss es erst tun, um zu sehen, was wirklich dabei herauskommt. Natürlich kann man vieles vorab absichern, um erfolgreich sein zu können, aber bei allen Entscheidungen und Veränderungen bleibt ein Restrisiko. Und genau das macht das Leben andererseits interessant! Wenn man alles im Vorhinein wüsste ... wäre es doch auf Dauer langweilig, oder? Es geht also um den ersten Schritt. Folgendes Beispiel mag dies verdeutlichen:

Ein Junge hat sich vorgenommen, endlich wie seine Freunde vom Dreimeterbrett ins Wasser springen zu können. Er stieg schon oft hinauf und ebenso wieder hinunter, stets schwankend, oft resignierend. Das Hinaufsteigen und die Situation, vorne am Brett zu stehen und ins Wasser zu schauen, brachte natürlich noch keine Veränderung, sondern lediglich die Bestätigung dafür, dass er es noch immer nicht konnte. Nur der erste Schritt konnte den ersehnten Fortschritt bringen. Der erste Schritt vorne am Brett, vom Brett ins Nichts. Der Schritt, sich unwiederbringlich fallen zu lassen. Alles, was danach kommen würde, wäre eine konsequente Fortsetzung des ersten Schrittes: Fallen, ins Wasser eintauchen, untertauchen, auftauchen, aus dem Bassin klettern. Sich freuen, es geschafft zu haben.

Den ersten Schritt innerhalb des neuen Ablaufs von Geschehnissen wagen, die man dann auf sich zukommen sieht, das ist der eigentliche Beginn der echten Chance auf eine Veränderung. Es gibt keine Trockenkurse. Manchmal stellt sich im Nachhinein heraus, dass alles überraschenderweise viel einfacher war, als man immer glaubte, ja befürchtete; manchmal aber auch, dass vieles schwieriger ist, als man anfangs dachte oder abzusehen war. Doch diese Ungewissheit gehört dazu. Der folgende kleine Vergleich mag diese Schwierigkeiten und Abläufe im Erleben und Denken veranschaulichen.

Sie haben sich vorgenommen – schon lange eigentlich –, ein Zimmer, in das seit langer Zeit alles, was man nicht mehr oder zeitweise nicht brauchte, hineingestopft wurde, aufzuräumen. Endlich fassen Sie den Mut, sich an die Arbeit zu machen. Sie öffnen die Tür, machen Licht und schrecken entsetzt zurück. Die Unordnung überwältigt Sie. Sie schließen die Tür. Der Vorsatz, mit den Aufräumarbeiten zu beginnen, ist dahin. Wie ein Berg liegt das Vorhaben plötzlich vor Ihnen. Sie vertagen die Arbeit. So schlimm haben Sie es sich wirklich nicht vorgestellt.

An dieser Stelle entscheiden Sie über Ihr weiteres Vorgehen, über die konstruktive Veränderung. Wieder nur die Tür zu öffnen, entsetzt zu sein, sich zu entfernen und Aufschub zu beantragen löst die Probleme nicht, sondern schwächt eher den Vorsatz, sich überhaupt noch einmal an die Arbeit zu wagen. Eine Veränderungsstrategie muss her, denn Veränderung will organisiert sein. Sie denken und handeln also fortan systematisch. Sie gehen ins Zimmer, schaffen zunächst Platz. Sie gewinnen einen Überblick. Sie stellen zusammenpassende Dinge zueinander. Sie entrümpeln, werfen erste Dinge weg. Sie ordnen neu, manche Dinge gehören eigentlich woanders hin, nur nicht in dieses Zimmer. Es gibt Platz, die Lage wird übersichtlicher. Sie machen Pause, geben sich mit dem ersten Arbeitsdurchgang zufrieden. Beim nächsten Mal wird es schon überschaubarer. Sie gehen mit einem festen Plan an die Arbeit. Der vor Ihnen liegende Berg ist ein kleiner Hügel geworden. Sie haben viel abgetragen. Sie nutzen Ihre Energie sinnvoll. Sie haben es geschafft. Sie sind stolz und schmieden Pläne, was Sie als nächstes anpacken können. Sie haben Mut gefasst, Mut, etwas hinzukriegen, wenn Sie es nur richtig anpacken.

♣ **GERÜMPELZIMMER**

Räumen Sie Ihr Gerümpelzimmer auf. Auch Sie haben eines. Überwinden Sie Ihren Schrecken, der Ihren Elan ständig schwächte. Überlegen Sie sich, mit welchen anderen Wegen Sie eher zum Erfolg kommen können.

Eine Veränderung vollzieht sich nicht einfach so, es reicht auch nicht, sie sich immer und immer wieder vorzunehmen. Eine Veränderung ist ein hartes Stück Arbeit, sie will durchdacht, geplant, durchstanden und gezielt verarbeitet werden. Und genau dafür gibt es bewährte Strategien, Methoden und Vorgehensweisen.

Im Folgenden sollen nun die wichtigen allgemeinen Grundsätze erläutert werden. Diese betreffen jedwede Veränderung, egal ob »Kür«- oder »Pflicht«-Krise, ob einfach oder komplex, ob von außen oder innen eingeleitet.

Man muss genau definieren, wie der angestrebte Zustand, das Verhalten, das Befinden etc. aussehen soll

Wer wissen will, wo er hin will, muss auch genau beschreiben, wie der angestrebte Ort aussieht, damit er von Beginn an den richtigen Weg einschlägt und damit er weiß, wann und ob er angekommen ist. Die von Reiseveranstaltern angebotene »Fahrt ins Blaue« ist eine Fahrt, bei der kein Teilnehmer das Fahrtziel kennt. Man lässt sich überraschen. Verhaltensänderungen sollen aber keine Fahrten ins Ungewisse werden, sondern einem genauen Plan und Ziel entsprechend ablaufen. Viele Menschen haben zwar eine vage Idee, wie sie anders sein könnten, formulieren aber ungenau, was sie sich darunter vorstellen. Hierzu ein Beispiel: Wenn jemand sagt, er wolle »nicht mehr so nervös sein«, klingt das auf den ersten Blick recht positiv. Doch bereits bei einer etwas kritischeren Betrachtung fällt auf, dass dieses Ziel völlig im Dunkeln liegt. Denn was muss man sich unter »nicht mehr so nervös« praktisch vorstellen? Will derjenige ruhig und abgestumpft sein? Will er sich nicht mehr über bestimmte Dinge aufregen? Will er, dass bei Aufregung sein Körper nicht mehr verrückt spielt? Will er nicht mehr impulsiv und aggressiv reagieren? Man weiß es nicht. Und das bringt Probleme für eine Veränderung und für die Auswahl der geeigneten Veränderungsmethoden. Demjenigen, der einfach ruhiger werden möchte, würde vielleicht ein Entspannungstraining reichen. Derjenige, der sich weniger aufregen möchte, könnte von einem Selbstsicherheitstraining profitieren. Falls der Körper verrückt spielt, sind zunächst körperbezogene Maßnahmen angezeigt. Und einem Menschen, der sich impulsiv und aggressiv verhielt, würde die gesamte Palette der zur Auswahl stehenden Methoden gut tun.

Je präziser man zu Beginn eines Veränderungsprozesses das Ziel festlegt, desto einfacher wird es, die Energien zu bündeln und sinnvoll einzusetzen. Ein Brief erreicht in der Regel sein Ziel sicher und schnell, wenn man den Empfänger und dessen Anschrift genau vermerkt. Eine unbekannte Adresse in einer fremden Stadt zu finden klappt problemlos, wenn man eine genaue Wegbeschreibung hat, bei der zusätzlich auf dem Weg zum Ziel vorhandene markante Punkte, wie zum Beispiel großes Kaufhaus links, kleiner Turm rechts etc., die Orientierung erleichtern. Genauso ist es mit Verhaltensänderungen. Man benötigt ein exaktes Wissen darüber, wohin es gehen soll, und orientiert sich unterwegs an markanten Anhaltspunkten, die anzeigen, dass man auf dem richtigen Weg ist.

Wirkliche Veränderung setzt Leidensdruck voraus

Leidensdruck bedeutet, dass jemand an einem Zustand, den er zu beklagen hat, aktiv etwas verändern möchte. Jemand ist beispielsweise unzufrieden mit einer momentanen Situation und erwartet, dass sich etwas verändern lässt. Er hat Vorstellungen davon, wie der neue, angestrebte Zustand, das sogenannte Zielverhalten, aussehen könnte. Etwas verändern zu können bedeutet, dass die Vorstellung davon, wie es künftig sein könnte, aus dem »Reich der Wünsche« in das »Reich der Ziele« übergesiedelt ist. Einen Wunsch zu haben genügt noch nicht, eine aktive Veränderung in Gang zu setzen. Denn für viele Wünsche fehlt die Möglichkeit, sie sich zu erfüllen. Es wäre töricht, ständig nur Luftschlösser anmieten zu wollen und dann enttäuscht darüber zu sein, dass auf Dauer nichts Handfestes passiert, wodurch man wirklich vorankommen würde. Nur derjenige, der praktikable Möglichkeiten sieht, an seinem Zustand etwas zu ändern, kann ein entsprechendes Ziel formulieren. Solche Ziele sind zum Beispiel: »Ich wiege jetzt 92 kg. Bis zu meinem Geburtstag möchte ich 78 kg wiegen.«, »Wenn mich meine Freundin wieder fragt, ob ich ihr DM 500 leihe, werde ich dies mit den Worten ›Nein, ich leihe es dir nicht‹ ablehnen. Ich werde keine Begründung für mein Verhalten geben und eine von ihr angeleierte Diskussion ablehnen.« Man sieht, Leidensdruck haben heißt, Signale wahrnehmen, die eine Unzufriedenheit mit einem momentanen Zustand in einem selbst oder seiner Umgebung und Lebenssituation anzeigen. Leidensdruck heißt ferner, sich und die Situation dabei ernst nehmen und an eine Lösung glauben, die man selbst aktiv anpacken kann.

Nun ist aber Leidensdruck nicht gleich Leidensdruck. Es scheint wichtig zu sein, dass der Wunsch, sich zu verändern, wirklich von innen kommt, also ein persönlicher Wunsch ist. Veränderung ist etwas, woran einem gelegen ist, worin man ein Fortkommen sieht, eine Bereicherung, etwas, das positive, persönlich bedeutsame Konsequenzen bringt. Dieser Überlegung muss man insofern Beachtung schenken, als hinsichtlich von Motivation zur Veränderung zwei Fallen auftreten können. Diese werden meist nicht rechtzeitig erkannt und zerstören einen Veränderungsprozess, wenn nicht gegengesteuert wird.

Zunächst wird eine dauerhafte Veränderungsbereitschaft dadurch verhindert, dass man etwas verändern will, um einem anderen Menschen einen Gefallen zu tun. »Mein Mann hat gesagt, dass er mit mir erst wieder zum Tanzen gehen will, wenn ich 15 kg abgenommen habe. Eigentlich stört mich mein Gewicht nicht, aber gut, ihm zuliebe mache ich es!« Diese Frau läuft Gefahr, mit ihrem Vorhaben zu scheitern, weil sie nur halbherzig bei der Sache ist. Von sich aus würde sie eine Gewichtsabnahme nicht starten, da sie sie nicht als notwendig betrachtet. Gerade dieser Zwiespalt (wollen bzw. sollen, aber eigentlich nicht wollen) erschwert es, einen eingeschlagenen neuen Kurs durchzuhalten, besonders dann, wenn Probleme und erste Hindernisse auftreten. Der Zwiespalt sorgt dafür, dass man nicht hinter seinen Vorsätzen steht und somit keine stabile Eigenverantwortung aufbringt. Es lohnt sich deshalb, darüber nachzudenken, wo man etwas anders machen »will«, nur um anderen einen Gefallen zu tun.

Doch es lauert ein weiterer Stolperstein. Manchmal wird etwas verändert, in der Hoffnung, dadurch von anderen Anerkennung zu erhalten. Bleibt diese aus, ist man zutiefst enttäuscht und bricht häufig den Veränderungsprozess trotz erreichter Verbesserungen wieder ab. Auch hier erweist sich die Fähigkeit, sich aus eigenen Motiven heraus zu motivieren, als unabdingbare Voraussetzung für erfolgreiche Veränderungen. Man tut etwas zunächst, um sich selbst einen Gefallen zu tun, um sich selbst anzuerkennen, um den Selbstwert zu steigern, stolz sein zu können, sich wohl zu fühlen. Die Veränderung und das angestrebte Ziel sollen, wie anfänglich erwähnt, eine persönliche Bereicherung darstellen. Nur mit dieser Einstellung lassen sich Durststrecken, Rückschläge und unerwartete Wendungen und Ereignisse durchhalten, ohne dass man hektisch und ungeduldig denkt und handelt.

Wirkliche Veränderung setzt voraus, dass man bereit ist, eigenverantwortlich zu handeln

Nur wer dazu bereit ist, die angestrebten Ziele aktiv anzugehen, sich anzustrengen und sich etwas zuzumuten, wird in der Lage sein, den Veränderungsprozess durchzuhalten. Es gibt Menschen, die erwarten, dass sich in ihrem Sinne etwas verändert, ohne dass sie viel dazu beitragen müssen. Ihre Probleme sollten am besten über Nacht, ohne viel Aufwand verschwinden. Beispielsweise durch Medikamente, durch Hypnose, dadurch, dass andere sich ändern, sodass die Situation für sie selbst leichter wird. Solche Menschen sind zum Scheitern verurteilt. Um verändern zu können, ist der aktive, verantwortungsbewusste Mensch angefragt, der sein Leben in beide Hände nehmen will. Nur dieser Mensch distanziert sich erfolgreich von der Einstellung, dass alles Schlimme, das ihm widerfährt, der bösen Welt zu verdanken ist. Wer eigenverantwortlich leben will, verzichtet darauf, immer andere für sein Versagen, seine Probleme und Enttäuschungen verantwortlich zu machen.

Was passiert zum Beispiel bei der millionenfach versuchten Durchführung einer Schlankheitsdiät? Die meisten Menschen haben bereits mehrere Anläufe unternommen, ohne ans Ziel zu kommen. Sie kochen nach neuen Rezepten, essen nach vorgegebenen Plänen, nehmen ab und immer wieder zu, sobald die Diät beendet ist. Sie bemerken oft nicht, dass sie nur durch neu zu erwerbende Einstellungen und Verhaltensweisen zum Komplex »Essen und Gewicht« dafür sorgen können, eine grundlegende Veränderung zu erreichen. Wer unter der Diät abnimmt, aber danach wieder unkontrolliert isst, darf dies nicht der Diät anlasten, sondern muss endlich erkennen, dass er selbst das Hindernis in sich trägt, nämlich die fehlende Selbstkontrolle und Eigenverantwortlichkeit.

Es gibt keine Leer-Zeit, es gibt nur Zeit für etwas

Langeweile plagt manchen Zeitgenossen. Er weiß nichts mit sich anzufangen, alles ist öde und leer. Es fehlt Action, Anregung. Menschen, die so mit ihrer Zeit umgehen, sehen sich mit Sicherheit oft dieser unangenehmen Zeit ausgeliefert. Manchmal wird eine Art Sinnlosigkeit, besser noch Sinnleere erlebt. Doch ist

»freie Zeit«, mithin Freizeit, wirklich leere Zeit? Wer mit seiner Zeit bisher derart negativ, ja zerstörerisch, umgeht, sollte umdenken, wenn er sich auf einen Veränderungsprozess einlassen will. Denn Langeweile im Leben gibt es eigentlich nicht. Dazu ist das tagtägliche Leben viel zu herausfordernd. Von einer Sekunde auf die andere kann sich etwas ereignen. Man weiß nie, wie es im nächsten Augenblick weitergeht. Jeder Augenblick eröffnet die Chance, etwas für sich Positives zu entdecken.

Zeit ist deshalb immer »Zeit für etwas« haben – und seien es kleine Dinge. Oder vielleicht sind es gerade die! Zeit haben bedeutet, über sich und die Welt nachdenken können, etwas tun können, das man aufgeschoben oder lange nicht gemacht hat. Ist es »leere Zeit«, wenn man am Meer sitzt und den Wellen zuschaut, die Brandung hört und die herrliche Luft einatmet? Ist es »leere Zeit«, wenn eine Verabredung geplatzt ist und man plötzlich ein oder zwei Stunden »frei« ist? Menschen, die sich nur in der Hektik spüren, werden die Frage mit »Ja« beantworten. Sie können mit »Zeit« nichts anfangen – sie für sich nicht wirklich fruchtbar werden lassen. Verändern wollen heißt deshalb auch, »Zeit haben« unter anderen Blickwinkeln zu betrachten – nämlich positiven. Selbst ein Gefühl von Langeweile kann unter solchen Voraussetzungen positiv genutzt werden, denn es weist eindringlich darauf hin, dass der Betreffende noch nicht gelernt hat, Zeit für sich wirklich auszukosten. Es gibt »gute« und »schlechte« Zeiten, aber nie »leere« Zeiten.

In unserer heutigen Lebenssituation, in der viel zu viel darauf abzielt, Zeit zu gewinnen und zu sparen (noch schnellere Computer, noch schnellere Erreichbarkeit durchs Handy – welch unendlich lange Liste wäre hier möglich!), ist es lohnend, sich zu vergegenwärtigen, dass noch größere Schnelligkeit noch größere »Leer«-Zeiten produziert! Und was macht man mit dem zeitlichen Freiraum? Noch mehr Action? Noch mehr Konsum? Noch mehr Unbehagen? Rasch entsteht ein Teufelskreis, aus dem es nur schwer herauszukommen möglich scheint.

Deshalb ist es an der Zeit, Zeit wieder als etwas zu erleben, das zur Bereicherung beiträgt. Wer dies nicht kann, wird sowohl dadurch belastet, dass er Zeit hat, als auch dadurch, dass er keine Zeit hat. Zeit ist immer die persönliche, einzigartige Lebenszeit. Sie kommt nicht wieder. Sie läuft. Nicht in Zeitlupe, nicht als Standbild, nicht als reproduzierbare Aufzeichnung. Sie läuft in normalem Tempo, bei dem man Schritt halten, das man nutzen kann. Zeit haben ist ein Schatz. Sich Zeit nehmen ist eine Fähigkeit. Etwas aus seiner Zeit machen, schafft Genugtuung.

Jeder Tag bietet unzählige Möglichkeiten, um für sich aktiv zu werden

Tagtäglich wird man in vielen Situationen auf eigene Defizite hingewiesen. Manchmal bemerkt man sie vor, manchmal in und manchmal auch erst nach einer bestimmten Situation. Wichtig ist es, sich daran zu erinnern, dass man nicht auf die riesigen Chancen warten muss, um etwas auszuprobieren, denn die treten viel seltener auf, als man denkt. Wer also auf noch mehr Selbstsicherheit wartet, um beim Chef mit einer Gehaltserhöhung vorstellig zu werden, muss sich vielleicht zwei Jahre gedulden. Fruchtbarer ist es, im täglichen Alltag all jene Situationen konsequent zu nutzen, in denen man kleine Elemente von Selbstsicherheit trainieren kann. Für den, der ein festes Ziel anstrebt, kann jeder Tag ein Glückstag werden. Man muss nur die Einsatzmöglichkeiten erkennen und aktiv werden.

Cindy hatte sich vorgenommen, mehr Zeit für sich zu finden, um endlich mal wieder das tun zu können, was sie wollte. Mal einen Roman lesen, eine CD auflegen oder einfach mal die Beine hochlegen und träumen. Sie versuchte es bislang ohne Erfolg und kam zu dem Ergebnis, dass sie mit der Veränderung beginnen sollte, wenn ihr Mann im Sommer drei Wochen Urlaub hat. Er könne ihr dann einige Dinge abnehmen, sodass sie Freiräume bekam. Cindy übersah, dass sie bereits täglich Chancen hatte, sich mehr Zeit zu verschaffen. Sie war wie viele Menschen der Meinung, dass die kleinen Fortschritte nicht taugen, um das große Ziel zu erreichen. Bei näherer Betrachtung und Umsetzung musste sie aber feststellen, dass sie damit einem eklatanten Denkfehler aufgesessen war. Was bot der Alltag wirklich, um sich auf den Weg zum Ziel zu machen? Da waren Kinder, die vom Aufstehen bis zum Schlafengehen ständig Forderungen stellten. Cindy rieb sich auf.

Also lernte sie Grenzen zu setzen, sich dort zu verweigern, wo die Kinder etwas schon selbständig machen konnten. Sie strukturierte ihren Tagesablauf so, dass sie die häusliche An- und Abwesenheit der Restfamilie nutzen konnte. Sie forderte ihren Mann ständig in die Erziehung mit ein. Sie bestand darauf, in Ruhe gelassen zu werden, wenn sie beispielsweise einen Roman las und jemand wollte etwas von ihr. Sie lernte Forderungen zu stellen und Grenzen zu setzen. Und plötzlich hatte sie Zeit – Zeit für sich. Sie war mit diesen Maßnahmen dem Ziel schon viel näher, als sie je dachte.

Es macht viel Sinn, erst die kleinen Chancen konsequent zu nutzen, zu prüfen, inwieweit man bereits profitiert hat, und dann weiterzuplanen. Der Alltag ist ein Abbild aller wichtigen Entscheidungen und Situationen. Jeder Tag verkörpert so gesehen das »Bonsai-Leben« des gesamten Lebens. Es ist gut, das zu wissen und für sich nutzbar zu machen. Man wird den Tag daraufhin mit ganz anderen Augen sehen.

Man sollte Vertrauen haben, dass man die wichtigen Aspekte im Rahmen einer Veränderung berücksichtigt hat

Es gibt keine Situation, die total kontrollierbar ist. Irgendwo ist immer ein Schwachpunkt im System, den man in Kauf nehmen und akzeptieren muss. Vielleicht veranschaulichen die unzähligen erfolglosen Versuche, die in totalitären Staaten zur Unterdrückung der Menschen entwickelt wurden, diesen Aspekt. An irgendeinem Punkt der Vorbereitung für eine Veränderung muss man sich sagen, dass man alles bedacht hat, was möglich war. Und dann legt man los. Wer dies nicht tut, wird ständig verharren ... bis zum »Sanktnimmerleinstag«. Leider gibt es Menschen, die aus Angst und Unsicherheit heraus alles bis ins Detail absichern wollen, um sicher zu sein, nichts übersehen zu haben.

Ralph studiert bereits seit 12 Jahren. Er quält sich seit über sieben Jahren mit seiner Examensarbeit, ohne Aussicht auf eine Fertigstellung zu haben. Sie wird dadurch verhindert, dass er einen starken Perfektionismus an den Tag legt. Dieser sorgt dafür, dass er sich in Einzelheiten verzettelt, den Überblick verliert, keine Zeitplanung erstellen kann. Ralph hat ständig das Gefühl, noch nicht alles berücksichtigt zu haben. Gibt es da nicht eine neue Veröffentlichung zum Thema? Habe ich auch nichts vergessen, was ich vorhatte zu schreiben? Habe ich den Vorgang sprachlich korrekt geschildert? Kann ich das so zusammenfassen oder fehlt noch etwas? Lauter quälende Fragen. Durch sein Problem ist die gesamte Lebensplanung von Ralph durcheinander gekommen. Wegen seiner ungeklärten beruflichen Lage ist die familiäre und materielle Situation aus dem Ruder gelaufen. Ralphs Frau will sich scheiden lassen.

Man ist nie im Leben fertig, weil in dem Augenblick, in dem man alles berücksichtigt zu haben glaubt, es bereits wieder neue Erkenntnisse und Informationen gibt. Wenn man ein Sonderangebot wahrnimmt, kann es sein, dass – obwohl man sich vorher ausgiebig informiert hat – irgendwo in der Nähe ein neues Geschäft eröffnet, das ebendiesen Artikel noch günstiger anbietet. Trotzdem war der Kauf richtig, denn zum Zeitpunkt der Entscheidung hatte man keine anderen Informationen. Zum besseren Verständnis ein weiteres Beispiel. Wenn jemand nach der genauen Uhrzeit gefragt wird und sie auf die Sekunde genau mitteilt, hat er garantiert gelogen. Weshalb? Die Zeit, die er beim Hinschauen sah, wird nicht mehr stimmen, wenn er sie weitergibt, weil sie mittlerweile vorangeschritten ist. Es ist also nicht mehr 12 Uhr 37 Minuten und 17 Sekunden, sondern einige Sekunden später.

Man muss die »Endlichkeit« einer Entscheidung akzeptieren. Dies ist ein äußerst wichtiger Aspekt, der den aktiven Schritt hin zum Ziel leichter macht. Es erleichtert den Schritt, eine Entscheidung herbeizuführen, wenn man sich vor Augen hält, dass es selbst unter Naturwissenschaftlern nur in Ausnahmefällen zu einer strittigen Frage eine einzige Meinung gibt. Wie soll man da erst recht in Bereichen, in denen es keine harten Fakten gibt und Entscheidungen von Ermessensspielräumen beeinflusst werden, möglichst perfekt reagieren können? Das geht nicht.

Endlichkeit hat noch einen anderen wichtigen Aspekt. Endlichkeit des eigenen Lebens akzeptieren bedeutet zu akzeptieren, dass man in der Vergangenheit vielleicht nicht mehr als tatsächlich erreicht haben konnte, in der Gegenwart nicht alles erreichen kann – trotz intensivster Anstrengung – und auch in der Zukunft nicht wird alles erreichen können – trotz ausgeklügelster Pläne. Das menschlich Machbare hat eben Grenzen – Begrenzungen durch die eigene Lebenszeit und die Energien und Möglichkeiten, die zur Verfügung stehen. Endlichkeit bedeutet letztlich, sich eben mit diesen objektiven und subjektiven Begrenzungen zu versöhnen, um damit die tatsächlich vorhandenen vielfältigen persönlichen Möglichkeiten nutzen zu können. Bezogen auf die Angst, »dass einem die Zeit wegläuft«, lohnt es sich, wenn man sich selbstkritisch fragt: »Wie nutze ich eigentlich die Zeit? Was habe ich wirklich gewonnen, wenn ich irgendwo Zeit eingespart habe?«

Man muss offen dafür sein, dass eine Veränderung sowohl positive als auch negative Effekte bewirken kann

Sich auf Veränderung einlassen bedeutet, sich auszuliefern, denn man weiß im Vorhinein meistens nicht, wie sich die Sache tatsächlich entwickeln wird. Natürlich hofft man, dass das eintritt, was man sich gewünscht hat. Und oft kommt es auch so. Aber man tut gut daran, sich vor Augen zu halten, dass ein Ergebnis immer zwei Möglichkeiten beinhaltet: Erfolg und Misserfolg bzw. Teilerfolg. Wichtig hierbei ist auch, dass man sich darüber im Klaren ist, dass sowohl Erfolg als auch Misserfolg sich zunächst in kurzfristigen Effekten äußern können, die aber nichts darüber aussagen, dass der Effekt auch längerfristig anhält. Wer eine Roststelle mit frischem Lack überstreicht, hat sofort Erfolg. Doch kurze Zeit später? Das, was anfangs wie ein Erfolg aussieht, kann sich später als Misserfolg herausstellen und auch umgekehrt. Es gibt im Volksmund einige Weisheiten, die genau dieses Phänomen zum Inhalt haben. »Man soll den Tag nicht vor dem Abend loben!«, »Wer zuletzt lacht, lacht am besten!« oder »Was lange währt, wird endlich gut!«

Verändern heißt also auch, abwarten können, anfängliche Effekte kritisch betrachten und auf Dauerhaftigkeit prüfen. Jede Entscheidung hat immer irgendwelche Nachteile – selbst die vermeintlich optimale Lösung, sofern es sie gibt. Wer sich endlich die große Limousine gekauft und sich vom Kleinwagen getrennt hat, hat sich einen Traum erfüllt, fährt bequemer, fühlt sich vielleicht aufgewertet. Schöne Effekte, aber ... der neue Wagen verbraucht mehr Sprit, lässt sich nicht so unkompliziert einparken, begrenzt den freien Raum in der Garage, kostet mehr Steuer und Versicherung und, und, und. Dies sind die zwei Seiten der Medaille, aber auch die Kehrseite kann sich eben bemerkbar machen. Wer glaubt, dass nach einer Veränderung »alles besser werden wird«, täuscht sich. Es können neue Probleme auftreten, an die man vorher nicht gedacht hat. Gerade auch im persönlichen Bereich. Derjenige, der an seinem Äußeren und seinem Auftreten gearbeitet hat, wird nun vielleicht öfter eingeladen und kommt plötzlich in den Konflikt, ob er häufiger ausgehen soll oder nicht. Eine Frage, die er sich während seines Mauerblümchendaseins nie stellte.

Aber: Man sollte sich stets vergegenwärtigen, dass jede neue Situation – egal, wie sie sich entwickelt – nachgebessert werden kann. Wer eine Veränderung wagt, sollte deshalb Risikobereitschaft zeigen. Er muss keineswegs darauf verzichten, sich Wünsche zu erfüllen oder sich Ziele zu setzen. Um die Veränderung anzukurbeln, ist es hilfreich, folgendes zu verinnerlichen:

- So wie ich es bisher gemacht habe, hat es mir nicht das erbracht, was ich erhofft habe. Wenn ich es trotzdem weiterhin so mache, ist es nur eine sinnlose Wiederholung.
- Wenn ich mal etwas Neues probiere, es also anders mache als bisher, kann es besser werden, muss es aber nicht!

Es gibt ein sogenanntes Restrisiko nach dem Erreichen eines Zieles

Man kann ein Ziel streng genommen nie zu 100 Prozent erreichen. Es lässt sich eben nicht alles unter Kontrolle halten, das für die Entstehung und Aufrechterhaltung von Schwierigkeiten und Problemen verantwortlich ist. Man kann lediglich – und das ist viel! – fast alles das tun, was in den eigenen Möglichkeiten liegt. Dies zu wissen und zu akzeptieren ist wichtig: Denn ein Restproblem wird bleiben, so wie es bei einer Verletzung eine Narbe gibt – und sei sie noch so klein und unscheinbar. Auf den ersten Blick klingt dies dramatisch, ist es aber nicht. Verdeutlichen wir uns das an einem Beispiel.

Wer gelernt hat, sich im Kontakt mit anderen durchzusetzen, das heißt frühere Schwierigkeiten überwunden hat, ist vor Situationen nicht gefeit, in denen er sich überfordert fühlt – trotz vorhandener Fähigkeit, sich zu wehren. Beispielsweise kann im Büro plötzlich ein Kunde auftauchen, der in unverschämter Art und Weise Forderungen stellt. Man reagiert zwar, aber im Nachhinein ärgert man sich, dass man dies und jenes doch auch noch hätte machen können.

Leben heißt immer in der Gefahr leben, dass etwas Unvorhergesehenes passiert – seelisch und körperlich. Wer vor das

Haus tritt, kann von einem Dachziegel erschlagen werden. Wer meint, drinnen sei er sicher, täuscht sich. Vielleicht stürzt ein Flugzeug auf das Haus, explodiert eine Gasleitung, tritt ein Herzinfarkt ein. »That's life!« Man muss mit allem rechnen, doch trotzdem lebt es sich recht gut und angenehm. Oder? Probleme bekommt nur derjenige, der meint, alles unter Kontrolle halten und verhindern zu können (unser bekanntes Utopie-Syndrom!).

Es ist wichtig, die Vorteile und Chancen aktiv zu nutzen, die sich aus der neu geschaffenen Situation ergeben

Man vergrößert die Motivation, den eingeschlagenen Weg beizubehalten und das bisher Erreichte zu stabilisieren, am besten dadurch, dass man sich »beweist«, wie sehr sich die Veränderung gelohnt hat. Hierzu gehört, dass man die neuen Möglichkeiten nutzt. Vielleicht hat man beispielsweise neue Bekanntschaften gemacht, neue Freundschaften geschlossen oder kann bestehende Beziehungen vertiefen. Im Alltag lassen sich neue Herausforderungen annehmen, die größere Verantwortung erfordern. Man kann sich im Umgang mit der Familie, Bekannten und Kollegen selbstsicherer verhalten, indem man Forderungen stellt, Grenzen setzt. Man kann sich bisher gemiedenen Situationen, Aufgaben, Wünschen zuwenden. Neue Erfahrungen lassen sich erproben, zum Beispiel in einem interessanten Kurs, in der Ausübung eines neuen Hobbys oder indem man freiwillig eine neue Aufgabe übernimmt. Dies alles mit dem Ziel, sich in der neuen Position zu bestätigen. »Es hat sich gelohnt, sich zu verändern, und es lohnt sich auch weiterhin!«

Man muss akzeptieren, dass das Leben eine ständige Herausforderung bringt, sodass man sich dauernd flexibel zu zeigen hat

Um mit Forderungen des Alltags, mit Krisen und eigenen Veränderungsvorstellungen angemessen umgehen zu können, hat man den Umstand zu akzeptieren, dass das Leben ständig »im Fluss« ist. Man kann sich auf Erfahrungen nicht ausruhen, hat aber jederzeit die Chance und Aufgabe, diese Erfahrungen nutzbar zu machen, wenn neue Herausforderungen anstehen. »Man steigt niemals in den gleichen Fluss«, heißt eine fernöstliche Weisheit, mit der treffend ausgedrückt wird, dass sich das Leben in einem unaufhaltsamen Wechsel der Bedingungen und Situationen abspielt. Zwar mag es dieselbe Person sein, die an derselben Stelle wie tags zuvor in den Fluss getreten ist, aber ... es ist nicht mehr dasselbe Wasser. Dieses ist längst flussabwärts geströmt und durch neues Wasser ersetzt worden. Und so verhält es sich mit dem Leben, dem Alltag, dem Bestehen der täglichen Aufgaben. Alles ist im Fluss, wenngleich das Flussbett auch Orientierung und Kontrollmöglichkeiten bietet.

Es ist also nötig, sich stets flexibel zu verhalten, um einen kontrollierbaren Zustand zu bewahren, der sich aus dieser Imbalance ergibt. Diese Fähigkeit zur Flexibilität bedeutet auch, dass man lernen und in der Lage sein sollte, die richtige Entscheidung darüber zu treffen, wie man auf Herausforderungen zu reagieren hat. Hierbei ist insbesondere von Bedeutung, ob man in der neuen Situation seine Einstellung zu einer Sache, einem Ereignis oder einer Person ändern muss oder das Lösungsverhalten um den aktuellen Konflikt zu bewältigen.

Im Leben eines jeden Menschen gibt es Augenblicke, in denen man sich umorientieren und neue Einstellungs- und Verhaltensmuster entwickeln muss, um künftig kompetent reagieren zu können. Beispiele für solche Momente sind Geburt, Eheschließung, Ortswechsel, wenn die Kinder das Haus verlassen, Pensionierung. Es muss etwas Neues her, da sich etwas verschoben hat. Andere Ereignisse, die eine persönliche Veränderung im Denken und Handeln nach sich ziehen, sind zum Beispiel Beendigung von Belastungen wie der Tod einer pflegebedürftigen Person. Man kann dann nicht mehr so weiterleben, als existiere die einschränkende Belastung noch.

Manchmal wird man einfach ins kalte Wasser geworfen, indem man von den Vorgängen urplötzlich überfallen wird. Man hat keine andere Wahl. Man muss sich augenblicklich der neuen Situation entsprechend verhalten und kann nicht mit alten Mustern reagieren. Die Erfahrung zeigt, dass die Bewältigung trotz des »Überfalls« gelingt. Manche Menschen sehen es geradezu als Vorteil an, wenn sie keine Zeit mehr für »langes Überlegen« haben und sofort reagieren müssen. Im Ernstfall ist man viel belastbarer, als man denkt.

Veränderungen brauchen Zeit

Durch Ungeduld und Hektik wird viel von dem zerstört, was aufgebaut werden sollte. Oft ist jemand auf dem richtigen Weg ... und hält die Erwartung nicht mehr aus. Manchmal zeigt man die richtige Reaktion ... aber leider am falschen Ort und zur falschen Zeit. »Gut Ding will Weile haben!« Manche Dinge entwickeln und verändern sich nicht von heute auf morgen. Man muss sich heraushalten, damit es gelingt, die eigene Spannung auszuhalten. Meistens schadet man sich selbst und den Dingen nur, wenn man beschleunigen will.

Doch vergleichen wir diesen Vorgang der Ungeduld mit dem Pflanzen einer Tulpenzwiebel. Man setzt sie in die Erde und ihre von außen nicht einsehbare Entwicklung beginnt – bis hin zur Blüte. Lange Zeit tut sich nichts, zeigt sich nichts. Wer nun die Geduld verliert, gräbt sie aus und wirft sie weg. Oder er pflanzt zusätzlich etwas anderes an die Stelle und nimmt damit der Tulpe die Kraft. Warten können ist nötig. Es wird schon, wenn die Bedingungen stimmen. Wer einen Hefekuchen backt und dabei ständig die Ofentür öffnet, um zu sehen, wie weit der Kuchen gediehen ist, riskiert, dass der Kuchen misslingt. Zeit lassen, Vertrauen haben heißt die Devise.

Manchmal sind zwei und mehr Anläufe nötig, um ein Ziel zu erreichen

Nicht immer klappt es mit dem von Cäsar abgewandelten Satz: »Ich kam, sah und siegte.« Veränderungen können beschwerlicher sein und »in Nachsitzen« ausarten. Vieles gelingt im ersten Durchgang, manches nicht. Deshalb sind neue Anläufe vonnöten, manchmal mit noch mehr Energie und Kraftaufwand, denn oftmals zeigt es sich im Laufe einer Veränderung, dass man irgendetwas fehl- oder falsch eingeschätzt oder nicht berücksichtigt hat bzw. mit dem Ergebnis doch nicht so zufrieden ist, wie man ursprünglich dachte. Das lässt sich nachbessern, indem man einen erneuten Anlauf startet.

Wer im Garten stundenlang Unkraut jätet, muss sich darauf einstellen, dass er das eine oder andere lästige Pflänzchen nicht entdeckt bzw. nicht vollständig entfernt hat. Und dann heißt es, erneut an die Arbeit gehen. Es ist unschwer zu erkennen, dass in diesem Fall der zweite Anlauf weniger aufwendig sein wird als der erste. Man fängt nicht mehr bei Null an, sondern hat schon einiges erarbeitet. Und so ist es im Bereich persönlicher Veränderungen auch.

Wer mit der Enttäuschung umgehen kann, es trotz vieler Mühen und Anstrengungen im ersten Anlauf nicht geschafft zu haben, kann aus Fehlern lernen, die Erfahrung sinnvoll nutzen und sich zuversichtlich an weitere Versuche machen.

Man soll sich nicht ständig mit allem und jedem vergleichen

Jeder muss seinen eigenen Weg finden, um mit den persönlichen Herausforderungen fertig zu werden. Zwar kann man davon profitieren, wenn man beobachtet, wie andere mit bestimmten Schwierigkeiten klarkommen, wirklich kopieren lässt sich aber nur wenig. Man könnte fast sagen, dass man sich persönlich unglücklich machen kann, wenn man zu sehr auf andere schaut. Denn egal, worauf man achtet: Es gibt mit Sicherheit immer einen, der es besser kann oder gekonnt hätte. Soll man sich nun davon entmutigen lassen und darauf verzichten, ein persönlich wichtiges Ziel anzusteuern? Es gibt immer mindestens einen, der schon dort ist, wo man selbst hin will. Doch man sollte folgendes bedenken: Der andere ist in der Regel nicht zufällig dort, sondern auch er hat sich irgendwann mal anstrengen müssen, um das Ziel zu erreichen. Auch ihm wird es nicht in den Schoß gefallen sein. Vielleicht hilft es, wenn man sich vorstellt, dass man das Leben im Stile eines Zehnkämpfers meistert. Im Gegensatz zu den Spezialisten in den einzelnen Disziplinen erreicht der Zehnkämpfer nirgendwo eine Rekordleistung. Aber: Er schafft es, eine umfassende Leistung zu erbringen. Es gelingt ihm mehr oder weniger gut, allen Herausforderungen gewachsen zu sein. Wie im »richtigen Leben« bewältigt er dabei die Disziplinen unterschiedlich gut. Er hat persönliche Stärken und Schwächen, an denen er arbeiten kann. Minderleistungen in der einen Disziplin gleicht er durch bessere Leistungen in einer anderen aus. Hauptsache ist, dass das Ergebnis stimmt. Hauptsache ist, dass man am Ende mit sich zufrieden ist.

»Viele Wege führen nach Rom«, heißt es so schön. Diese Weisheit zeigt eindrucksvoll, dass es durchaus erfolgversprechend ist, seinen eigenen Weg zu entwickeln. Der Alltag bietet hier zahlreiche Beispiele. So gibt es Menschen, die eine schwierige Situation, zum Beispiel eine mündliche Prüfung, möglichst sofort angehen wollen. Sie wollen gleich zu Anfang geprüft werden. Andere wiederum möchten erst einen Anlauf nehmen und noch warten. Es gibt Menschen, denen es am liebsten ist, eine unliebsame Arbeit in einem Zug zu Ende zu führen, im Gegensatz zu anderen, die die Arbeit lieber in Etappen bewältigen. Manch einer mag es, wenn ihm von außen Druck gemacht wird, ein anderer will das Tempo gerne selbst bestimmen. Bezüglich der Reihenfolge bei einer Aufgabenerledigung profitieren gleichermaßen Leute, die am liebsten zuerst die schwierigen Dinge anpacken als auch solche, die sich zunächst an die leichten, einfachen Dinge machen. Wer lieber alleine arbeitet, kann dies mit genauso viel Gewinn tun wie jemand, der Teamarbeit vorzieht. Jeder sollte selbst bestimmen, wie er vorgeht. Nur so ist gewährleistet, dass man seine Energien sinnvoll einsetzt.

Man sollte eine Aufgabe nach der anderen erledigen

Manch einer nimmt sich einfach zu viel auf einmal vor und riskiert wegen dieses großen Pensums ein vorzeitiges Scheitern. Man sollte sich von Beginn an einen Überblick verschaffen, welche Ziele man anpacken will, in welcher Reihenfolge man vorgehen will und wie der persönliche Zeitplan aussehen soll. Sich zu viel zuzumuten, sich zu überfordern war oft ein untauglicher Lösungsweg in der Vergangenheit. Deshalb muss ein neues Vorgehen her, das wohldosierte Vorgehen. Erst wenn eine Aufgabe zur vollen Zufriedenheit erledigt ist, schreitet man zur nächsten. Nur so kann man erkennen, welche Auswirkungen bestimmte neue Reaktionen haben, welche Einflüsse und Zusammenhänge vorliegen. Nur so lässt sich flexibel und angemessen auf den jeweiligen Zustand reagieren. So kann es beispielsweise von Vorteil sein, zunächst das Körpergewicht zu reduzieren und dann einen lang ersehnten Strandurlaub zu machen. Der Urlaub verspricht unter diesen Umständen mehr Freude zu bereiten. Doch manchmal ist dies einfacher gesagt als getan. Der Verstand sagt ja, aber ... das Gefühl ist in Hektik. Eine berufstätige Mutter drückte ihre Lage so aus: »Manches Mal nervt es schon, wenn man Beruf, Haushalt und Kinder unter einen Hut bringen soll. Dann genügt ein kleiner Anlass, um sich aufzuregen: rote Ampel, Schlange an der Fleischtheke. Dabei sind dies nur Zeichen dafür, dass man zu viel in die vorhandene Zeit packen will.«

Es gibt Menschen, die leiden unter einer »Utopie der Gleichzeitigkeit«. Sie wollen alles möglichst sofort und gemeinsam haben. Sie können nicht abwarten. Sie fühlen sich unzufrieden, wenn sie das eine Ziel ansteuern, weil sie in der gleichen Zeit nicht ein anderes in Angriff nehmen. In Gedanken sind sie manchmal gerade bei dem, was sie gerade nicht in den Mittelpunkt gestellt haben. Sie glauben, ihnen läuft die Zeit davon. Nicht wenige junge Paare strapazieren durch diese Utopie ihre Zukunft und auf Dauer ihre Partnerschaft und Lebenszufriedenheit. Sie wollen gleich nach der Heirat ein eigenes Haus bauen, ein neues Auto haben, in Urlaub fahren und die vorher gelebten Annehmlichkeiten des Alltags beibehalten. Doch geht das? Nur in Ausnahmefällen! Diese Utopie macht unglücklich, sie hindert daran, tatsächlich vorhandene Erfolge und angenehme Zustände zu genießen.

Birgit fühlte sich schon immer innerlich zerrissen, wenn es darum ging, sich für eine Sache und damit gleichzeitig gegen eine bzw. für deren Aufschub zu entscheiden. Sie wollte am liebsten alles haben, war sich aber nicht sicher, ob es nicht doch noch etwas ganz anderes gegeben hätte, was ihr noch mehr Spaß bereiten würde. Oft realisierte sie dann – unfähig, sich zu entscheiden – keine der Möglichkeiten und war anschließend furchtbar deprimiert, mit tagelangen Tiefs. Nun stand wieder der Sommerurlaub an. Sie wäre gern auf eine griechische Insel gefahren, der Sonne wegen – aber auch die Nordsee mit ihrer gesunden Luft gefiel ihr. Allein schon der Gedanke daran, sich für Griechenland zu entscheiden, ließ in ihr die Befürchtung hochkommen, dass sie in der Sonne liegen und denken würde, dass es an der Nordsee gesünder für sie sein könnte. Und umgekehrt. Ihr Traum war es, an zwei Orten gleichzeitig sein zu können. Obgleich es ihr schwer fiel, rang sie sich einen Kompromiss ab: diesmal in den Norden, nächstes Jahr wieder nach Griechenland.

Es ist unschwer nachzuvollziehen, dass Menschen wie Birgit in ständiger Hektik, Unsicherheit und Unzufriedenheit leben. Ihnen läuft die Zeit davon, ohne dass sie aus der ihnen geschenkten Lebenszeit, ihrer Gegenwart, etwas machen. Sie glauben, und dies wider alle Vernunft, dass sie sich die Welt in allen ihren Bereichen beschleunigt aneignen können. Leicht entsteht Torschlusspanik und die bekannte Midlife-Crisis. Man versteigt sich in die verzerrte Wahrnehmung, nur noch das zu sehen, was man nicht hat, statt die positiven Dinge des eigenen Lebens in den Mittelpunkt zu stellen.

Man darf auf dem Weg zum Ziel Auszeiten nehmen

In einer logischen Beziehung mit dem eben Geschilderten steht die Überlegung, den Weg zum Ziel in Etappen aufzuteilen, das heißt Denken in kleinen Schritten, Handeln in kleinen Schritten. Oft erweist es sich als günstig, den Veränderungsprozess aktiv mitzuempfinden, die einzelnen Schritte erst auf sich wirken zu lassen. Quasi mitzureifen. So gesehen ist es manchmal sinnvoller, auf dem Weg nach oben – bildlich gesprochen – nicht den Fahrstuhl zu benutzen, sondern durchs Treppenhaus zu gehen. Auf diese Weise kann man seine Kräfte einteilen, bei Erschöpfung Pause machen und sich an die jeweilige Höhe gewöhnen. Man wird nicht überrascht, Wechsel erfolgen nicht abrupt, man kann sich besser auf den nächsten Schritt einstellen.

In diesem Sinne steht es jedem zu, auf dem Weg zum großen erklärten Ziel eine Auszeit zu nehmen, eine Ruhepause einzulegen, zu sagen: »Bis hierher reicht es mir erst mal.« Eine Auszeit nehmen ist aber nicht damit gleichzusetzen, Herausforderungen aktiv aus dem Weg zu gehen. Man stoppt lediglich aus gutem Grunde ab, weil man mit dem bis dahin Erreichten zufrieden ist, neue Erfahrungen und Kräfte sammeln will ... danach geht es weiter. Wie macht es beispielsweise der Bergwanderer? Er hat vor, auf die Gipfelhütte zu wandern, stellt aber unterwegs fest, dass es ihm gut tut, hier und dort einmal stehen zu bleiben und die Aussicht zu genießen. Vielleicht wird er auch länger, als ursprünglich geplant, in einer der auf dem Weg liegenden Hütten verweilen. Er verliert aber nie sein Ziel aus den Augen, den Gipfel zu erreichen. Er ist konsequent auf dem Weg dorthin. Ein schönes Bild hierzu formulierte ein junger Mann, der über lange Zeit hinweg viel Herausforderungen zu bestehen und nun den Eindruck hatte, dass er eine Pause einlegen muss: »Ich stelle mir vor, dass ich eine Baustelle bin, auf der aber momentan nicht gearbeitet wird. Am Eingangstor hängt ein Schild, ›Vorübergehend geschlossen‹.«

Eine Auszeit nehmen kann sich aber leider auch mit Illusionen verknüpfen, sodass in Wirklichkeit vermieden wird, die zur Verfügung stehenden Möglichkeiten zu nutzen. So malen sich manche Leute heute aus, dass sie sich bestimmte aktuell vorhandene Wünsche in ferner Zukunft »irgendwann« erfüllen werden. Das war's. Und weiter geht es im unzufriedenen Trott: »Wenn ich in Rente bin, hole ich alles nach!« Welch törichte Ansicht! Schade um die wirklich ungenutzt gebliebenen Chancen, für sich beizeiten etwas zu tun. Wer als 45-jähriger gern eine Schiffsreise machen bzw. sich intensiv einem Hobby widmen möchte oder endlich mal alleine mit seinem Partner in Urlaub fahren will, sollte umgehend versuchen, sein aktuelles Leben so umzugestalten, dass diese Wünsche erfüllt werden können. Weiß er denn, ob er in 20 Jahren noch lebt, noch gesund ist oder den Partner noch hat? Weiß er heute, welche speziellen Bedürfnisse er in 20 Jahren haben wird? Die Zeiten ändern sich – auch bezüglich vieler Wünsche. Wer zu sehr in der fernen Zukunft lebt, baut sich allzu leicht Wolkenkuckucksheime. Er macht sich etwas vor. Er vermeidet es, die Gegenwart zu leben. Diese Form von Auszeit verhindert Veränderung.

Man sollte die Fähigkeit nutzen, sich selbst kritisch zu sehen, sich seine Fehler und Schwächen also einzugestehen und nichts zu beschönigen

Wie bereits dargestellt erweist es sich auf die Dauer als untauglich, die Herausforderungen wirklich erfolgreich bestehen zu können, wenn man die Fehler und Schwächen stets bei anderen Menschen sieht: »Nur wegen dem und der geht es mir schlecht!« Ein weiterer Aspekt, der eine ehrliche Sichtweise der Realität verhindert, ist die Tendenz, eigene Problemanteile zu verdrängen, sie zu verstecken und sich vor einer Lösung systematisch zu drücken. Dieses Vorgehen produziert mit der Zeit teilweise erhebliche Zusatzprobleme. Man hat nicht den Mut, zu sich zu stehen, und läuft vor sich selbst davon.

Der 29-jährige Titus hatte massive Angst davor, sich zu seiner Homosexualität zu bekennen. Er befürchtete, dass seine Verwandten und Freunde mit Empörung und heftiger Kritik reagieren und ihn sozusagen ausstoßen würden. Diese Vision verstärkte nachhaltig sein Bemühen, »unauffällig und normal« wirken zu wollen. Dies führte aber häufig dazu, dass er sich am Verhalten der anderen orientierte – Verhalten, das ihm eigentlich missfiel, das er aber zeigte, um nicht anders zu wirken. So gehörten Alkoholexzesse und anschließendes Fahren in betrunkenem Zustand ebenso zu den Gewohnheiten seiner Gruppe wie Angeberei auf allen denkbaren Ebenen, was natürlich mit erheblichen finanziellen Aufwendungen verbunden war. Titus hatte Pech, ihm wurde zweimal der Führerschein wegen Fahrens unter Alkoholeinfluss abgenommen. In einem Fall musste er sich vor Gericht verantworten, da er in einen Unfall mit Personenschaden verwickelt war. Für Titus bestand die Gefahr, beim nächsten Verkehrsdelikt unter Alkohol den Führerschein auf Lebenszeit entzogen zu bekommen.

Diese schlechte, beunruhigende Aussicht förderte die Bereitschaft von Titus, etwas am eigentlichen Problem zu verändern, nämlich seiner Angst im Umgang mit der Homosexualität. Nicht mehr die Frage, wie er seine Neigung verbergen könnte, stand nun im Vordergrund, sondern die, wie er sich offenbaren konnte und mit welchen Konsequenzen er umzugehen in der Lage sein musste.

Die Weisheit »Selbsterkenntnis ist der erste Weg zur Besserung« ist für solche und ähnliche Veränderungsschritte ein guter Ratgeber.

Man leitet eine Veränderung ein, um sich zu helfen, und nicht, um anderen zu schaden

Manch einer, dem eine konkrete Veränderung vorschwebt, schreckt plötzlich bei der Umsetzung des Vorhabens zurück, weil er befürchtet, dass andere Personen darunter zu leiden hätten. Man erlebt sich als Egoisten, der ungerechterweise eigene Bedürfnisse ausleben will – auf Kosten anderer. Dieses Denkmuster sorgte natürlich in der Vergangenheit wiederholt dafür, dass keine Veränderung zustande kam, und so gesehen war es ein Hindernis auf dem Weg hin zu einem neuen, heimlich erhofften Zustand. Leider ist dieses Muster wiederholt anzutreffen. Wer will schon ein »Ich-Mensch« sein, der anderen mit seinem Verhalten schadet?

Ein wirkliches Dilemma – zumindest auf den ersten Blick. Denn wer die bisherigen Ausführungen verstanden hat, wird erkannt haben, dass eigentlich jedwede Verhaltensänderung dazu führt, dass sich im Miteinander etwas ändern kann – selbst bei kleinen Dingen. Und er wird erkannt haben, dass man nicht etwas verändert, um gezielt einem anderen Menschen zu schaden, sondern aus dem echten Leidensdruck heraus, etwas verändern zu wollen, um sich selbst zu helfen. Das kann eine Belastung sein, von der man sich endlich befreien will, oder der Ansporn, in einer Sache voranzukommen, die einem am Herzen liegt. Man tut es für sich! Und die Erfahrung zeigt, dass es auch anderen gut tut, wenn man sich wohl fühlt. So gesehen schaden die meisten Veränderungen den Menschen aus dem Umfeld nicht, sondern sie helfen eher. Und vielleicht werden auch sie animiert, für sich etwas zu tun.

Lony war mit der Überzeugung Mutter und Ehefrau, dass sie, wie es ihre Mutter bereits gemacht hatte, rund um die Uhr für die Familie zur Verfügung stehen müsse. Sie gönnte sich keine Ruhepause, immer war etwas zu tun. Und wenn es mal »Leerlauf« gab, konnte man vorarbeiten oder sich als Helfer anbieten. Im Laufe der Jahre beschlich sie zunehmend das Gefühl, dass diese Aufopferung für andere nicht alles im Leben sein konnte, zumal es andere Frauen anders machten, ohne dabei unglücklich zu wirken. Lony musste sich eingestehen, dass sie hie und da nicht nur verärgert war, wenn andere etwas von ihr verlangten, sondern gerne auch mal etwas für sich alleine hätte machen wollen, »mal die Beine hochlegen und ein schönes Buch lesen«. Allein der ernsthafte Gedanke daran beschwor jedoch Schuldgefühle herauf. Sie betrachtete sich als Rabenmutter und Egoistin, denn »schließlich hat man Kinder in die Welt gesetzt und muss dann dazu stehen«. Erst als sie akzeptieren konnte, dass es auch ihr zusteht, einmal etwas für sich zu tun, und sie zu der Überzeugung gelangte, dass es für die Kinder und den Mann zumutbar war, zu warten oder etwas selbst zu erledigen, begann Lony schrittweise die insgeheim erhoffte Veränderung.

Man sollte sich in einen anderen hineinversetzen können

Der Gedanke, wie man selbst auf andere wirkt, was diese denken und erwarten, bestimmt in großem Maße das eigene Befinden und Verhalten. Doch die Fähigkeit, sich auf den anderen einzustellen, insbesondere auf sein Weltbild, das heißt die Art und Weise, wie er die Dinge betrachtet und bewertet, erleichtert es, eigene Veränderungen gezielter planen und durchführen zu können. Wenn es sich um Veränderungen handelt, in denen der andere zwangsläufig mit einbezogen ist, macht es unbestritten

Sinn, über dessen Reaktionen nachzudenken. Häufig ist es jedoch untauglich zu erwarten, dass der andere sich ändert, und man muss sich eingestehen, dass man vielleicht in der Tat jahrelang versucht hat, diesen Umstand zu ignorieren. Oft hilft allein schon die neue Erkenntnis, dass man besser damit fährt, den anderen so anzunehmen, wie er ist.

Roger ärgerte sich seit einigen Wochen maßlos über einen älteren Arbeitskollegen, der alles, was mit Geld zu tun hatte, zum Anlass nahm, über Ausländer, Asylanten, Immigranten und Sozialhilfeempfänger zu schimpfen. Roger hatte eine andere Meinung, die er bisweilen offen vertrat, wofür er aber vom Kollegen nur herbe, teilweise unter die Gürtellinie gehende Kritik erhielt. Es war für Roger nicht nachvollziehbar, wie man derart radikal und undifferenziert denken und dies auch noch öffentlich aussprechen konnte. Im Gespräch mit einem Freund wurde dem jungen Mann klar, dass er die Meinung des älteren Kollegen nicht würde verändern können, sondern dass die Diskussionen eher dazu beitrugen, dessen Meinungen zu stabilisieren. Ferner gab Roger den Versuch auf, den Kollegen von seinen Sichtweisen zu überzeugen. Roger entschloss sich, den Kollegen so zu nehmen, wie er war, allerdings auf keine Diskussionen mehr einzugehen. Eine, wie sich herausstellte, überzeugende und erfolgreiche Vorgehensweise.

Ein wesentlicher Aspekt, der übrigens auch bei Roger in gewisser Weise eine Rolle spielte, ist die Neigung, Vorfälle allzu rasch persönlich zu nehmen, das heißt die Situation, das Verhalten des anderen und die Konsequenzen auf sich zu beziehen. Im Rahmen von Veränderungen ist es wichtig, diese Tendenz in der Interpretation zu stoppen. In den meisten Situationen, in denen man etwas persönlich nimmt, stellt sich bei näherer Betrachtung heraus, dass beispielsweise eine Kritik des anderen nichts mit der eigenen Person zu tun hatte, sondern in der gleichen Situation auch einem Dritten zuteil geworden wäre. Oder man merkt, dass der andere vielleicht einen schlechten Tag hatte – aber das ist dessen Problem! Meistens wird man durch die Art und Weise verunsichert, mit der ein anderer Kritiken vorbrachte (z.B. lauter oder distanzierter als sonst). Sich in den anderen hineinversetzen zu können hilft also, sich nicht so rasch betroffen oder angegriffen zu fühlen.

Man sollte darauf vertrauen, mit den Konsequenzen, die sich aus einer erzielten Veränderung ergeben, fertig zu werden

»Wer A sagt, muss auch B sagen!«, wies uns schon als Kind den dornigen Weg: Man konnte zwar etwas bekommen, haben, tun (nämlich A), aber man hatte dann auch unweigerlich mit den Konsequenzen zu rechnen und zu leben (nämlich B). Dieser Zusammenhang erwies sich manchmal als sehr hart, und das Mit-sich-Hadern folgte auf dem Fuß: »Hätte ich doch bloß nicht ›A‹ gesagt!«

Die Erfahrungen zeigen, dass es leichter ist, eine Veränderung herbeizuführen, als die eigentliche Bewährungsprobe »B sagen müssen« zu bestehen. Die Schwierigkeiten mit diesem »B« werden im folgenden Kapitel »Wehe, der ich rief die Geister« beschrieben. Es genügt also nicht, ein Verhalten erworben zu haben, man muss es auch stabilisieren. Man muss dazu stehen. Verändern heißt demnach unabdingbar, ein stabiles Vertrauen darin zu entwickeln, mit den Effekten aus einer sich verändernden Situation fertig zu werden. Dabei handelt es sich sowohl um äußere Effekte (Reaktionen anderer auf die neue Situation) als auch um innere (z.B. gesteigertes Selbstvertrauen, stimmigeres Selbstbild). Um es nochmals zu betonen: Es ist daher wichtig, sich zunächst vor einer Änderung zu überprüfen, ob man den zu erwartenden Konsequenzen gewachsen sein kann.

In den vorangegangenen Abschnitten wurden wesentliche Aspekte geschildert, die bei allen Veränderungsvorhaben eine wichtige Rolle spielen. Prüfen Sie nun, ob Sie für Ihre eigenen Pläne genügend davon berücksichtigt haben. Im Kapitel 2 (Seite 69) haben Sie möglicherweise Ihr »Zukunftometer« ausgefüllt, in dem Sie eine Reihe von Absichten, Zielen, Vorsätzen und Veränderungen notierten. Schauen Sie sich dieses »Zukunftometer« gründlich an, und überprüfen Sie es anhand der dargestellten 19 Punkte. Fragen Sie sich beispielsweise, ob Sie wirklich einen Leidensdruck bezüglich eines aufgeführten Veränderungswunsches haben. Haben Sie genügend viele Etappenziele, also Zwischenschritte auf dem Weg zum Ziel eingeplant? Sind Sie sich darüber im Klaren, welche neuen Situationen auf Sie zukommen, wenn Sie das Ziel erreicht haben? Und wurde überhaupt detailliert beschrieben, wie Ihr Zielzustand aussehen soll? Prüfen Sie Ihre Liste, es lohnt sich.

Hier nochmals die wichtigen allgemeinen Grundsätze im Überblick.

- ❍ Man muss genau definieren, wie der angestrebte Zustand, das Verhalten, das Befinden etc. aussehen soll.
- ❍ Wirkliche Veränderung setzt Leidensdruck voraus.
- ❍ Wirkliche Veränderung setzt voraus, dass man bereit ist, eigenverantwortlich zu handeln.
- ❍ Es gibt keine Leer-Zeit, es gibt nur Zeit für etwas.
- ❍ Jeder Tag bietet unzählige Möglichkeiten, um für sich aktiv zu werden.
- ❍ Man sollte Vertrauen haben, dass man die wichtigen Aspekte im Rahmen einer Veränderung berücksichtigt hat.
- ❍ Man muss offen dafür sein, dass eine Veränderung sowohl positive als auch negative Effekte bewirken kann.

- ❍ Es gibt ein sogenanntes Restrisiko nach dem Erreichen eines Zieles.
- ❍ Es ist wichtig, die Vorteile und Chancen aktiv zu nutzen, die sich aus der neu geschaffenen Situation ergeben.
- ❍ Man muss akzeptieren, dass das Leben eine ständige Herausforderung bringt, sodass man sich dauernd flexibel zu zeigen hat.
- ❍ Veränderungen brauchen Zeit.
- ❍ Manchmal sind zwei und mehr Anläufe nötig, um ein Ziel zu erreichen.
- ❍ Man soll sich nicht ständig mit allem und jedem vergleichen.
- ❍ Man sollte eine Aufgabe nach der anderen erledigen.
- ❍ Man darf auf dem Weg zum Ziel Auszeiten nehmen.
- ❍ Man sollte die Fähigkeit nutzen, sich selbst kritisch zu sehen, sich seine Fehler und Schwächen also einzugestehen und nichts zu beschönigen.
- ❍ Man leitet eine Veränderung ein, um sich zu helfen, und nicht, um anderen zu schaden.
- ❍ Man sollte sich in einen anderen hineinversetzen können.
- ❍ Man sollte darauf vertrauen, mit den Konsequenzen, die sich aus einer erzielten Veränderung ergeben, fertig zu werden.

5

Oh, wie ist das schön!

Merkmale bei erfolgreicher Veränderung

Wer sich im oben beschriebenen Sinne erreichbare Ziele gesetzt hat, sich mit angemessenen Möglichkeiten auf den Weg zur Veränderung begeben hat und anschließend dort angekommen ist, wo er am Ende einer Veränderung sein wollte, der hat »das Meer durchschwommen«, um bei der Redewendung aus Kapitel 1 zu bleiben. Darüber hinaus ist nun zu beobachten, dass jemand, der sich erfolgreich verändert hat, nicht nur in jenem Bereich Verbesserungen aufweist, in dem er sich anfänglich verändern wollte, sondern dass der Erfolg auch auf andere Lebensbereiche ausstrahlt. Erfolge und Fortschritte können sich also übertragen. Es verhält sich beinahe so wie bei einem Hefeteig, der zunehmend an Volumen gewinnt und plötzlich Größen erreicht, die man zuvor gar nicht für möglich hielt.

»Das Ganze ist mehr als die Summe seiner Teile«, heißt es, und dies lässt sich am Beispiel eines 1000-Teile-Puzzles veranschaulichen. Das Puzzle besteht zwar aus diesen Teilen, doch am Ende, nach dem Zusammensetzen, erhält man ein Gesamtbild und dieses Bild bewirkt das Gefühl, dass »etwas komplett ist«. Solange alle Teile ungeordnet auf dem Tisch liegen, sind zwar alle Voraussetzungen für das »Bild« gegeben, aber ... es fehlt in der Tat das Gesamtmotiv, was eben mehr ist als die Summe seiner Teile!

Was heißt all das nun für den persönlichen Bereich? Ein Hinweis darauf, dass man sich erfolgreich verändert hat, ist grundsätzlich darin zu sehen, dass man das sogenannte »positive Dreigestirn« entwickelt hat:

- Positive Einstellung zur eigenen Person (Selbstachtung, hohes Selbstwertgefühl)
- Positive Einstellung zur Umwelt (Bejahung der Umwelt, Lebensfähigkeit)
- Positive Sicht der Zukunft (Optimismus, Gelassenheit)

Diese positiven Sichtweisen führen letztendlich dazu, dass man die Fähigkeit entwickelt, die kleinen Freuden des Alltags besser genießen zu können, sowie die Fähigkeit, die alltäglichen Herausforderungen besser zu bewältigen. Es bedeutet letztendlich nichts anderes als das Vertrauen darin, mit jedweden Schwierigkeiten fertig zu werden und dass man die Möglichkeiten nutzen kann, die sich in den aktuellen Situationen ergeben. Somit ist man in der Lage, souverän leben zu können.

In der Tabelle auf Seite 197 sind alle Merkmale zusammengefasst, anhand derer sich bewerten lässt, ob man sich erfolgreich, das heißt dauerhaft verändert hat.

Schauen wir uns nun die einzelnen Punkte näher an.

Mehr Kompetenz

Man fühlt sich ganz allgemein leistungsfähiger. Man hat den Eindruck, sich mehr zur Wehr setzen zu können. Man fühlt sich den Herausforderungen sowohl im Leistungsbereich als auch im sozialen Umgang mehr gewachsen. Es stehen dabei vor allem folgende konkreten Verhaltensweisen im Vordergrund:

♣ **Merkmale bei erfolgreicher Veränderung auf einen Blick:**

- ❍ Mehr Kompetenz
- ❍ Mehr Akzeptanz
- ❍ Mehr Optimismus
- ❍ Mehr Kreativität
- ❍ Mehr Eigenverantwortlichkeit
- ❍ Mehr Unabhängigkeit
- ❍ Mehr Stimmigkeit
- ❍ Mehr Flexibilität
- ❍ Mehr Außenwirkung
- ❍ Gesteigertes körperliches und seelisches Wohlbefinden

- ❍ Berechtigtes Lob, berechtigte Kritik und Forderungen annehmen können
- ❍ Unberechtigtes Lob, unberechtigte Kritik und Forderungen ablehnen können
- ❍ Selbst-Lob, Kritik und Forderungen aussprechen können
- ❍ Sich Fehler erlauben und öffentlicher Beachtung aussetzen können
- ❍ Kontakte herstellen, aufrechterhalten und beenden können
- ❍ Eigene Gefühle, Bedürfnisse und Interessen wahrnehmen, angstfrei bejahen, sie anderen offen mitteilen und angemessen durchsetzen können
- ❍ Interessen, Bedürfnisse, Gefühle, Ansichten und Einstellungen anderer wahrnehmen und aufgreifen können

- ❍ Eigenes Verhalten verstehen und problematisieren können
- ❍ Angeblich selbstverständliches Verhalten kritisch hinterfragen, Automatismen (eingeschliffene Muster) erkennen
- ❍ Sich wieder zutrauen, etwas Neues auszuprobieren.

Mehr Akzeptanz

Hierunter ist vor allem die Akzeptanz der eigenen Person zu verstehen. Menschen mit geringem Selbstwertgefühl neigen in der Regel dazu, sich selbst nicht zu mögen. Sie haben ständig etwas an sich auszusetzen. Sie glauben weniger attraktiv, fähig und liebenswert als andere Menschen zu sein. Durch dieses negative Denken bezüglich der eigenen Person werden natürlich viele Hindernisse aufgebaut. Demgegenüber steigert ein Mensch, der sich erfolgreich verändert hat, deutlich die Bereitschaft, sich selbst positiver zu sehen. Er fühlt sich sprichwörtlich »in seiner Haut wohler«. Er mag sich. Ein junger Mann, der jahrelang darunter litt, dass er glaubte, weniger attraktiv und liebenswert als andere zu sein, stellte plötzlich im Laufe seines Veränderungsprozesses beim morgendlichen Blick in den Spiegel fest: »Bist doch eigentlich ein prima Kerl.« Als er sich diesen kurzen Satz sagen hörte, lief ihm ein angenehmer Schauer über den Rücken, denn so positiv hatte er noch nie mit sich gesprochen. Viele Menschen bemerken die gesteigerte Akzeptanz daran, dass sie eine Einstellung in den Hintergrund drängen können, die in der Vergangenheit häufig vorhanden war, nämlich das »Ist-doch-egal-Gefühl«. Weil sie jetzt mehr an sich glauben, gehen sie fairer und positiver mit sich um.

Sehr oft bemerkt man eine positive Veränderung bei einem Menschen daran, dass er plötzlich sein Äußeres verändert. Er hat beispielsweise eine andere Frisur, trägt modernere Kleidung, hat sich ein neues Brillengestell gekauft, tut mehr für die Körperhygiene (verwendet z.B. Parfüm). Andere geben (oft lang gehegten!) Wünschen Raum, die sie jahrelang aus verschiedenen Gründen unterdrückt haben. So berichtete eine fast 50-jährige Frau voller Stolz, dass sie sich »endlich mal eine Puppe gekauft habe«. Jahrelang ging sie täglich an einem Geschäft mit Puppen vorbei, getraute sich aber nicht, den Kauf zu tätigen. Es war für sie ein großer Schritt, sich diese Puppe zu gönnen; sie nahm es als Zeichen, ihre eigenen Bedürfnisse akzeptieren und befriedigen zu können (»Ich darf mir das gönnen, es steht mir zu.«).

Oftmals erfährt jemand durch eine Veränderung einen solchen Auftrieb, dass auch die häusliche Umgebung etwas davon abbekommt. Für eine angenehmere Atmosphäre werden zum Beispiel ein Zimmer neu möbliert oder neue Vorhänge gekauft. Manchmal tun es auch die kleinen Dinge (wie Blumen, Duftlampe etc.). Man packt endlich aktiv Dinge an, die man vielleicht jahrelang vernachlässigt hat, weil man zu oft »grau in grau« dachte. Die neue Einstellung »Ich akzeptiere mich mehr!« bringt endlich etwas Positives in Gang. Sie führt dazu, dass man eine fruchtbare Eigenliebe entstehen lässt. Hierzu gehört auch, dass man größere Offenheit entwickelt und nicht mehr wie in der Vergangenheit etwas von sich verbergen oder verstecken will. Man akzeptiert, dass man auch negative Seiten hat, dass es Schwächen gibt und man in mancherlei Hinsicht anderen unterlegen ist. Aber eben nur in mancherlei Hinsicht. Denn in anderen Bereichen fühlt man sich gleichwertig, in manchen gar überlegen, weil man die Sichtweise der eigenen Person grundlegend verändert hat.

Mehr Optimismus

Es tut zweifellos gut, wenn man im Sinne des positiven Dreigestirns seine Lebenssituation und die persönliche Zukunft positiv sieht. Auf diese Weise kann sich eine wohltuende Gelassenheit ausbreiten, die genügend Raum dafür gibt, dass man Spannung aushalten und eigene Ideen umsetzen kann. Man kann warten und sich zurückhalten. Man lässt häufiger etwas auf sich zukommen. Man gerät nicht in Panik, wenn Dinge ins Stocken geraten. Man erlebt das Auftreten von Hindernissen nicht gleich so, als würde dadurch das gesamte Unternehmen gefährdet sein, das man gestartet hat. Man kann Dinge auf eine persönliche Warteliste setzen (»Wenn es momentan nicht geht, probiere ich es halt irgendwann später!«). Man kann einen Punkt machen, eine schöpferische Pause einlegen. Man akzeptiert, dass es den schon häufig zitierten »unauflösbaren Rest« gibt. Man setzt sich realistische Ziele. Man trauert nicht ständig verpassten Chancen nach, sondern wird mehr von der Einstellung getragen, dass es wichtig ist, ständig neue Erfahrungen zu sammeln (»Ich profitiere, egal wie es ausgeht, denn ich habe auf jeden Fall etwas dazugelernt!«).

Häufiger gilt die Regel, dass zunächst ein Chaos heraufbeschworen wird, sobald etwas neu geordnet werden soll. Dieser Gedanke ist sehr wichtig und lässt sich an folgendem Beispiel sehr gut nachvollziehen:

Wer sich entschließt, das große Bücherregal neu zu ordnen, muss zunächst alle Bücher vom Regal nehmen. Er wird sie auf den Boden stapeln, durcheinander bringen, mehrmals nach verschiedenen Gesichtspunkten zusammenlegen. Noch immer ist keine Ordnung vorhanden, sondern nur Chaos. Ordnung erreicht man erst dann wieder, wenn die Bücher nach einem bestimmten, dem angestrebten neuen System ins Regal zurückgestellt werden.

Wir begegnen also hier unserem alten Motto »Krise als Chance« in abgeänderter Form, nämlich »Chaos als Chance«. Ein optimistischer Mensch erlebt deshalb »chaotische Zustände« keineswegs als bedrückende Situation, sondern sieht in ihnen die Möglichkeit, etwas so zu sortieren, dass neue Zufriedenheiten entstehen.

Mehr Kreativität

Unglückliche Menschen sind meistens Menschen, die es sich abgewöhnt haben, in positive Phantasien zu gehen. Sie spinnen keine rosaroten Tagträume mehr. Persönliches Potential bleibt verborgen und unausgeschöpft. Ganz anders dagegen zufriedene, positiv gestimmte Menschen: Manchmal sprühen sie geradezu vor Ideen. Sie entwickeln Neugier. Sie lassen es zu, dass sie Tagträume haben und bewerten deren Existenz keinesfalls negativ. Sie qualifizieren Neues nicht gleich ab (»Es wird ja doch nichts!«), sondern spüren ein »inneres Feuer« beim Denken an neue Möglichkeiten und Herausforderungen. Sie sind bereit und fähig zu positiven Erfahrungen. Sie freuen sich und sehnen sich nach Tapetenwechsel. Sie möchten Dinge von einer ganz anderen Seite sehen, neue Anregungen bekommen. Einmal aus dem grauen Alltag heraustreten und sich in neuen Situationen erproben und treiben lassen. Sie möchten sich neu spüren und wahrnehmen können.

Manche Menschen, die sich positiv verändert haben, fühlen sich »wie ein trockener Schwamm«, der plötzlich wieder Flüssigkeit aufsaugen kann. Sie entdecken verborgene und verloren geglaubte Fähigkeiten. Sie spüren ähnlich dem Schwamm einen inneren Zuwachs. Sie fühlen und füllen sich wieder. Sie haben Ideen, Hoffnungen und Perspektiven. Sie haben wieder Spaß am Leben, müssen »nicht gleich alles auf die Goldwaage legen«, können die »Seele baumeln lassen«, einfach mal abschalten und genießen.

Mehr Eigenverantwortlichkeit

Viele von uns verstricken sich tagtäglich in einem Gewirr von Pflichten. Beim genauen Hinsehen müssen wir allerdings entdecken, dass viele dieser Pflichten eigentlich nur Scheinpflichten sind. Denn allzu oft fühlen wir uns für Bereiche verantwortlich, die eigentlich von anderen erledigt werden müssten. Dieses Trennenkönnen von Fremdverantwortlichkeit und Eigenverantwortlichkeit gelingt einem positiv gestimmten Menschen. Er weiß, wann er aktiv Grenzen setzen darf und muss. Er weiß, wann er eigene Bedürfnisse einfordern kann, ohne Schuldgefühle haben zu müssen.

Positiv gestimmte Menschen erleben es als große Bereicherung, plötzlich zu entdecken, dass die Energien, die sie bisher für andere eingesetzt haben, nun für eigene Belange zur Verfügung stehen. Eigene Bedürfnisse und Interessen rücken in den Mittelpunkt.

Mehr Unabhängigkeit

Erfolgreich erlebte Veränderung bewirkt in der Regel sehr eindrucksvoll, dass man sich wieder mehr zutraut. Man merkt plötzlich, dass viele der Abhängigkeiten nicht mehr nötig sind, in die man sich früher aufgrund von Selbstunsicherheiten und Gefühlen von Verpflichtetsein begeben hatte. Man erlebt einen immensen Zugewinn an persönlicher Freiheit. Man merkt, dass man tatsächlich ohne Hilfe von außen zurechtkommt. Dabei kann es sich um Behördengänge handeln oder um die Durchführung kleinerer Reparaturen. Unabhängigkeit macht sich oft auch daran bemerkbar, dass man plötzlich »die Gunst der Stunde nutzen kann«: beispielsweise bei schönem Wetter allein ins Schwimmbad fahren, abends allein einen Vortrag besuchen, auch wenn andere keine Lust haben mitzugehen. Man merkt, dass man spontan viele Ideen umsetzt, die man früher mangels Begleitung nicht in Angriff genommen hätte. Allein sein und unabhängig sein wird nun eher als positive Chance angesehen, das eigene »Kür«-Programm zu leben, ohne auf andere Rücksicht nehmen zu müssen.

Hildegard war trotz ihrer 45 Jahre noch nie allein in Urlaub gefahren. Als sich ihr Mann nach 23 Ehejahren von ihr trennte, war sie plötzlich ganz auf sich gestellt, was sie anfangs so erlebte, als sei sie in ein großes Loch gefallen. Da inzwischen auch die Kinder aus dem Haus waren, erlebte sie die Situation anfänglich als große Bedrohung und entwickelte starke Versagensängste, ihrem künftigen Leben nicht gewachsen zu sein. Mehr aus Trotz heraus hatte sie nun eine Urlaubsreise mit einer Reisegruppe gebucht, stellte nun aber mit dem Näherrücken des Termins fest, dass sie der Herausforderung mit sehr gemischten Gefühlen entgegensah. Ihr wurde jedoch klar, dass diese Herausforderung die große Chance beinhaltete, sich in einer völlig neuen Situation beweisen zu können und mit ihrer Unabhängigkeit allein und eigenverantwortlich umzugehen. Als sie diesen Blickwinkel einnahm, verlor der Urlaub den bedrohlichen Charakter.

Mehr Stimmigkeit

Unglückliche Menschen berichten häufig, dass sich zwischen Kopf und Bauch keine Harmonie mehr einstellen will. Oftmals haben sie vom Verstand her durchaus neue Einsichten entwickelt, ihre Gefühle verhindern jedoch ein Umsetzen in die Tat. Umgekehrt verspüren sie häufig ein Bedürfnis, etwas anders zu machen. Die Umsetzung scheitert jedoch daran, dass ihnen viel zu viel lästige Dinge durch den Kopf gehen, die sich letztendlich als Hindernis für eine Veränderung erweisen. Ein positiver Mensch, der eine erfolgreiche Veränderung für sich bewirkt hat, fühlt sich demgegenüber sehr stimmig »zwischen Kopf und Bauch«. Er spürt eine innere Ruhe, ein großes »Wärmegefühl«, ein Gefühl von Wachstum und Zufriedenheit. Ein derart zufriedener Mensch strahlt eine Harmonie aus, die man ihm förmlich ansehen kann.

Dabei sind vor allem folgende Merkmale betroffen: zum Beispiel Blickkontakt (beim Sprechen und Zuhören sucht er den Augenkontakt zu anderen); Körperhaltung (er geht entspannter, ruhiger, aufrechter); Gestik und Mimik (sie passen zu dem, was er sagt und was er ausdrücken will; er ist unverkrampft, bereit, auf den anderen zuzugehen); Sprechen (er spricht lauter, klarer, einfacher und verständlicher). Ein wichtiges Merkmal ist auch darin zu sehen, dass ein »stimmiger Mensch« mehr als sonst das Wort »ICH« gebraucht. Er versteckt sich nicht. Er öffnet sich, zeigt der Welt, dass es ihn gibt, dass man mit ihm rechnen kann. Er bezieht Position und fühlt sich wohl dabei. Rundum.

Mehr Flexibilität

In den vorangegangenen Kapiteln wurde mehrfach erwähnt, dass unglückliche Menschen, die Probleme mit der Krisenbewältigung haben, oftmals sehr starr und eingeengt wahrnehmen und denken. Sie laufen umher, als trügen sie Scheuklappen. Ein positiv gestimmter Mensch ist demgegenüber bereit, die eingefahrenen Bahnen zu verlassen. Für ihn hat bildlich gesprochen die Straße wieder Kreuzungen bekommen, an denen man rechts und links abbiegen kann. Somit lassen sich das Leben und die Ereignisse aus verschiedenen Perspektiven betrachten. Man ist sich und anderen gegenüber toleranter geworden und klammert sich nicht mehr allein an eine einzige Erklärung oder Lösungsmöglichkeit. Flexible Menschen wissen, dass es neben der momentanen Erklärung mit Sicherheit noch andere plausible Betrachtungsweisen gibt. Diese neue Einstellung lässt sich gut in folgendem Satz ausdrücken: »Für das, was ich beobachte oder plane, gibt es mindestens noch eine weitere Erklärung als die, die ich habe!« Der flexible Mensch weiß, dass sein Wissen immer begrenzt sein wird. Doch gerade in dieser Begrenztheit spiegelt sich die menschliche Wirklichkeit des Lebens. Hierzu ein kleines, aber fast klassisches Beispiel:

Die 19-jährige Carina litt zeitlebens darunter, dass sie aufgrund ihrer Selbstunsicherheit dazu neigte, alles immer rasch auf sich zu beziehen. Dies bedeutete natürlich, dass sie auch sehr oft bei sich die Schuld sah, wenn Dinge schief liefen. Tagtäglich waren unzählige Beispiele zu verzeichnen, in denen dieses eingefahrene, rigide Muster auftauchte. Nachdem sie sich in verschiedenen Bereichen zum Vorteil verändert hatte, merkte sie, dass sie nun auch viel flexibler denken konnte. Als sie beispielsweise morgens ins Büro kam und ihr Chef nur mit einer kurzen Begrüßung und griesgrämigem Gesicht an ihr vorbeiging, erwischte sie sich dabei, dass sie zunächst wieder dachte, irgendetwas falsch gemacht zu haben. Es gelang ihr aber sofort, sich von dieser Erklärungsmöglichkeit zu distanzieren und andere Erklärungen in Betracht zu ziehen: Vielleicht fühlte sich der Chef körperlich nicht wohl, oder es hatte bei ihm zu Hause Krach gegeben, oder er war im Autotelefon mit einem beruflichen Problem konfrontiert worden. Sie hatte inzwischen gelernt, dass es für ein bestimmtes Verhalten viele mögliche Ursachen gibt. Und sie hatte sich deshalb stets vor Augen gehalten, dass es neben der Erklärung, die mit ihr zu tun hatte, mindestens noch eine weitere gab, die das unangenehme Verhalten des Chefs erklären konnte.

Verinnerlichen Sie das folgende Bild. Es soll nochmals sehr eindrucksvoll die Möglichkeiten von Flexibilität verdeutlichen und aufzeigen, wie einfach es manchmal ist, in einer Situation neue Blickwinkel einzunehmen, um dadurch neue Zufriedenheiten entwickeln zu können:

Ein Mensch jammert darüber, dass er ständig nur im Schatten steht. Tatsächlich steht er mit dem Rücken zur Sonne und wirft vor sich seinen eigenen großen Schatten, über den er wahrlich nur schwer wird springen können, um endlich im Licht zu stehen. Warum dreht sich dieser Mensch nicht einfach um 180 Grad? Er beseitigt so nicht nur den Schatten, sondern hat sich endlich der wärmenden Sonne zugewandt!

Mehr Außenwirkung

Ein Mensch, der sich positiv verändert hat, ist keine graue Maus mehr, sondern eine pinkfarbene Maus. Er wird wahrgenommen. Er wird gesehen. Er ist aus der Versenkung und Unscheinbarkeit aufgetaucht. Er ist für die anderen ein ernst zu nehmender Partner geworden. Im Gegensatz zu früher erhält er positive Rückmeldungen. Er wird von anderen aktiv in das Gespräch mit einbezogen. Er wird gefragt und erhält Kommentare von anderen, wenn er sich zu Wort gemeldet hat. Er ist plötzlich wer und das Gefühl los, für andere »Luft zu sein«.

Jemand, dem derartige Reaktionen von anderen widerfahren, kann sicher sein, dass er an sich etwas Entscheidendes verändert hat – äußerlich oder innerlich –, das den anderen nicht verborgen geblieben ist. Für viele Menschen ist es oft ein Durchbruch auf dem Wege zu einer noch größeren Zufriedenheit, wenn sie merken, dass die Außenwelt endlich oder wieder so auf sie reagiert, wie sie es sich gewünscht haben. Man wird respektiert. Diese Tatsache erhält noch mehr Gewicht in Fällen, in denen andere vorab nicht darüber informiert waren, dass der Betroffene etwas anders machen wollte. Seine Mitmenschen sehen dann tatsächliche Effekte. Ein Beispiel dazu:

Die 36-jährige Veronika litt darunter, dass sie sich ständig in inkonsequentes Verhalten im Umgang mit ihrem Mann und ihren Kindern verstrickte. Zwar ärgerte sie sich sehr darüber, hatte aber bislang keinen Weg gefunden, um mehr innere Sicherheit zu bekommen und ihre Vorhaben durchzusetzen. Sie entschloss sich dann, über die Situation, in der sie sich ärgerte, genau Protokoll zu führen und im Anschluss daran den Verlauf der Situation kritisch auszuwerten. Dabei fiel ihr auf, dass sie in vielen Situationen etwas ankündigte, was sie dann im Ernstfall nicht durchhielt. So musste bei den anderen der Eindruck entstehen, dass man letztendlich mit ihr machen konnte, was man wollte. Veronika nahm sich vor, zunächst ihren Kindern gegenüber konsequenter zu handeln, und praktizierte das über einige Wochen hinweg. Natürlich hatte sie ihre Familie vorab nicht darüber informiert, dass sie sich ändern wollte, sodass sie es als großen persönlichen Triumph erlebte, ihre Kinder eines Tages sagen zu hören: »Mama, du hast dich aber ganz schön verändert, du bist ja viel härter gegen uns als früher!«

Gesteigertes körperliches und seelisches Wohlbefinden

Dieses Merkmal, nämlich der Rückgang oder das Verschwinden von störenden, belastenden Symptomen, wird hier bewusst als letztes genannt, obgleich es natürlich für viele Menschen am wichtigsten und an erster Stelle der Wunschliste steht. Fragt man jemanden zu Beginn eines Veränderungsprozesses, was er sich wünsche, sagt er beispielsweise häufig: »Ich möchte keine Schmerzen mehr haben«, »Ich möchte mich nicht mehr so verrückt machen!«, »Ich möchte mich nicht mehr so unter Druck setzen lassen!« und vieles andere mehr. Im Vordergrund steht die negative Situation und der daraus abgeleitete Wunsch, dass diese Situation beendet wird. Für viele Menschen erweist es sich aber auf Dauer als Hindernis für eine positive persönliche Entwicklung, wenn sie einseitig darauf achten, die lästigen, störenden Symptome zum Verschwinden zu bringen – insbesondere dann, wenn sie neue Verhaltensweisen zeigen. Die Betroffenen sind in der Wahrnehmung zu sehr darauf ausgerichtet zu beobachten, ob das Problem noch vorhanden oder beseitigt ist (unser bekanntes »Alles-Oder-Nichts-Denken«). Sie lassen sich hauptsächlich von dem Motiv leiten, den unangenehmen momentanen Zustand möglichst rasch zu beseitigen. Dies ist zwar verständlich, löst aber auf Dauer nicht das zugrunde liegende Problem. Die gewonnene Erleichterung schafft meist nur Passivität und einen Scheinfrieden, weil man die Ursache nicht dauerhaft beseitigt hat. Es ist wie Flickschusterei.

Das Grundproblem liegt darin, die Chance nicht zu nutzen, um etwas gründlich neu zu strukturieren und aufzubauen. Verdeutlichen wir uns das mit folgendem Vergleich: Sie werden leicht nachvollziehen können, dass es für denjenigen, der in seinem Garten Unkraut beseitigen will, eine untaugliche Lösung darstellt, das Unkraut nur an der Oberfläche zu beseitigen. Zwar ist es auf den ersten Blick verschwunden, da aber die Wurzel in der Erde verblieben ist, wird es im Garten nach kurzer Zeit wieder genauso aussehen wie vor der »Unkrautvernichtung«. Und genauso verhält es sich mit seelischen und sozialen Problemen. Sie sind erst dann aus der persönlichen Welt geschafft, wenn man die Wurzel des Übels beseitigen konnte. Und dieser Arbeitsvorgang macht Sinn. Man beseitigt etwas und beugt rechtzeitig vor! Nur so sorgt man dafür, dass ein allmählicher Teufelskreis durchbrochen wird.

Folgende Merksätze können Ihnen darüber hinaus helfen, eine positive Stimmung zu stabilisieren.

- ❍ Ich stelle angemessene Ansprüche an mich, die anderen und an die jeweilige Situation.
- ❍ Ich plane meine Vorhaben und Situationen.
- ❍ Ich handele in entscheidenden Angelegenheiten nur aus einer stabilen, starken Befindlichkeit heraus.
- ❍ Ich toleriere, dass es auch schlechte Phasen geben kann.
- ❍ Ich gestehe mir zu, mich auch einmal zurückzuziehen.
- ❍ Ich sorge dafür, dass ich in der Freizeit Aktivitäten zeige und mich »nicht hängen lasse«.
- ❍ Ich weiß, dass ich mich auch mal zu etwas zwingen muss, um aus einem Loch herauszukommen und mir positive Erfahrungen zu verschaffen.
- ❍ Ich trinke Alkohol nur in Maßen, will keinen »moralischen Kater« riskieren.

- ❍ Ich entwickle einen gesunden Egoismus, d.h. verwirkliche auch eigene Vorstellungen.
- ❍ Ich erkenne in einer Situation Meideverhalten und stelle es ab.
- ❍ Ich sehe und bewerte die Dinge realistisch.
- ❍ Ich setze rechtzeitig Grenzen, bin aber trotzdem in der Sache flexibel.
- ❍ Ich löse Probleme Schritt für Schritt, lasse mir Zeit und ziehe eine Zwischenbilanz.
- ❍ Ich verschaffe mir stets einen Überblick, um meine Souveränität zu behalten.
- ❍ Ich akzeptiere, dass andere für sich verantwortlich sind und fühle mich nicht für deren Wohlergehen verpflichtet.

Das Ziel besteht also letztendlich darin, positive Zustände zu schaffen und zu erhalten. Also aus dem Minus-Bereich zum Null-Punkt und dann – und das ist der entscheidende Schritt! – in den Positiv-Bereich zu kommen!

Ein übergreifendes Merkmal, das zuverlässig eine erfolgreiche Veränderung anzeigt, ist demnach darin zu sehen, dass man sich körperlich und seelisch wieder wohl fühlt. Man ist in der Lage, sich Wohlbefinden aktiv zu beschaffen und kann sich den persönlichen Alltag angenehm gestalten. Man traut sich zu, mit dem, was auf einen zukommt, angemessen umgehen zu können.

Machen Sie nun die nächste Übung und lassen Sie sich genügend Zeit für die Beantwortung der Fragen.

♣ **SO VERSCHAFFE ICH MIR WOHLBEFINDEN!**

Was tun Sie, um sich etwas zu gönnen, sich selbst zu verwöhnen, sich zu entspannen und körperlich wohl zu fühlen? Notieren Sie, was Ihnen hierzu einfällt!

Sie haben über sich nachgedacht und die Fragen zum Wohlbefinden beantwortet? Sie haben Ihre persönliche Liste erstellt? Gut. Sie haben sich Gedanken über Ihr persönliches (!) Wohlbefinden gemacht? Ihr *persönliches*? Diese Betonung ist wichtig, weil es bezüglich dessen, was jemand als wohltuend empfindet, Unterschiede von Person zu Person gibt. Wohlbefinden heißt nicht für jeden das gleiche. Jeder setzt seine eigenen Schwerpunkte, jeder achtet auf bestimmte Merkmale im Körper oder in der Seele.

Es gibt unterschiedliche Aspekte beim körperlichen und seelischen Wohlbefinden, wobei sich in wissenschaftlichen Untersuchungen, in denen das Wohlbefinden in verschiedenen Situationen und Aktivitäten analysiert wurde, sieben Auslösekategorien zusammenfassen ließen:

1. Bewegungsaktivitäten (z.B. Spazierengehen, Schwimmen)
2. Entspannungsmaßnahmen nach körperlichen und seelischen Anstrengungen (z.B. Baden, Ruhen)
3. Ungestörtheit / Ruhe (z.B. Natur genießen, Lesen)
4. Besondere Ereignisse (z.B. wichtige Entscheidungen getroffen, Erfolg erzielt)
5. Urlaub (z.B. Meer, Sonne)
6. Partnerschaft (z.B. Zweisamkeit, Erotik)
7. Geselligkeit (z.B. Feiern, Essen)

(Aus: A. Abele/P. Becker, »Wohlbefinden«, Juventa, Weinheim 1991)

Die Reihenfolge spiegelt die Häufigkeit der Nennungen in den Befragungen wider, wobei die Antworten abhängig waren vom Geschlecht und vom Gesundheitszustand. Männer und Frauen und auch Gesunde oder Kranke haben demnach unterschiedliche Vorstellungen von Möglichkeiten, sich Wohlbefinden zu verschaffen.

Stöbern Sie nun die folgende Aufstellung durch. In der Liste (Seite 212ff.) finden Sie eine Vielzahl von Dingen und Tätigkeiten, die bei vielen Menschen zu Wohlbefinden führen können. Vergleichen Sie sie mit Ihrer eigenen Liste! Mit Sicherheit werden Sie erstaunt sein, welche Möglichkeiten es gibt. Vielleicht erhalten Sie neue Anregungen. Bei manchem werden Sie vielleicht verdutzt feststellen, dass Sie genau das früher auch mal gerne machten. Und warum heute nicht mehr? Es lohnt sich, darüber nachzudenken: Holen Sie es doch einfach aus dem Eisschrank und tauen es gebrauchsfertig auf!

Was mir alles Spaß macht

	ungern	weder gern noch ungern	ein wenig gern	gern	sehr gern
Zu Hause, wenn ich allein bin					
Einfach abschalten und an nichts denken					
Fernsehen					
Musik hören					
Einen Krimi lesen					
Biographien lesen					
Gedichte lesen					
Reisebeschreibungen lesen					
Liebesromane lesen					
Andere Bücher lesen, zum Beispiel:					
Ein Puzzle legen					
Zeitschriften durchblättern					
Die Tageszeitung lesen					

	ungern	weder gern noch ungern	ein wenig gern	gern	sehr gern
Denksportaufgaben oder Kreuzworträtsel lösen					
Mich entspannen					
Gymnastik betreiben					
Mich schön kleiden, schöne Kleidung kaufen oder schneidern					
Ausgiebig baden/duschen					
Mich vor dem Spiegel zurechtmachen					
In Ruhe Tee/Kaffee trinken					
Etwas Schmackhaftes ausdenken					
Mir selbst etwas kochen					
Meine Wohnung/Zimmer schön einrichten					
Aufräumen und putzen					
Malen, basteln, nähen, musizieren					

	ungern	weder gern noch ungern	ein wenig gern	gern	sehr gern
Briefe an Verwandte und Bekannte schreiben					
Im Bett liegen und dösen					
Etwas lernen und mich fortbilden					
Ausschlafen					
Mit Bekannten telefonieren					
Private Sachen erledigen, die schon lange liegengeblieben sind					
Was ich sonst noch tue, wenn ich allein zu Hause bin					

	ungern	weder gern noch ungern	ein wenig gern	gern	sehr gern
Mit anderen Menschen					
Einmal über meine Probleme reden können					
Mit jemandem flirten					
Mich mit Freunden/Bekannten zwanglos unterhalten					
Mit sympathischen Menschen sprechen					
Über bestimmte Themen diskutieren					
Über andere Leute sprechen					
Gemeinsam mit anderen etwas unternehmen					
Was ich sonst noch tue, wenn ich mit anderen zusammen bin					

	ungern	weder gern noch ungern	ein wenig gern	gern	sehr gern
Aktiv Sport treiben					
Handball spielen					
Basketball spielen					
Tennis/Squash spielen					
Regelmäßig joggen					
Tischtennis spielen					
Gymnastik treiben					
Einen Judokurs besuchen					
Schwimmen gehen					
Andere Wassersportarten betreiben					
In die Sauna gehen					
Turnen					
Radfahren					
Kegeln					
Skilaufen					
Wandern / Walking					

	ungern	weder gern noch ungern	ein wenig gern	gern	sehr gern
Andere Sportarten, die ich betreibe oder betreiben möchte					
Gezielte Entspannungsübungen, die mir gut tun					
Autogenes Training					
Muskelentspannung					
Meditation					
Massage					

	ungern	weder gern noch ungern	ein wenig gern	gern	sehr gern
Freizeit allein oder mit anderen					
Einmal ganz für mich sein					
Einmal alleine wegfahren					
Mit guten alten Freunden zusammen sein					
Neue Leute kennenlernen					
Ins Kino gehen					
Ein Theater oder Konzert besuchen					
Im Lokal nette Leute treffen					
Mich mit meiner Sammlung beschäftigen					
Karten spielen					
Einen Volks-hochschulkurs besuchen					
Tanzen					
Auto fahren					
Parks und zoologische Gärten besuchen					

	ungern	weder gern noch ungern	ein wenig gern	gern	sehr gern
Verwandte besuchen					
Zum Friseur gehen					
Jemanden telefonisch zum Treffen einladen					
Einen Wochen-endausflug machen					
Historische Stätten besuchen					
Mich aktiv bei sozialen oder politischen Fragen einsetzen					
Museen oder Aus-stellungen besichtigen					
Mit meinem Partner oder meiner Familie daheim bleiben					
Schlagerveranstaltungen/ Popkonzerte besuchen					
Vorträge besuchen					
Sportveranstaltungen besuchen					
In die Oper gehen					
Ins Theater gehen					

	ungern	weder gern noch ungern	ein wenig gern	gern	sehr gern
Ins Konzert gehen					
Ins Kabarett gehen					
In einem Café sitzen					
Einen Stadtbummel machen					
Mich auf dem Flohmarkt umsehen					
Gäste einladen					
Ganz ungestört meinem Hobby nachgehen					
Mich mit Tieren beschäftigen					
Kassetten/CDs kaufen					
Im Garten arbeiten					
Blumen kaufen					
Neue Kosmetika ausprobieren					
Im Buchladen stöbern					
Hübsche Dinge für die Wohnung auswählen					

	ungern	weder gern noch ungern	ein wenig gern	gern	sehr gern
Andere für mich wichtige Freizeitaktivitäten					

6
Wehe, der ich rief die Geister …

Merksätze zum Durchhalten

Aus den bisherigen Ausführungen lässt sich unschwer ableiten, dass Menschen, und natürlich besonders die, die in einer engen zwischenmenschlichen Beziehung zueinander stehen, untereinander in sichtbaren und unsichtbaren Abhängigkeiten leben. Das, was der eine tut, beeinflusst direkt und indirekt den anderen in dessen Denken, Handeln, Fühlen und in der gesamten Befindlichkeit. Je enger die Beziehung ist, desto stärker und häufiger sind diese Effekte. Deshalb wird auf Dauer derjenige, der sich konsequent ändert und sich somit anders verhält als bisher gewohnt, bei anderen früher oder später Reaktionen auslösen – offene und verdeckte. Eine konsequente Veränderung kann nicht ohne Echo bleiben, sie kann nicht nicht-beeinflussen. Schon gar nicht auf Dauer, denn »steter Tropfen höhlt den Stein«. Am besten wird dieses gegenseitige Abhängigkeitsverhältnis am Beispiel eines Mobiles deutlich. In einer Familie ordnen sich beispielsweise die einzelnen Mitglieder in Nähe und Distanz zueinander, und zwar im Idealfall so, dass eine Ausgewogenheit, eine stabile Balance, entsteht.

Wenn nun ein Mitglied der Familie aus welchen Gründen auch immer spürt, dass er seine angestammte Position nicht mehr halten kann oder will (!) und sich verändert, zum Beispiel weil er nun mehr Selbstvertrauen und Unabhängigkeit zeigt, kommen alle anderen aus dem Gleichgewicht. Die gewohnte Balance ist weg. Je nachdem, wie schnell und abrupt die Veränderung erfolgt, haben die anderen zu reagieren, da sie ihrerseits die gewohnten Plätze nicht mehr halten können. Um wieder ins Gleichgewicht kommen zu können, müssen sie Anstrengungen unternehmen, sich entweder selbst verändern oder ... versuchen, denjenigen, der sich verändert hat bzw. im Verändern begriffen ist, wieder an seinen alten Platz zurückzuholen. Und das wirft Probleme auf ... für den, der sich positiv verändert hat!

Schauen wir uns das an zwei Beispielen an. Im ersten zeigt sich, dass durch eine positive Veränderung eines Familienmitglieds für alle eine Krise entstehen kann, aber eben auch die Chance, einiges in positiver Hinsicht zu ändern.

Bis zum Beginn seiner Lehre war Richard ein typischer Stubenhocker gewesen, der sich nach der Schule am liebsten in sein Zimmer verzog. Nur die sehr überbehütende Mutter war ein ständiger Ansprechpartner, und sie freute sich und war beruhigt, dass der Sohn zu Hause blieb. Schon kurze Zeit nach dem Beginn der Lehre änderte Richard deutlich sein Verhalten, als er im Betrieb Freunde kennenlernte und besonders am Wochenende oft seine Freizeit außer Haus verbrachte. In dem Maße, in dem Richard aufblühte, nahmen bei seiner Mutter Ängste zu. Sie sorgte sich, dass dem Jungen etwas passieren könnte. Richard hatte sich zunehmend ihrer Kontrolle entzogen. Ihre Reglementierungen und Verbote verpufften, da Richard unter Hinweis auf seine Volljährigkeit und sein gesteigertes Wohlbefinden nicht mehr in die alte Rolle zurückfallen wollte. Dank des Rates einer Bekannten merkte die Mutter, dass das Verhalten des Sohnes zur normalen Entwicklung und Loslösung eines Kindes gehörte. Es war nun ihre Aufgabe, für sich eine neue Position zu beziehen. Sie erweiterte ihren Bekanntenkreis, schloss sich einem Verein an und nutzte so die Zeit, die sie bisher zu Hause für die »Beaufsichtigung« des Sohnes aufgewandt hatte. Die gemeinsame Freizeit mit ihrem Mann gestaltete sich ebenfalls aktiver.

Richards Eltern haben sich also bewegt und durch eigene, persönlich als wohltuend empfundene Veränderungen das familiäre Gleichgewicht wiederhergestellt. Jeder in der Familie fühlt sich trotz anfänglicher Unruhe, die durch die neuen Bedingungen verursacht wurde (die positive Kraft der Krise!), wieder wohl – und dies in der neuen Position innerhalb des Mobiles.

Dass die Entwicklung eines Familienmitglieds hin zu eigener Selbständigkeit und Unabhängigkeit in manchen familiären Systemen heftige Gegenreaktionen der anderen Partner auslösen kann, zeigt das folgende Beispiel:

Monika war nach der Trennung von ihrem Mann mit den beiden noch nicht schulpflichtigen Kindern in die Nachbarschaft der Eltern gezogen und somit in unmittelbare Reichweite ihrer sehr fürsorglichen, überbehütenden Mutter, die Monika trotz ihrer 33 Jahre noch wie ein Kind behandelte. Eingebettet in den Slogan: »Ich meine es doch nur gut mit dir«, mischte sich die Mutter sehr zur Verärgerung von Monika in deren Leben ein. Als sich Monika energisch und konsequent gegen dieses mütterliche Verhalten wehrte, reagierte die Mutter mit Vorwürfen, beklagte sich beispielsweise über Undank und zog sich schmollend zurück. Während Monika sich früher von diesem Verhalten hatte beeindrucken lassen, wagte sie es nun, den alten Teufelskreis zu durchbrechen. Sie hielt konsequent an ihrer Linie fest. Noch einmal startete die Mutter einen heftigen Versuch, die alten Zustände und Gewohnheiten zurückzuerhalten. Sie begann sich über körperliche Beschwerden zu beklagen und äußerte die Befürchtung, ihre Hausarbeit auf Dauer nicht mehr allein erledigen zu können. Sie wollte die Nähe der Tochter quasi erzwingen – doch ohne Erfolg, da Monika das mütterliche Ansinnen durchschaute.

Man sollte sich darüber im Klaren sein und es auch akzeptieren, dass sich die persönliche Situation nach einer Veränderung zunächst verschlechtern kann; und dies, obgleich es sich um eine erfolgreiche Veränderung handelt. Im bewährten, alteingeschliffenen System kommt eben etwas durcheinander – es kann nicht wie gewohnt weitergehen. Das Erreichen eines angestrebten Zustands bringt in der Regel innere Unruhe mit sich. Man betrachtet sich und die anderen, mithin auch die Zukunft anders.

Dies kann bedeuten, dass bislang verborgen gebliebene Bedürfnisse, Wünsche und Einstellungen plötzlich in den Vordergrund drängen und den Betreffenden regelrecht bedrängen. Jetzt, da bestimmte Hindernisse aus dem Weg geräumt sind, kann man alles das tun, was man sich schon immer gewünscht hat. Doch gerade dies kann zu Irritationen, manchmal sogar zu plötzlichen Ängsten führen. Das Erleben und Umsetzen eigener Freiräume ist bisweilen mit der erschwerenden Feststellung gepaart: »Ich bin ein Egoist!« Ein Egoist, weil man sich im Gegensatz zu früher getraut, auch mal an sich zu denken und nicht immer nur an den anderen. Ein Egoist, weil man gemerkt hat, dass Zufriedenheit im Leben nicht nur dadurch zu erzielen ist, dass man immer treu und brav seine Pflicht erfüllt, sondern auch mal das »Kür«-Programm fahren möchte. Ein Egoist, weil einem von der Umgebung offen oder verdeckt Vorwürfe bezüglich des neuen Verhaltens gemacht werden. In zwischenmenschlichen Beziehungen scheint dies ein weitverbreitetes Problem zu sein. Demjenigen, der etwas für sich verändert hat, wird von der Umgebung der Eindruck vermittelt, dass sein Fortschritt einem anderen schadet, dass ein anderer unter der Veränderung zu leiden hat. Prompt kann sich darauf ein schlechtes Gewissen einstellen und die Neigung, von sich aus den alten Zustand wiederherzustellen, weil beispielsweise Fragen plagen: »Ich habe etwas getan und nur an mich gedacht. Ich bin ein schlechter Mensch. Was habe ich nur angerichtet? Ich muss das rückgängig machen.«

Natürlich ist viel Wahres an diesem Zusammenhang zwischen einer eigenen Veränderung und der Veränderung beim anderen. Das zeigt ja auch unser Modell des Mobiles sehr deutlich. Man sollte aber gerade wegen der möglichen eigenen Gewissensbisse nicht vergessen, dass eine Krise immer eine positive Seite hat und auch dem anderen die Chance bietet, seinerseits etwas auszuprobieren. Die Mutter von Richard griff mit beiden Händen nach den neuen Möglichkeiten, sie wollte das Rad der Zeit nicht mit Gewalt zurückdrehen. Sie nutzte die Gunst der Stunde. Ist Richard deshalb ein lieber Sohn und Monika eine böse Tochter? Mitnichten! Beide haben eine persönlich wichtige und notwendige Entwicklung genommen – endlich! Und sie haben sie durchgehalten. Bravo! Und wo liegt bei beiden die gemeinsame Chance? Beide haben ihren Eltern die Möglichkeiten eröffnet, ihrerseits das Leben neu zu arrangieren.

»Jemanden zu seinem Glück zwingen«, bedeutet letztlich, dass man etwas so in Gang setzt, dass der andere sich verändern muss. Er muss reagieren. Ohne den wichtigen Anstoß von außen (also ohne die eigene gezeigte Veränderung!) wäre wohl nichts passiert. Doch schauen wir uns einige Merkmale an, die charakteristischerweise anzutreffen sind, wenn ein Mobile durcheinander kommt, weil einer der Mobilanten seine Lage verändert hat.

Die Bewährung kommt nach der Veränderung

Erinnern Sie sich an das in Kapitel 2 beschriebene »Modell der Konsequenzen«? Natürlich findet es auch im Falle einer Veränderung Anwendung: dadurch, dass man etwas anders als früher macht, verändert man die Konsequenzen – für sich und für andere Personen. Andere reagieren manchmal positiv auf unser neuerworbenes Verhalten (z.B. freut sich der Partner, dass man kontaktfreudiger ist und nun aktives Mitglied im Gesangsverein wurde). Ebenso wahrscheinlich kann der andere aber auch negativ auf die Veränderung reagieren und mit Drohung, Erpressungen und Forderungen aufwarten (z.B. »Wenn du in die Gesangsstunde gehst, trenne ich mich!«). Man kommt in die schwierige Situation, sich einem Risiko auszusetzen: Soll ich mir treu bleiben und eine etwaige Auseinandersetzung riskieren? Oder gebe ich nach und gehe Streit und Ärger aus dem Weg? Achtung: Rückfallgefahr!

Die Einfälle anderer Menschen sind reichhaltig und umfangreich, wenn es darum geht, sich gegen Veränderungswünsche und tatsächlich erfolgte Veränderung bei einem Partner, sei es Ehepartner, Elternteil, Kind, Kollege, Freund, zur Wehr zu setzen. Sie werden oft mit der Redewendung »Wenn du xy machst/bist, dann mache/bin ich abc!« Wahrscheinlich kennen auch Sie bereits derartige Erpressungs- und Einschüchterungsversuche: Für Ihr neues Verhalten wird von anderen mit Entzug von Zuwendung gedroht.

Doch Vorsicht – es gibt hierbei noch eine weitere Variante. Und die birgt für die Stabilität Ihres neuerworbenen Verhaltens ebenso Gefahr. Es ist Ihre eigene Angst und Bequemlichkeit! Wer sich dazu entschließt, sich zu verändern, muss bereits vorab akzeptieren, dass möglicherweise neben dem Zugewinn einige neue Probleme entstehen können. Es handelt sich dabei teilweise um Probleme, die vorhersehbar sind, aber auch um solche, die sich erst im Zuge des neuen Zustandes bzw. mit der Zeit entwickeln.

Sich ändern heißt Schonverhalten aufgeben

Endlich auftauchen, am Leben aktiv teilnehmen, zu sich stehen, Grenzen setzen, Forderungen stellen, ist die eine Seite – sich nicht mehr passiv-abwartend verhalten, nicht mehr in Ruhe gelassen, nicht mehr von anderen geschont und verwöhnt werden, ist die andere Seite. Jeder, der sich verändert, sollte sich vorher im Klaren darüber sein, dass man ihn in die Verantwortung nimmt. Es wird in der Regel nicht mehr so sein wie früher – aber darin liegt die Chance! Sich Schritt für Schritt den Herausforderungen des Alltags stellen, vorangehen: selbständig und selbstverantwortlich handeln. Etwas für sich tun. Das Leben wieder in die eigenen beiden Hände nehmen, Lebenszeit nutzen mit der Bereitschaft, sich auf Auseinandersetzungen mit anderen Menschen einzulassen.

Neues Verhalten bringt immer neue Probleme

Ein Mensch, der bisher nie Auto fuhr und sich dann entschließt, den Führerschein zu erwerben, sich danach ein Auto kauft und aktiv am Verkehr teilnimmt, könnte manchmal in der Tat denken: »Wäre ich doch Fußgänger geblieben!« und die »gute alte Zeit« herbeisehnen. Denn nun, da er Auto fährt, wird er in die Pflicht genommen, ist sein Leben unruhiger geworden, muss er sich mit »Problemen« auseinandersetzen, die er früher natürlich nicht hatte. Dieser ewige Ärger mit den anderen Verkehrsteilnehmern, mit Staus, mit der Belastung durch Autoreparaturen und durch den Unterhalt für das Fahrzeug! Und dann die Erwartungen der Ehefrau, am Wochenende Ausflüge zu machen. Wie geruhsam war es doch früher, einfach in den Garten zu gehen und dort die Freizeit zu verbringen, während andere im Stau steckten ... Und dann die Anfragen von Verwandten und Nachbarn, ob man vielleicht, aber nur wenn es keine Umstände macht, mal ausnahmsweise für eine Fahrt zu einem wichtigen Termin zur Verfügung steht. Früher wurde man in Ruhe gelassen – man hatte kein Auto!

Teuer erkaufte (Auto)-Freiheit? Mitnichten! Denn das Auto hat unseren Besitzer mobil gemacht, er ist nicht mehr auf andere angewiesen. Doch dieser Vorteil hat seinen Preis: Man muss beispielsweise finanziell umdisponieren. Autobesitzer müssen für die Pflege des Fahrzeugs Zeit aufwenden. Man muss in der Lage sein, Anfragen anderer zu beantworten, auch indem man Absagen erteilt. Und diese neuen Herausforderungen bereichern. Sie signalisieren, dass an jedem Tag viele Möglichkeiten vorhanden sind, die eigenen Fähigkeiten zu verbessern, neue Erfahrungen zu sammeln und für die eigene positive persönliche Entwicklung nutzbar zu machen. **Stillstand ist Rückschritt!** Sich fortbewegen bringt zwar Gleichgewichtsprobleme – anfangs. Später aber beherrscht man die Situation. Bis zur nächsten Fortbewegung. Ein ewiger, ein systematischer Kreislauf.

Keine schlafenden Hunde wecken

Viele Menschen machen den Fehler, öffentlich anzukündigen, dass sie sich verändern wollen. So wird angekündigt, dass man mit dem Rauchen aufhören will, dass man abnehmen will, dass man sich vorgenommen hat, sich mehr Zeit zu nehmen, dass man einem Club beitreten will, dass man sich in Zukunft nicht mehr alles gefallen lassen will und so fort. Doch diese Ankündigung ist wie ein zweischneidiges Schwert. Sie hat Vorteile (andere helfen einem vielleicht dabei, das Ziel zu erreichen!), aber auch Nachteile, die sich oft als Bumerang für einen Veränderungserfolg erweisen.

Nehmen wir zunächst einen vorteilhaften Aspekt. Wer anderen offen mitteilt, was er verändern will, fühlt sich durch diese Ankündigung und Offenlegung mehr in die Pflicht genommen. Er wird mit größerer Wahrscheinlichkeit versuchen, die angekündigte Veränderung zu starten und auch durchzuhalten. Dies, um einen Gesichtsverlust zu vermeiden. So weit, so gut. Nun muss man aber eventuell in diesem Fall einen nicht geringen Nachteil in Kauf nehmen: denn man wird häufig von den anderen sehr genau beobachtet und kritisiert, ob und wie man sich verändert. Oder die anderen üben Druck aus, indem sie ständig nachfragen, ob und was sich schon getan hat. Deshalb ist es manchmal günstiger, die Veränderungsabsicht für sich zu behalten, um den Erfolg nicht zu gefährden: Denn die »Gegner« können sich dann nicht von vornherein auf die Veränderung einstellen und das Vorhaben gefährden, eventuell sogar sabotieren.

Irmi entschloss sich im Alter von 31 Jahren, als die jüngste Tochter eingeschult wurde, den Führerschein zu erwerben. Leider weihte sie ihre Eltern in das Vorhaben ein, die nun permanent nachfragten, wann die Prüfung sei, wie sie vorankomme etc. Irmi fühlte sich beobachtet und unter Erfolgsdruck gesetzt. Sie bereute es, ihr Vorhaben ausgeplaudert zu haben, und spürte eine große Befangenheit. Sie kam unter einen derart großen Erwartungsdruck, dass sie bei der theoretischen Prüfung durchfiel. Es bereitete ihr zusätzlich ein schlechtes Gewissen, dieses Versagen vor den Eltern verheimlichen zu müssen.

Wenn man niemanden in die Veränderungsabsicht einweiht, hat das den Vorteil, dass man sich Schritt für Schritt und ohne Druck von außen entwickeln kann. Man muss anderen nichts beweisen. Man kann die eigene Entwicklung ruhig abwarten und Sicherheit mit der neuen Situation gewinnen. Und wenn man (noch) nicht erfolgreich ist, erspart man sich Kritik von außen, die rasch entmutigt und einen erneuten Versuch in der Zukunft erschwert. Schlafende Hunde weckt man auch, wenn man sich nach einer Veränderung ständig dafür rechtfertigt oder entschuldigt. Kann man so etwas als »reine Vorsichtsmaßnahme« ansehen, um einer Kritik von außen zuvorzukommen? Sehr oft macht man sich wirklich unnötige Gedanken – paradoxerweise dadurch, dass man sich freiwillig an den berühmten Pranger stellt und regelrecht zur Kritik einlädt. Wer eine Veränderung vollzogen hat, riskiert zweifellos, dass andere etwas auszusetzen haben. Aber man darf nicht vergessen, dass man noch vor einiger Zeit ebendiese Veränderung wollte – aus wohl berechtigten persönlichen Motiven heraus, weil man mit dem alten Zustand nicht mehr zufrieden war! Vielleicht wäre die Veränderung ohne viel Aufhebens einfach hingenommen und akzeptiert worden. Und nun hat man sich umsonst verrückt gemacht. Es ist jedem freigestellt, danach zu trachten, sich persönliches körperliches und seelisches Wohlbefinden zu verschaffen. Und von diesem Recht hat man Gebrauch gemacht. Man wollte etwas ändern ... und hat es getan.

Es empfiehlt sich deshalb, die eigene Veränderung konsequent zu verwirklichen und abzuwarten, wie die Personen aus der Umgebung mit der neuen Situation umgehen. Derjenige, den die Veränderung irgendwie stört, kann dann seine Meinung dazu sagen. Auch das ist sein gutes Recht. Aber man braucht ihm keine goldenen Brücken zu bauen. Er soll sich selbst zu Wort melden.

Auch nach der Veränderung schwimmt man im Meer

Natürlich muss man nach Veränderungen stets mit Schwankungen rechnen. Die Alltagsweisheit, wonach »Auf Regen oft Sonnenschein folgt«, oder anders ausgedrückt, dass es »gute und schlechte Tage« gibt, führt uns wieder auf das Meer. Das Meer, das zwischen dem Reden und dem Handeln liegt. Veränderungen vollziehen sich nur in wenigen Ausnahmefällen im Sturmschritt. Sie sind nie perfekt und komplett. Es gibt immer Rückschläge, aber stets nach dem Motto: »Drei Schritte vor und zwei zurück!« Macht doch unter dem Strich gesehen ... einen Schritt vor, oder? Wer Radfahren auf ebenem, breitem Grund erlernt, kann längst noch nicht Rad fahren. Denn: Er hat es noch nicht auf abschüssiger Strecke probiert. Und dann erst recht die Schotterwege und Fahrten über Stock und Stein. Und das Befahren von engen Kurven. Und das Fahren im dichten Verkehr. Wer sich auf ebenem und breitem Grund auf dem Rad halten kann, hat lediglich den Grundstein dafür gelegt, sich das Gleichgewicht haltend mit dem Rad auf den Weg zu machen. Er muss sich Schritt für Schritt erproben. Er muss sich neuen Schwierigkeiten stellen. Und er wird mit jeder bestandenen Herausforderung Selbstvertrauen und Stabilität gewinnen. Und jeder Wackler und Sturz erinnert ihn daran, dass noch Trainingsbedarf vorhanden ist. Leben heißt Lernen. Aus Fehlern und aus Misserfolgen. Natürlich auch aus Erfolgen. Aber oft kommt es anders, als man dachte – und dann »schwimmt« man ... »im Meer«. Man muss sich durchbeißen, neu orientieren, einen neuen Anlauf nehmen. Eben »Krise als Chance« ansehen. Sich über Wasser halten.

Sie merken, dass diese Merkmale auch in anderen Lebensbereichen gelten. Versuchen Sie dazu die folgende Lawinenübung:

♣ **MEINE LAWINENÜBUNG**

Denken Sie an eine bestimmte Veränderung, die Sie sich vorgenommen haben. Und nun überlegen Sie mal, mit welchen Konsequenzen Sie wohl rechnen müssen, wenn Sie die Veränderung tatsächlich durchziehen. Was könnte und was wird passieren?

Einen Schwebezustand einkalkulieren

Für viele Menschen ist es unerträglich, einer Situation ausgeliefert zu sein, Spannung zu verspüren und auf eine Lösung warten zu müssen. Und dies, ohne obendrein aktiv eingreifen zu können, um den Lauf der Dinge mitbestimmen zu können. Eine quälende Ungewissheit macht sich breit. Man kann eben manche Entwicklungen nur bis zu einem gewissen Grad aktiv und direkt beeinflussen. Und in solchen Fällen heißt es tatsächlich: abwarten, obwohl man meint, dass der Schwebezustand das Problem sei; dieser wirklich unangenehme Zustand, in dem vieles offen ist. Man weiß weder, wo es langgeht, noch wie es ausgeht – und schon gar nicht, was man tun soll.

Doch das ist eben die Realität – beinahe so wie in der Schule, wenn man eine Klassenarbeit abgegeben hat. Man hofft und bangt. Aber es ist eben zu spät. Die Dinge sind im Fluss und man muss warten, bis man das Ergebnis erfährt. Vieles im Leben lässt sich ab einem bestimmten Punkt nicht beschleunigen: Leider? Gott sei Dank? Es kommt auf die Situation an und auf das angepeilte Ziel.

Schauen wir uns dieses »Problem« an einem Beispiel aus der Beziehung Mensch-Natur an. Eine Beziehung, in der der

Mensch viel zu oft glaubt, der Sieger sein zu können. Ein Gärtner kann seinen Bäumen zwar Gutes tun, das heißt beispielsweise alles tun, was er für wichtig hält, damit die Bäume reichlich Früchte tragen, aber: Die Reifung des Obstes muss er schon dem Baum selbst überlassen! Oder denken Sie an die Zeit der Schwangerschaft. Wird alles klappen? Auch hier muss die Spannung ausgehalten werden.

Häufig ist es leider so, dass nach einer erfolgten Veränderung ein Schwebezustand eintritt. Und dieser Zustand quält! Man will endlich Ergebnisse sehen. Man will sehen, was eine Veränderung gebracht hat. Hat sich der Aufwand, haben sich die Mühen gelohnt? Kommt das heraus, was man erhoffte? Sie kennen solche Fragen sicherlich aus eigenen Erfahrungen. Und schon verleitet dieses »Noch-nicht-wissen-Wie« zu Fehlern, die den zuvor richtig eingeleiteten Prozess entweder behindern oder sogar zum Scheitern verurteilen können. Sie lassen sich fast als typische Fehler bezeichnen.

Eine Gefahr besteht darin, vorschnell zu reagieren – egal was und wie, zum Beispiel wieder aufzugeben, den Veränderungsprozess abzubrechen, weil man keine Hoffnung hat, dass sich ein Erfolg einstellt. Es ist gerade so, als wenn man ein Polaroidbild macht und es wegwirft, weil nach zehn Sekunden noch nichts erkennbar wird. Hätte man doch noch 30 Sekunden gewartet! Es dauert eben, bis sich etwas zeigt ... und das muss man wissen. Andernfalls wird der Schwebezustand abgebrochen, indem man etwas tut, nur damit endlich wieder »Ruhe« einkehrt. Doch wer so handelt, zahlt auf Dauer einen hohen Preis. Besonders gefährdet sind jene Menschen, die ihr Leben darauf ausgerichtet haben, möglichst keinen Ärger zu machen, alles dafür zu tun, dass Ruhe (meist ein Scheinfrieden!) herrscht; die alles tun, um unangenehme zwischenmenschliche Situationen gar nicht erst aufkommen zu lassen.

Für diese Menschen ist das Schweben stets mit Phantasien verbunden wie: »Alles wird bestimmt schlechter als vorher, das nimmt kein gutes Ende« etc. Schweben wird als negatives Zeichen dafür interpretiert, dass sich ein Misserfolg ankündigt: »Wenn es klappen würde, hätte man es schon erfahren müssen!« Mancher steigert sich regelrecht in die Befürchtungen hinein. Und das nur, weil etwas in der Schwebe ist. Diese Situation des »Nicht-mehr-und-noch-Nicht« (ein passender Begriff von Erich Kästner) scheuen viele Menschen, die dann lieber nichts weiter vorantreiben. Sie stagnieren, sind verunsichert, hilflos, orientierungslos, hoffnungslos. Häufig wird so manch einer deshalb leider wieder rückfällig. Die Betroffenen haben das starke Bedürfnis, endlich wieder zu wissen, was Sache ist. Nach dem Motto: »Warum denn in die Ferne schweifen, das Belastende liegt doch so nah!« Manche Menschen kehren also enttäuscht, entmutigt oder beleidigt wieder an die alte Position zurück (»Es hat ja alles nichts gebracht«) und setzen leichtfertig den Erfolg aufs Spiel.

Gerade im Schwebezustand ist es deshalb von Vorteil, sich der angestrebten und erhofften langfristigen (!) positiven Effekte zu erinnern, die man bei einer Veränderung im Auge hatte. Es lohnt sich hierbei, sich diese positive Situation so oft wie möglich genau vorzustellen, sie quasi in der präzisen Vorstellung zu genießen. Sozusagen als Durchhalte-Technik! Denn es geht bei Veränderungen meist um diese langfristigen Konsequenzen. Wer sich zu sehr auf die kurzfristigen Effekte konzentriert, verliert allzu leicht die Geduld und wird rückfällig. Er fällt in die altbekannten Muster zurück. In Muster, die sich doch in der Vergangenheit wiederholt als untauglich erwiesen haben – denn warum hätte man sie sonst verändern wollen?

Schwebezustände sind also nicht nur völlig normal, sondern auch gerade dann zu erwarten, wenn ein erhoffter Effekt davon abhängt, wie sich unsere Mitmenschen verhalten, die unmittelbar und mittelbar von der Veränderung mitbetroffen sind. Nehmen wir ein einfaches Beispiel aus dem Alltag, um die Situation zu verdeutlichen.

Horst hatte sich endlich überwunden, eine Arbeitskollegin anzusprechen, die er schon seit langer Zeit anhimmelte. Für ihn war sie die Traumfrau schlechthin, mit der er sich sehr gut eine gemeinsame Zukunft vorstellen konnte. Aufgrund seiner Schüchternheit schob er es monatelang vor sich her, die Kollegin persönlich anzusprechen. Schließlich fasste er Mut und lud sie zu einem Essen ein. Dieser Aktion gingen heftige innere Kämpfe voraus, da er zwischen Hoffen (sie nimmt die Einladung an) und Bangen (sie wird mir einen Korb geben) schwankte. Horst veränderte sich mit diesem Schritt in eine von ihm erwünschte Richtung, war quasi über seinen Schatten gesprungen und hatte offen Kontakt hergestellt. Doch nun musste er warten! Die Angebetete sagte ihm nämlich, dass sie es sich mit der Einladung überlegen wollte.

So verblieb Horst in einem quälenden Schwebezustand. Doch gerade den musste er aushalten. Zu frühes ungeduldiges Nachfragen hätte leicht die Situation zu seinem Nachteil verändern können, falls sich die Arbeitskollegin in Bedrängnis gesehen hätte. Ebenso nachteilig wäre es gewesen, wenn Horst sich vorzeitig beleidigt zurückgezogen hätte. In der Zwischenzeit lernte er dann zufällig eine negative Seite der Frau kennen, wodurch sein vormals idealistisches Bild von ihr nachhaltig getrübt wurde. Er war froh, von sich aus nichts beschleunigt zu haben. Ohne Gesichtsverlust verlief die Sache auf diese Weise im Sande.

Sich verändern ist, auch wenn dies komisch klingen mag, wie arbeiten. Denn obgleich man tagtäglich arbeitet, also etwas tut, erhält man in der Regel nur einmal im Monat den Lohn. Wer käme nun aber auf die törichte Idee, die Arbeit aufzugeben, weil der Lohn nicht täglich gezahlt wird und man warten muss? Niemand! Man vertraut darauf, zum erhofften Ziel (Geld) zu kommen, wenn man zuverlässig und konsequent weiterhin seinen Dienst tut. Denn die Erfahrung zeigt, dass sich das Warten lohnt! Auch wenn der Vergleich etwas hinken mag – nicht anders verhält es sich im seelischen Bereich.

Die folgende Übung kann Ihnen helfen, diesen Warte- und Schwebezustand genauer zu beleuchten – und zwar ausgehend von einer persönlich erlebten Situation.

♣ **MEIN WARTESAAL**

Sie erinnern sich an eine Situation, in der Sie endlich etwas getan haben, das Sie sich lange Zeit nicht zugetraut hatten. Und dann mussten Sie warten.

Versetzen Sie sich nochmals in diese Situation und vergegenwärtigen Sie sich nun Ihren Zustand während des »Schwebens«.

Die Kette mit den persönlichen Rotlichtern montieren

Sie wissen mittlerweile, dass Krisen sich oft schleichend entwikkeln. Sie kündigen sich auf einer der Ihnen mittlerweile vertrauten vier Ebenen (Denken, Fühlen, Körper, Verhalten) an, sodass sie rechtzeitig erkannt werden können. Die Vorboten der Krise, die sogenannten Alarmsignale, müssen natürlich ernst genommen werden. Nur dann kann man beizeiten effektive Maßnahmen ergreifen, um nicht wieder in die alten Verhaltensweisen zurückzufallen.

Besonders wichtig ist es, *persönliche Rotlichter* zu plazieren, damit man wirklich weiß, wo man sich befindet: auf dem Weg zur Stabilisierung oder auf dem Weg des Rückschritts? Die Blauäugigkeit nach dem Motto: »Ich werde es schon rechtzeitig merken, wenn es wieder schlechter wird« ist eine Verbündete des Rückschritts. Ein kleines Teufelchen. Seien Sie Ihr eigener Liftboy. Beobachten Sie genau, ob der Pfeil im Fahrstuhl nach oben oder unten zeigt. Achten Sie darauf, welches Stockwerk in der Anzeige aufleuchtet, damit Sie wissen, wo Sie sich befinden. Halten Sie an, steigen Sie aus, oder drücken Sie den Knopf nach oben, wenn sich der Fahrstuhl zu sehr nach unten bewegt. Sie selbst entscheiden, an welchen Stellen die Rotlichter aufleuchten und Ihnen Alarmsignale senden sollen! Behalten Sie immer Ihre Ziele, Ihre Schwachpunkte und Ihre Veränderungsmöglichkeiten im Auge. Das folgende Beispiel zeigt, wie man es richtig machen kann. Es ist nachahmenswert.

Doris hatte nach einigen Monaten unter Inkaufnahme vieler Entbehrungen und Mühen endlich ihr Gewicht von 67 kg erreicht, nachdem sie 24 Pfund abgenommen hatte. Aus vorangegangenen Diäten wusste sie, dass man schneller, als einem recht ist, wieder Gewichtszunahmen zu verzeichnen hat. Sie nahm sich deshalb vor, rechtzeitig »persönliche Alarmsignale« zu installieren. Eine Hilfe war ihr dabei, dass sie auf allen vier Ebenen Rotlichter formulieren konnte. So wollte sie darauf achten, dass sie weiterhin ihre Gymnastikstunde besuchte. Sie wollte es als Alarmsignal ansehen, wenn sie mit dem Gedanken spielte, mal eine Stunde ausfallen zu lassen.

Im körperlichen Bereich definierte sie für sich eine Obergrenze beim Körpergewicht (70 kg), von dem ab sie wieder mit einer gezielteren Diät vorgehen wollte. Bezüglich des Denkens wollte sie stark darauf achten, sich nicht dazu verleiten zu lassen, bei Mahlzeiten mehr zu essen und dieses vermehrte Essen zu verharmlosen. Bezüglich des Gefühlszustandes wollte sie darauf achten, dass sie all die positiven Eindrücke, die sie aus dem neugewonnenen Gewicht gewonnen hatte, bewusst erlebte: zum Beispiel Selbstvertrauen, Stolz, mit Freude wieder ins Schwimmbad gehen zu können etc. Vernachlässigungen in diesem Bereich (Ist-doch-egal-Gefühl) wollte sie als tiefrotes Alarmlicht ansehen.

Verändern ist Arbeit. Stabilisieren ist Arbeit. Echte, verlässliche Rotlichter platzieren ist Arbeit. Aber eben notwendige Arbeit, die sich auszahlt, die sich lohnt. Rotlichter platzieren, um sich selbst kritisch im Auge behalten zu können – um faule Kompromisse erst gar nicht aufkommen zu lassen (sie zeichnen sich dadurch aus, dass man sich schrittweise klammheimlich wieder mit dem alten Zustand »anfreundet«).

Auch der Fischer auf dem Meer übt sich darin, rechtzeitig die Alarmsignale zu erkennen, damit er nicht um die Früchte seiner harten Arbeit gebracht wird. Er nimmt die Signale ernst, die ein schlechtes Wetter ankündigen, beispielsweise einen Sturm. Er stellt sich rechtzeitig auf die unangenehme Situation ein, wappnet sich und aktiviert seine Kräfte. So hat er gute Chancen, mit großer Wahrscheinlichkeit unbeschadet davonzukommen.

Immer Überblick und Ruhe bewahren

»Es wird nichts so heiß gegessen, wie es gekocht wird.« Warum auch soll man sich den Mund verbrennen? Man wartet ab und alles erkaltet in der Regel von selbst. Und dann kann man gefahrlos zur Tagesordnung übergehen und das tun, was nötig ist. Wer etwas verändert hat, kann manchmal – wie wir gesehen haben – die Entwicklung nicht abwarten. Oder er lässt sich rasch wieder verunsichern und aus der Ruhe bringen. Oder er meint, den Überblick verloren zu haben. Man sollte nicht hektisch werden. »Kommt Zeit, kommt Rat!« Es gibt nichts Beruhigenderes als die Gewissheit, dass man mit allem irgendwie fertig wird, egal, was auf einen zukommt. Es lohnt sich, die aktuellen Vorgänge kritisch und detailliert zu beobachten und zu bewerten; also die Situation so zu betrachten, wie sie wirklich ist, und nicht zu früh in Euphorie zu verfallen, aber auch nicht zu rasch in Panik wie ein aufgescheuchtes Wild. Sie sollten an das »weiße Pferd« denken. Dazu folgende kleine Geschichte, die ein junger Mann, der lange Zeit Schwierigkeiten damit hatte, über einen erlittenen Verlust hinwegzukommen, während der Therapie erzählte.

Ein Bauer besaß neben anderen Tieren auch einige Pferde auf dem Hof. Sein großer Wunsch war allerdings, eines Tages ein »weißes Pferd« zu besitzen – weiß wie unberührter Schnee. Deshalb arbeitete er, schuftete, verzichtete, bis er genügend Geld hatte, um seinen Traum verwirklichen zu können. Das weiße Pferd war ein anmutiges Tier, wirklich ein Prachtexemplar, für das eigens eine Koppel errichtet wurde.

Doch eines Morgens war das »weiße Pferd« verschwunden – sehr zum Entsetzen des stolzen Besitzers. Und es blieb unauffindbar. Der Bauer war traurig. Doch sehr zum Erstaunen seiner Familie und Angestellten blieb er dennoch ganz ruhig und sagte: »Ich habe ein weißes Pferd verloren, doch eben nur ein weißes Pferd. Alles andere, was mir ebenso lieb und wert ist, ist mir geblieben. Warum also sollte ich klagen? Wenn wir uns an die Arbeit machen, werden wir bald wieder ein weißes Pferd im Stall haben.«

Hätte er den Hof verkommen lassen oder ihn verkaufen sollen? Hätte er all das infrage stellen sollen, was er sich jahrelang aufgebaut hatte? Und das nur, weil ihm das geliebte weiße Pferd abhanden gekommen war? Der Verlust war schmerzhaft, aber eben begrenzt. Er beeinträchtigte nicht die Fähigkeit des Bauern, konsequent ein Ziel anzusteuern und es zu erreichen. Und deshalb war das Durchhalten lohnenswert. In der Ruhe liegt die Kraft!

Nicht das Echo entscheidet über die Qualität des Rufens

Das folgende Fallbeispiel verdeutlicht ein häufig anzutreffendes Problem, das die Stabilität einer Veränderung gefährdet.

Otfried beschwor durch sein oberlehrerhaftes Argumentieren und arrogant wirkendes Verhalten häufig Streit in der Partnerschaft herauf. Verschlimmert wurde die Situation dadurch, dass er seiner Freundin in deren Erziehung hineinreden wollte, die für sie als geschiedene Frau und Mutter zweier vorpubertärer Kinder nicht einfach war. Es gab oft Momente, in denen sich beide missverstanden fühlten und sich beleidigt zurückzogen. Mal dachten beide an Trennung, mal intensivierten sie ihre emotionale Nähe. Otfried befürchtete, auf Dauer mit diesen Spannungen nicht mehr fertig zu werden, und entschloss sich, einige seiner Verhaltensweisen zu ändern, die die Freundin wiederholt kritisiert hatte.

Die Veränderungen gelangen ihm erstaunlicherweise innerhalb kurzer Zeit, sodass Otfried eigentlich mit sich hätte zufrieden sein können. Er war es aber nicht. Ihn störte, dass sich die Freundin trotz seiner Veränderung, die er als Entgegenkommen ihr gegenüber betrachtete, noch genauso wechselhaft und teilweise abweisend verhielt wie zuvor. »Jetzt habe ich mich verändert und trotzdem rückt die enge Partnerschaft anscheinend in große Ferne. Da hätte ich mich ja nicht verändern brauchen«, beklagte sich Otfried.

Jetzt habe ich mich verändert, jetzt muss sich doch endlich auch beim anderen etwas tun! Sicher passiert das auch, wenn man beharrlich bleibt, konsequent auf das eigene Ziel ansteuert und bei sich bemerkt, dass man in der Tat das veränderte Verhalten und Denken beibehält. Man ist nach der Veränderung konsequent geblieben. Man hält durch. Und das fördert die Selbstbestätigung, die den erhofften positiven Effekten den Weg bahnen hilft. Denn: Langfristig wird sich der andere nicht am alten Platz halten können. Denken Sie an das Mobile! Haben Sie also den Mut, abzuwarten, um dann feststellen zu können, dass sich auf Dauer beim anderen tatsächlich etwas bewegt. Dann nämlich, wenn die eigene Veränderung wirklich stark genug war, um »Eindruck« zu machen.

Es kann durchaus sein, dass der andere zunächst am alten Platz verharrt, gerade so, als wolle er demonstrieren, dass ihn das Ganze – nämlich die zu beobachtende Veränderung – unberührt lässt. Doch dieses »Trotzen«, dieses »Sichwidersetzen« verliert in der Regel rasch an Stärke. Es mag sein, dass der »Trotzer« zunächst noch mit zwei Beinen auf dem Boden steht. Bald aber wird es nur noch ein Bein sein. Und dann wird er nur noch auf den Zehenspitzen stehen, dann nur noch auf den Zehenspitzen und mit den Armen rudernd. Die alte Position wird dennoch gehalten, wenngleich er bemerkt, dass es ihn mehr und mehr Kraft kostet und er wohl auf Dauer diese alte, instabile Position nicht mehr wird halten können. Manchmal mobilisiert der »Trotzer« diese Kräfte aus der Verzweiflung heraus, den anderen um jeden Preis wieder zur Rückkehr in die alte Position zu bewegen – vielleicht, weil Sie ihm zum Beispiel Grenzen setzten und er nun um Ihre

Zuwendung fürchtet. Er will unbedingt den längeren Atem haben, sich nicht unterkriegen lassen und den anderen bis zuletzt auflaufen lassen.

Nun kann sich derjenige, der sich erfolgreich verändert hat, von dieser vermeintlichen Standhaftigkeit und Stärke beeindrucken lassen und sich resigniert fragen: »Also war ich erfolglos? Bleibt mein verändertes Verhalten ohne Effekt?« Fragen, die verunsichern. Man darf nicht übersehen, dass ein anderer seinen Protest manchmal lautstark abreagiert und nun die Situation vermeintlich schlimmer ist als vorher. Aber nur auf den ersten Blick und wenn man die Abläufe und Gesetzmäßigkeiten nicht durchschaut! Besser ist es, sich zum Durchhalten zu motivieren, weiterhin Geduld aufzubringen und den längeren Atem zu haben. Lassen Sie sich also nicht beirren.

Anstatt wieder rückfällig zu werden, kann man folgendes machen: Ignorieren Sie die »Bekehrungsversuche« des anderen und ... belohnen Sie ihn, wenn er das Verhalten zeigt, das Sie sich wünschen. Der andere bekommt dann wieder jene Zuwendung und Aufmerksamkeit, die er von Ihnen möchte, allerdings nicht aufgrund seines alten, sondern seines neuen Verhaltens: Wenn jemand im Gespräch mit Ihnen rasch laut und unsachlich wird und Sie sich entschließen, in diesem Fall fortan das Gespräch zu beenden bzw. sich abzuwenden, so wird der andere zunächst durch noch mehr Lautstärke und Unsachlichkeit in der Argumentation Ihre Aufmerksamkeit erneut gewinnen wollen. Und Sie denken: »Mein Gott, es ist ja noch schlimmer als vorher, also dann rede ich doch lieber wieder mit ihm!« Merken Sie, dass genau dies ein Fehler wäre, weil das Ganze darauf hinausläuft, dass alles beim Alten, von Ihnen beklagten Zustand bleiben wird? Ignorieren Sie also weiter und ... wenden Sie sich dem Gegenüber wieder zu, wenn er angemessen mit Ihnen diskutiert, wenn er ruhig und sachlich redet. Er bekommt weiterhin Ihre geschätzte Aufmerksamkeit, aber nur noch, wenn er sich vernünftig verhält.

Seien Sie kritisch! Wie oft haben Sie sich doch wieder »rumkriegen« lassen, nur weil Sie diesen Mechanismus nicht beachtet haben, der so einfach klingt und doch im zwischenmenschlichen Miteinander tagtäglich übersehen wird?

Stehen Sie also zu Ihrer Veränderung. Sie haben sie sich ja reiflich überlegt. Halten Sie die neue Situation und die neuen Bedingungen auch mit allen negativen Konsequenzen aus. Denn wer häufiger mit Elan eine Veränderung ankündigt oder startet, dann aber wieder den Rückzug antritt und auf den alten Platz zurückkehrt, zahlt auf Dauer eventuell einen hohen Preis. Beispielsweise den, dass man nicht mehr respektiert wird (»Der redet viel, wenn der Tag lang ist!«). Erinnern Sie sich an das »Modell der Konsequenzen«, bei dem zwischen den kurzfristigen und langfristigen unterschieden wurde. Geben Sie dem »Widersacher« keine Chance, der in der Regel versucht, Ihre Veränderung und die neue Situation einfach auszusitzen und in altbewährten Mustern zu kontern.

Es ist also immer von Vorteil, die Vorgänge kritisch zu betrachten und sich weder von Anfangsmisserfolgen entmutigen (Achtung: »Wer langsam geht, kommt auch ans Ziel«) noch von vermeintlichen Anfangserfolgen (Achtung: »Man soll den Tag nicht vor dem Abend loben«) verleiten zu lassen.

Doch ebenfalls Achtung: Manchmal blendet auch ein zu rasches Einlenken des anderen. Sie meinen schon am Ziel zu sein, nur weil der andere Ihnen beispielsweise Besserung versprochen hat (denken Sie daran: »Zwischen dem Reden und dem Handeln liegt das Meer!«). Man ist allzu leicht zufrieden, glaubt sich bereits am Ziel, weil der andere sich endlich so verhält, wie man es sich schon immer erhofft hatte. Besonders dann, wenn man schon lange auf eine positive Wende gewartet hat. Man ist froh, dass der andere es »eingesehen hat«, sodass die ganze Mühe nicht umsonst gewesen ist. Allzu leicht wird in diesem Moment die Gefahr des »Einlullens« unterschätzt. Man wird unkritisch, vielleicht auch wieder laxer, inkonsequent und bewegt sich langsam wieder zurück in die alten Bahnen – gerade so, wie an einem unsichtbaren Gummiband gezogen.

Sie können sich mit Sicherheit an eine eigene Situation erinnern, in der Ihnen solch eine Fehleinschätzung unterlaufen ist und in der Sie später – leider oft zu spät! – bemerkten, an welchem Knackpunkt Sie sich wieder untreu wurden. Wenden Sie sich deshalb abschließend der »Einlull«-Übung zu.

♣ **MEINE »EINLULL«-ÜBUNG**

Auch Sie sind manchmal blauäugig, naiv und gutgläubig. Oft waren Sie auf dem richtigen Weg, haben sich konsequent auf ein Ziel hin fortentwickelt ... und haben sich dann doch wieder »rumkriegen« lassen. Und plötzlich waren Sie wieder dort, wo Sie am Anfang all der Probleme standen.

Versetzen Sie sich in eine dieser Situationen. Erkennen Sie Ihre persönlichen allergischen Punkte, die bei Ihnen leicht zu Inkonsequenz führen und Sie zum Nachgeben oder Aufgeben verleiten.

Schreiben Sie diese Punkte auf! Sie können sie bei nächster Gelegenheit beachten – und für sich nutzen!

In diesem Kapitel ging es um Probleme des Durchhaltens, um das Durchhalten nach einer vollzogenen persönlichen Veränderung. Vermutlich haben Sie bemerkt: »Sich zu ändern ist nicht schwer, durchzuhalten aber sehr!« Und dem ist nichts hinzuzufügen. In der folgenden kurzen Übersicht sind nochmals alle wesentlichen Aspekte für »den langen Atem« zusammengefasst. Quasi als kleines Erinnerungsfoto, das Sie stets bei sich tragen können. Damit Sie Ihre persönlichen Pappenheimer erkennen, ihnen Hausverbot erteilen und ihnen nicht überflüssigerweise auf den Leim gehen!

♣ MERKSÄTZE ZUM DURCHHALTEN

- Die Bewährung kommt nach der Veränderung
- Sich ändern heißt Schonverhalten aufgeben
- Neues Verhalten bringt immer neue Probleme
- Keine schlafenden Hunde wecken
- Auch nach der Veränderung schwimmt man im Meer
- Einen Schwebezustand einkalkulieren
- Die Kette mit den persönlichen Rotlichtern montieren
- Immer Überblick und Ruhe bewahren
- Nicht das Echo entscheidet über die Qualität des Rufens

7
Was noch zu sagen wäre ...

... ist, dass sich nicht alles sagen lässt. Natürlich nicht. Man kann nur andeuten, Anregungen geben, nachdenklich stimmen. Aber immer mit dem Wissen, dass dies nie komplett sein kann. Der »Mut zur Lücke« ist gefragt. Nehmen Sie sich – spätestens jetzt – Zeit und Raum, um Ihre ganz persönliche Situation eingehend und kritisch zu beleuchten. Auch dazu gehört Mut! Doch gehen Sie bei aller Kritik sowohl fordernd als auch fair mit sich um. Wie Sie hoffentlich bemerkt haben, ist es nicht so einfach, sich wirklich konsequent und anhaltend zu ändern. Doch Änderungen gehören nun mal zum Leben und zum Alltag dazu. Änderungen dienen der ständigen Anpassung, damit man der persönlichen Situation gerecht wird. Sie entsprechen den wechselnden Bedürfnissen, Wünschen, Notwendigkeiten und Einstellungen. »Wer rastet, der rostet!« Niemand kann sich »auf den Lorbeeren ausruhen«.

Das meiste im Leben muss man sich erkämpfen, nur selten wird einem etwas geschenkt. Und erkämpfen heißt in der Regel ... etwas verändern. Verändern ist Arbeit. Und da schließt sich der Kreis. »Zwischen dem Reden und dem Handeln liegt das Meer«, lautet das italienische Sprichwort. Stimmt! Man kann es sich dabei unnötigerweise schwer machen. Aber auch leichter! Niemand hat beispielsweise gesagt, dass man das Meer zu durchschwimmen hat. Man kann auch ein Boot nehmen und losrudern – immer Richtung Ziel. Und niemand hat gesagt, dass man ohne Unterbrechung rudern muss. Man kann Auszeiten nehmen, sich ausruhen, wieder zu Kräften kommen. Man kann Rückschau halten, schauen, ob der Kurs stimmt. Man kann es so machen, wie man selbst möchte. Man kann lernen und den Mut aufbringen, wieder alle Sinne zu gebrauchen. Man kann Spaß daran haben, sich wieder auf den Weg zu machen. Denn oft ist der Weg zum Ziel das eigentlich Schöne!

Sie sollten nach der Lektüre dieses Buches Ihr Buch des Lebens lesen. Dann haben Sie von diesem Buch, das Sie gerade noch in der Hand halten, persönlich und entscheidend profitiert.